KB265807

어머니는 누구일까

어머니는 누구일까

어머니는 누구일까

김종윤 장편소설

자유지성사

아, 어머니!

한 여인이 있었다. 일제 시대였지만 고등 교육까지 받은 신식 여인이었다. 가난한 선비 집안으로 시집을 간 그녀는 가난은 죄라고 여겼다. 집안 식구들의 완강한 반대를 무릅쓰고 장삿길에 나섰다. 자식들에게 가난을 물려 줄 수는 없었으니까.

땅 한 뙈기 없었지만 불과 몇 년 만에 그런대로 먹고 살 만큼 재산이 늘어났다.

그녀는 자식들을 가르쳐야 된다는 생각을 떨쳐 버릴 수가 없었다. 하루가 멀다 하고 농사일을 거드느라 결석을 하는 큰딸을 보면서 첩첩 산골에서는 자식들을 공부시키기가 어렵다는 것을 뼈저리게 느꼈다.

그녀는 무작정 서울로 옮겼다. 그리고 자식들을 가르치기 위해 밤낮을 가리지 않고 일을 했다. 그녀 곁에는 항상 재봉틀과 가위, 바늘, 실이 떠나질 않았다. 손 솜씨가 좋아 삯바느질 거리가 늘 쌓였다.

딸들은 착했고, 아들들은 개구쟁이였지만 씩씩하게 잘 자라 주었다. 모두 공부도 잘해 주었다.

남편이 먼저 세상을 덜컥 떠났을 때도 그녀는 절망하지 않았다. 자라야 하고, 보살펴야 될 자식들이 있었으니까. 그 자식들을 다 키우기 전에는 염라대왕이 끌고 가도 가지 않겠다는 오기로 버텼다.

그녀의 바람대로 학교를 마친 큰딸과 작은딸은 좋은 남자를 만나 결혼을 하고, 큰아들은 대기업에 취직을 했다. 그리고 결혼을 해 아들도 낳고, 딸도 낳았다.

"이제 막내만 치우면 내 할 일을 다 하는구나."

그녀는 막내가 결혼해 잘 사는 모습을 볼 때까지만이라도 살아 있기를 바랐다.

"내 할 일 다하면 고향에 가서 한 일년만 밭에 상추도 심고, 고추도 심고 그러면서 살다 네 아버지 따라 갈 거야."

자식들은 그녀 뜻대로 잘 자라 주었지만 그녀는 자신의 소원 한 가지는 이루지 못했다.

어느 날 오랜만에 고향에 놀러 갔던 그녀는 그곳에서 잠들 듯 눈을 감았다. 점심 잘 먹고 잘 놀다가 그곳의 가장 큰집 되는 조카 집 안방에서 눈을 감았다.

그녀는 이미 심장병을 심하게 앓고 있었던 것이다.

가난과 맞서 싸워야 했던 어머니들. 우리는 지금 그 어머니들이 일궈 놓은 텃밭에서 살고 있다. 자라나는 자식들을 보면서. 우리도 어머니가 되고, 아버지가 되어서.

이 책의 원작 제목은 《슬픈 어머니》였다. 1997년에 40만 부를 판매한 베스트셀러였다. 그 뒤 장편소설 《아버지는 누구일까》를 발간하면서 《어머니는 누구일까》로 바꾸어 재출간 하기에 이른 것이다.

우리가 되찾아야 하는 것 중 가장 소중한 것이 가족이라는 믿음으로 재출간의 용기를 냈다.

2007년 봄의 문턱에서

눈을 뜬 것은 새 소리 때문이었다.

어쩌면 차가운 바람의 기운이 뺨을 스치면서 본능적으로 눈을 떴을지도 모를 일이다. 이상하게도 그런 맑은 공기를 쐬면 정신이 맑아지고는 했으니까. 숨이 가빠서 가슴이 터질 것만 같은 통증만 아니라면 그런대로 괜찮은 하루가 시작된 셈이었다.

눈을 감은 채로 문 밖의 기척을 살폈다.

빠르게 달려가는 발짝 소리, 그리고 누군가를 부르는 다급한 소리. 그리고 폭발하듯 터지는 울음소리도 들려왔다.

병원에 입원한 지 꼭 열흘째다. 무슨 검사는 그렇게 많고, 수술 받을 사람은 또 왜 그렇게 많이 밀렸는지.

자다가 번쩍 눈을 뜨면 가위에 눌려 있다 간신히 헤어난 것 같은 착각에 곧잘 빠져들고는 했다. 그러나 누군가 죽어가는 소리가 사방에서 들려오는 것만 같아 그것이 더 견디기 힘든 고역이었다.

옆방에 입원해 있던 노인도 숨을 거둔 듯했다. 갑자기 중환 자실로 옮겨가더니 그 뒤로 소식이 끊겼다. 간호사에게 안부를 묻고 싶지만, 두려움 때문에 묻지 못했다.

옥두 자신은 죽음이 조금도 두렵지 않았다.

부처님한테 손바닥이 닳도록 빌었던 한 가지 소원은 제발이지 잠들듯이 가게 해 달라는 것이었으니까. 그렇게만 해 주면 억울하게 끌고 갔다는 원망 한 마디 하지 않겠다고 다짐했었다.

그러나 아무리 거듭되어도 단련이 안 되는 게 죽음인 모양이었다. 자식들의 두려워하는 표정, 겁먹은 표정을 보면 더욱 그랬다.

말은 안 하지만, 이번 수술이 많이 힘든 눈치였다.

"심장 수술 성공률이 많이 높아지기는 했지만 할머니는 워낙 몸이 약하시거든요. 거기다 여러 가지 기능이 형편없이 떨어져 있어서 보장을 못합니다."

며칠 전, 용이와 의사가 주고받은 이야기였다. 혼절했다가 깨어나는 도중이었기 때문에 두 사람은 옥두가 그 말을 못 들은 줄 알고 있을 것이다.

입원한 뒤 여러 번 혼절을 했었다. 갑자기 숨이 막히고 아무것도 안 보이면서 몸 안의 것들이 몽땅 입 밖으로 튀어나오는 토악질이 쏟아졌다. 한꺼번에 밀려나오는 그것들 때문에 숨을 쉴 수가 없었다.

숨이 끊어지고 있구나, 생각하면서 정신을 잃었었다. 그러나 마음은 두렵지 않았다.

이름을 알지도 못하는 기계에 거꾸로 매달려 있다가 깨어나기도 했고, 더러는 무슨 기계가 가슴을 세게 눌렀다가 떼어놓는 그 충격 때문에 희미하게 정신이 들기도 했다.

숨이 넘어갈 때마다 옷에 똥과 오줌을 싸버리는 모양이었다. 중환자실에 있다가 일반 병실로 옮길 수 있었던 것도 그 증세가 많이 나아진 덕분이었다.

아침마다 눈을 뜨면 옥두는 오늘은 무사할까, 하는 걱정을 먼저 하고는 했다. 정말이지 죽는 건 괜찮았다. 그러나 까맣게 정신을 놓았다가 얼마 후에 정신이 돌아올 때마다 잠깐이나마 자신이 머물렀던 그 까만 어둠 속에 대한 두려움 때문에 늘 진저리를 쳤다.

자식들은 나름대로 준비를 하고 있는 듯했다. 그 사이 옥두가 보고 싶어하는 사람들 모두 한 번씩은 다녀갔으니.

그들은 한결같이 말문을 잃고 착잡한 표정을 짓다 돌아갔다. 눈물 많은 큰시누이는 자식들이 말리는데도 대성 통곡을 했다.

"아이고 우리 성님, 가엾어서 어쩐다냐. 그렇게 고생고생하고 살더니만 이게 뭔 일이다요. 부처님도 무심하시지. 우리

작은오빠 그렇게 빨리 데려간 것도 야속한데 이제 왜 죄 없는
성님까지 이렇게 데려갈 수 있다요."

자식들도 고개를 돌리고 눈물을 찍어냈다. 그러나 옥두는
울지 않았다. 울 기운도 없지만, 울어서는 절대 안 될 것 같아
서였다.

울면, 한 많게 살아온 한평생이 너무 억울하다는 푸념이 욕
설처럼 쏟아질 것만 같았던 것이다. 세상에 대한 분노를 감당
할 수 없을 것 같았다. 어떻게 이럴 수가 있는가. 어떻게 이렇
게 나한테만 야박할 수 있는가.

이를 악물고 눈물을 참아냈었다. 그러면서 잠이 들고 눈을
뜬 며칠이었다.

눈을 뜨고 옆 침상을 건너다보니 작은아들 훈이가 쪼그려
잠들어 있는 것이 보였다.

이불도 덮지 않은 채 양말을 발에 반쯤 걸친 모습이었다.
아마도 어미한테 무슨 일이 일어날까봐 양말도 벗지 못하고
그냥 잠이 들었을 것이다.

아니, 잠이 들려고 든 것이 아닐 것이다. 종일, 그것도 하루
이틀도 아니고 열흘 넘게 꼼짝 않고 환자 곁을 지키기가 어디
쉬운 일인가. 잠깐 엎드려 있는다는 것이 깜박 잠들었을 것이
다. 피곤에 지쳐 잠든 훈이 모습이 너무 측은했다.

자식들 모두 모든 것을 팽개치고 에미 병간호에 매달리고
있었다. 평상시에는 얼굴 한 번 구경하기도 힘들 정도로 회사

일에만 매달리던 큰아들마저도 많은 시간을 옥두 옆에서 보냈다.

얼마나 걱정이 많은지 눈에 띄게 홀쭉해진 얼굴이 옥두의 마음을 더 아프게 했다.

눈에 넣어도 안 아프게 키운 맏자식이었다. 그런데 자신 때문에 마음 고생을 하고 있다고 생각하면 몸둘 바를 모르고는 했다.

하기는 안쓰러운 자식이 어디 맏자식뿐이랴만. 죽을 때가 되면, 그때서야 철이 드는 모양이었다. 모두 잘 지내고 있는 자식들이 한결같이 안쓰러우니 말이다.

옥두는 각질이 두텁게 앉은 훈이의 허연 발뒤꿈치를 바라보았다. 그 허연 살가죽이 옥두의 마음을 오랫동안 붙들었다.

"이불이라도 덮고 잘 것이지."

침상에서 내려가 이불을 덮어주고 싶었지만 손에 꽂아 놓은 링거 주사가 먼저 행동을 방해했다.

그때서야 옥두는 자신이 잠에서 깨어난 것은 새 소리 때문이 아니라 오줌이 마려워서였다는 것을 깨닫는다.

필요도 없는 주사는 왜 자꾸만 꽂는지, 자신도 괴롭지만 옆에서 수발을 들어주는 사람도 할 짓이 아니었다. 주사약은 모두 핏줄을 통과해 오줌보로 가는지 하루에도 열 번은 오줌이 마렵고는 했다.

그냥 걸어서 화장실을 갈 수 있다면 좀 좋으랴. 하지만 움직이면 안 된다며 한사코 엉덩이에 스테인리스 오줌통을 들이대는 통에 두 번 마려운 오줌도 꾹 참고 있다가 더는 참을 수가 없을 무렵에서야 멈칫거리며 훈이를 부르고는 했다.

하긴 부르기 전에 먼저 눈치를 채고 오줌 마려워? 물어오기는 했지만. 큰딸이 있으면 그래도 수월하게 말을 할 수 있겠는데 아무래도 아들들에게는 오줌 소리가 쉽게 나오질 않았다.

옆으로 돌아누우며 쥐가 난 것 같은 오른쪽 어깨를 한손으로 주무르고 있는데 솥뚜껑 같은 손 하나가 어깨로 얹어지는 것을 느꼈다.

"벌써 깼어?"

언제 깨어났는지 훈이가 졸음이 잔뜩 묻은 눈으로 옥두를 보았다.

"벌써 깬 거여? 그냥 더 자지 그랬냐?"

"깜박 잠들었네. 안 자려고 했는데 잠깐 엎드려 있는다는 게 잠들어 버렸어. 엄마, 오줌 마려워?"

훈이는 허리를 굽히고 침상 밑에 있는 스테인리스 통을 매트 위에 올려놓았다. 그리고 옥두 엉덩이 밑에 통을 밀어 넣고 이불을 몸 위로 덮어주었다.

"나가 있어."

옥두는 아들이 오줌 싸는 소리를 듣는다는 것이 아무래도 무안했다.

"뭐 어때서."

훈이는 그렇게 말하면서도 담뱃갑을 집어들고 밖으로 나갔다. 빈 속에 담배 연기가 얼마나 해로울까.

옥두는 누운 채로 볼일을 보면서도 자신이 송장처럼 누워 대소변을 보고 있다는 서러움보다 빈 속에 담배를 피워대는 작은아들 걱정이 우선 앞섰다.

예전에는 그러니까, 고등학교 다니다 말고 느닷없이 집을 나갔던 훈이가 다시 집에 들어왔을 때 옥두를 가장 놀래켰던 것은 바로 그 담배였다. 아주 능숙하게 꼬나물고 친구한테 전화하는 모습을 보면서 거의 졸도 지경이 되었으니까.

착하기만 하던 아이가 주먹 쓰는 애들하고 한패거리였다는 말을 들었을 때도 그렇게 놀라지는 않았을 것이다.

야단도 치고, 때로는 때려도 가면서 담배를 끊으라고 했지만 소용이 없었다. 이상하게도 담배를 피우는 한 그 애는 절대로 사람 구실을 못 할 것만 같았다.

남편없이 키운 자식인데, 정말이지 다른 사람은 몰라도 훈이는 그래서는 안 될 것 같았다.

그러나 지금 바람이 있다면 술이든 담배든 조금씩만 먹었으면 좋겠다는 것이었다. 이제 인이 박혔을 테니 끊기는 힘들 것이고, 먹더라도 적당히만 먹었으면 좋겠다는 생각뿐이었다. 그러면 건강에도 지장이 없을 것 같았다.

"형 오면 나 잠잤었다고 하지 마, 엄마. 혼난단 말야. 알았지, 엄마?"

훈이는 통을 들고 화장실에 들어갔다가 나오며 부탁했다. 솥뚜껑 같은 손에 들린 스테인리스 오줌통이 여간 민망스럽지가 않아 옥두는 고개만 끄덕였다.

나이 서른이 넘어서도 아직 막내 티를 못 벗어난 훈이가 안쓰러우면서도 언제 철이 들까, 걱정이 앞서는 것도 사실이었다. 다른 자식들하고 달리 아직껏 엄마, 엄마 하면서 어린애처럼 반말하는 것만 봐도 이상하게 한쪽 가슴이 씀벅거리게 하는 자식이었다.

"회사 안 나가도 되는 거여?"

옥두는 오늘도 훈이가 출근을 하지 않을까봐 걱정이 되어 그렇게 물었다. 누가 아까운 돈 주면서 개인 사정 보느라 회사 일 대충하는 걸 봐줄까. 봐준다고 해도 하루 이틀이지, 훈이는 옥두가 입원한 뒷날부터 거의 출근을 않고 있었다.

"걱정 마, 엄마. 회사에서도 다 이해하니까. 그 사람들은 엄마 없나 뭐."

철없기로 말하자면 대한민국에서 둘째가라면 서러운 아이였다. 몸집이나 작으면 또 모른다. 몸은 하마만한 것이 자나 깨나 엄마, 엄마 해댈 때면 며느리 보기가 여간 민망한 것이 아니었다.

"조금 있다가 그냥 출근해. 큰누나가 온다고 했으니까."

"오늘 수술인데 어떻게 출근해?"

훈이는 투정처럼 말했다. 그러고 보니 오늘 수술이라며 어제부터 물도 못 먹게 했었다.

"수술하면 에미가 허지, 네가 해? 걱정할 것 없다니까."

그렇게 말을 하기는 했지만, 마음 속에 그림자처럼 드리워진 불안감까지는 덜어낼 수 없었다. 며칠간 주술을 외우듯 두려워하지 말자, 두려워하지 말자, 수없이 자신을 타일렀어도 잘 안 되었다.

"무슨 일이 있으면 큰누나가 연락할 테니까 오늘은 출근해."

모처럼만에 붙잡은 직장을 다시 잃을까봐 옥두는 출근하라는 말만 되풀이했다. 그러면서도 저 애 없는 동안에 숨이 넘어가면 어쩌나, 하는 걱정이 없는 것도 아니었다.

다른 것은 몰라도 숨 넘어가는 순간만은 자식들이 모두 모여 있기를 바랐다. 자식들 다 모인 자리 마다하고 고통 때문에 울부짖다 혼자 떠난 남편을 보면서 나는 절대 그러지 않을 거라고 다짐했던 터였다.

다른 건 호강하고 싶지 않아도 임종만은 자식들 다 거느리고 하고 싶었다. 그래야 남은 자식들 가슴이 조금이라도 가벼울 것만 같았던 것이다.

"근데 왜 작은누나는 안 와?"

"바쁘겠지."

"바쁘다고 엄마 입원한 지가 언젠데 여태껏 코빼기 한 번 안 보여?”

훈이의 입에서는 마른 담배 냄새가 맡아졌다.

옥두는 될 수 있으면 작은딸 명진 생각은 하지 않으려고 애를 썼다.

심장에 이상이 생겨 병원을 드나들다 급기야 숨 넘어가기 직전에 병원에 입원을 하고, 수술 날짜가 잡혔는데도 연락 한 번 하지 않은 명진이 괘씸한 것은 사실이었다.

워낙 층층 시하 시집살이가 고된 아이라고는 하지만 제 어미가 염라대왕한테 끌려가느냐, 마느냐 하는 판국에도 이 핑계 저 핑계 얼굴 한 번 제대로 디밀지 않는 것이 여간 서운하지가 않았던 것이다.

그 애의 얼굴마저도 가물가물했다. 그래도 자식이 뭔지, 오늘이면 수술실로 들어가야 된다는 생각에 미치자 너무도 그 애가 보고 싶어졌다.

“누나한테 전화할까?”

훈이가 옥두의 마음을 읽었는지 주머니를 뒤져 전화 카드를 끄집어냈다. 병실에 있는 전화는 받을 수만 있지, 외부로 전화를 할 수가 없게 되어 있는 모양이었다.

“허긴 뭘 해. 오고 싶으면 오겠지.”

“오기만 해 봐라. 내가 가만 두나.”

훈이는 문을 나서며 그렇게 말했다. 말만 그럴 뿐이지, 그래도 저보다 한참 위인 누나를 함부로 대할 애는 아니었다.

그래도 전화를 걸어 험한 소리라도 하면 어쩌나 걱정이 앞서는 것은 사실이었다.

병실에는 옥두 혼자 남게 되었다. 며칠 동안 늘 이런 식으로 호젓하게 아침을 맞이하고는 했었다.

가슴의 통증만 아니라면 오랜만에 쉬기 위해 병원 입원을 한 것만 같았다. 그만큼 바쁘게 살았던 삶이었다. 그러나 문득 혼자 있다는 생각을 하면 까닭없이 두려움에 휩싸이고는 했다. 그리고 죽음을 생각했다. 자식들도 모두 초연하게 행동하려 애쓰고 있었지만, 얼굴에 드리워진 그림자까지 지워 낼 수는 없었다.

전화를 하러 나갔던 훈이가 이내 다시 들어왔다. 그리고 그 뒤로 용이 내외, 명옥 내외, 손주인 동찬이, 훈이 처가 돌쟁이 정화를 안고 들어섰다. 하지만 옥두는 그 뒤를 눈길로 훑어보았다. 역시 명진의 모습은 보이지 않았다.

"잘 주무셨어요?"

모두 밝게 인사를 하고 있었지만 얼굴은 어두웠다.

"그래, 잘 잤어."

옥두는 동찬의 손을 잡으며 대꾸했다. 그리고 하고 싶지 않았던 말을 기어이 입에 달고 말았다.

"왜 명진이는 안 온대냐?"

"오겠죠. 연락했으니까. 어제 병원에서 나온 모양이던데."

큰사위가 대뜸 그렇게 말했다.

"병원이라니?"

옥두는 깜짝 놀라 물었다. 그 애가 아프다는 말은 한 번도 듣지 못했기 때문이었다.

"아, 아녜요."

명옥의 얼굴빛이 달라졌다. 사위는 그때서야 몹시 당황하는 표정을 지었다.

"무슨 일인데?"

"예, 작은 애가 아파서 병원에 있었다고 해요."

큰사위가 큼, 목청을 가다듬고는 그렇게 말했다. 옥두는 그 말을 듣고서야 비로소 안심을 했다.

"많이 아픈 건 아니고? 어린 것이 무슨 병치레를 그렇게 자주 할까."

"그러게요."

사위가 시원스레 대답을 했다. 그러나 명옥은 아무 말 하지 않았다. 명옥은 명진이 자기를 무시하고 있다고 여겼다. 그래서인지 그 애 이야기가 나오면 거의 입을 다물어 버리는 편이었다.

아마도 한때 실수로 술집까지 흘러갔다가, 그것도 아이가 둘씩이나 딸린 남자에게 시집을 갔다는 자격지심이 그런 생각을 하게 했는지도 모른다.

거기다 나팔관을 드러내 자식도 낳을 수 없다는 사실 때문에 늘 어딘지 모르게 기가 죽어 있는 편이었다.

"수술이 열시부터 시작이래요. 금방 끝날 수도 있다니까 우린 그냥 밖에서 기다리지 뭐."

누구에게 하는 말인지 사위가 아무렇지 않게 말을 했다. 그러나 누구도 그 말에 대꾸를 보내지 않았다. 용이는 거의 창가에 붙어 서서 가끔씩 밖으로 내다보거나 주머니에 손을 찔러 넣었다 빼면서 불안해하고 있었다.

"별 일 없을 거여. 걱정들 하지 말고 있어."

할 말이 없었다. 정말 수술대에 올라갔다가 영영 깨어나지 않을 수도 있을 텐데, 그렇다면 나 없어도 잘하고 잘 살아야 해, 하고 말해야 할 것이다.

하지만 옥두는 설령 이 만남이 끝이라고 해도 그런 말은 하지 말자고 자신을 타일렀다. 죽은들 어떠랴, 하는 자포자기 심정 때문만은 아니었다.

그 동안 살아오면서 참 많이도 험한 꼴을 보고 살아야 했다. 그 중에서도 남편, 시어머니의 죽음은 옥두의 가슴에 대못을 꽝꽝 쳐 놓고 말았다.

죽는 날까지 발버둥을 치며 죽어 간 남편이나, 대소변을 5년 넘게 받아 내게 했던 시어머니나 모두 저렇게 살면 뭐하나, 하는 심정으로 바라보았던 목숨이었다. 그리고 또 있다. 이름도 지을 틈 없이 죽어 간 아이, 그래, 그 아이가 있었다. 탯줄도 제대로 끊지 않은, 시누이가 쏟아 놓은 핏덩이를 목졸라 죽인 그 아이가.

모두 지금 죽는구나, 하면서 숨이 끊어진 것은 아니었을 것이다. 모두 한숨 자고 나면 다시 사람들과 만날 수 있으리라는 생각을 했을지도 몰랐다. 다른 사람은 몰라도 옥두는 그렇게 생각했었다.

어머니를 부르며 풀썩 쓰러지던 남편을 보면서도 한숨 자고 나면 정신이 나겠지, 했었는데 그것으로 그만이었다.

그리고 5년 넘게 오랏줄 같은 목숨을 끌고 왔던 시어머니도 아침에 잠깐 눈을 떴다가는 다시 눈을 감더니 영영 깨어나지 않았다.

그렇게 죽음이란 검불처럼 가벼웠던 것이다. 죽을 때까지의 과정이 복잡하고 힘겨웠을 따름이었다. 그렇게 가벼운 죽음을 뭣하러 무겁게 만들 필요가 있겠는가.

"잠깐 나갔다 올게요."

용이가 쪽지 하나를 들고 문을 나갔다. 아마도 수술비 계산 때문에 나가는 것일 것이다. 어제 모두 계산이 끝났다고 하더니, 옥두는 그 경황에도 자식들 돈걱정부터 신경이 쓰였다.

모르긴 해도 한두 푼이 아닐 수술비를 쉽게 마련하기란 쉽지가 않았을 것이다. 거기다 병실이 없어서 2인용 병실을 잡은 모양인데, 그 값도 수월치가 않을 것이다.

이번에도 속 좋은 큰사위가 절반을 부담했을 테지.

열시가 조금 넘어서야 간호사를 앞세운 의사들이 병실로 들어섰다. 의사들은 알아들을 수 없는 말을 서로 주고받고는 모두 우─, 몰려 나갔다. 그리고 담당 의사가 이내 다시 들어 왔다.

"아무 것도 안 잡수셨지요? 기분은 어떠세요?"

늘 똑같은 질문을 해 오는 젊은 의사한테 정이 안 가기도 했지만, 내 자식들과 나이도 비등해 보이는 젊은이가 하얀 가운을 걸치고 병실로 들어서는 것을 보면 솔직히 부럽기는 했다. 그리고 자식들에게 뭔가 모르게 미안해지는 것이었다.

"물도 안 잡수셨어요. 오늘 아침에는 그런대로 기분도 좋으신 것 같아요. 그런데 소변을 쉽게 못 보시는 것 같아요."

옥두 대신 훈이가 대답을 했다. 의사는 고개만 끄덕이고는 옥두의 손목을 잠깐 잡았다. 온기가 느껴지지 않는 손의 감촉이 오랫동안 손목에 머물렀다.

"한 시간 후에 연락이 올 겁니다. 준비하고 계세요."

의사는 그렇게 말해 놓고 몸을 돌렸다.

"저, 별 일 없겠죠?"

큰사위가 뒤따라가며 물었지만 의사는 네, 짧게 대꾸하고는 사라졌다.

잠깐의 시간이 있다고 생각했는지 모두 바깥으로 나갔다. 아마도 여기 저기에 전화를 걸어 수술이 시작된다는 말을 전할 것이고, 만일을 대비해 어떻게 하면 좋겠느냐는 말을 물을 것이다.

명옥이 뜨거운 물에 적신 수건으로 얼굴이며 손을 싹싹 닦아주었다.

"네 나이가 몇이지?"

옥두는 명옥의 얼굴을 보며 물었다. 질문이 새삼스러웠는지 명옥이 피식 웃음을 지었다.

"엄마는. 병 나더니 자식 나이도 잊어 버렸수? 마흔 다섯이잖아."

마흔 다섯. 언제 세월이 그렇게 흘렀을까.

"이서방한테 잘하고 살아. 애들한테도 잘하고. 네가 배 아파 낳지 않았어도 키운 정도 있다잖어."

"알았어요, 엄마."

명옥은 손가락 새새틈틈 닦아주면서 고개를 떨구었다. 지지리 고생만 했던 딸이었다. 두 살 위인 용이는 그야말로 금이야 옥이야 자랐지만, 없는 살림에 딸로 태어난 죄로 겨우 초등 학교 교문을 들어갔다 나온 것이 전부였다.

그나마 사흘이면 한 번 정도는 결석을 해야 했고, 오죽하면 담임이 집으로 찾아와 왜 학교를 안 보내느냐고 따졌을까.

그래도 남편은 딸자식 가르쳐 무엇하느냐는 생각에는 변함이 없었고, 결국 용이가 중학교에 들어가던 해, 그나마 다니던 학교까지 그만두고 말았었다.

눈물 많고 착하기만 하던 딸이었다. 싫다는 딸을 부득부득 도시로 내보내 공장에 들여보냈던 남편의 저의는 순전히 용이 때문이었다.

한 푼이 아쉬웠고, 공장에서 한 달 품삯으로 받은 월급은 고스란히 용이의 학비로 충당되었던 것이다.

공장에서 나오는 빵도 아껴 집으로 보내주고는 하던 명옥이 어째서 술집으로 흘러 들어갔고, 급기야는 몸을 파는 짓거리까지 하게 되었는지는 알려고 하지 않았다.

그저 공부 못 시킨 죄로 미안할 따름이었다.

다행히도 큰사위가 나타나 몸값을 치르고 데려와 살림을 차렸던 것이다.

그렇게 되기까지 솔직히 명옥이 어떻게 살고 있는지도 잘 모르고 있었다. 미안한 생각을 하면서도 보내 오는 돈을 빠듯한 살림에 보태 쓸 수 있다는 것만이 다행스러울 뿐이었다. 그만큼 무심하게 대했던 자식이었다.

"에미 원망하고 있는 거여?"

옥두는 아무래도 마음에 있는 말 한 마디는 해 줘야 할 것 같아 그렇게 말머리를 끄집어냈다.

"뭘?"

명옥은 아무렇지 않게 물었지만, 금방 풀어지는 눈빛까지 감추지는 못했다. 두 눈에서는 금방 눈물이 글썽거렸다.

"학교도 안 보내 주고, 그저 오빠만 챙기는 부모 밑에서 왜 서운하질 않았겠냐."

"안 그랬어요, 엄마. 옛날에는 당연하다고 생각했으니까요. 그런데 세월이 지날수록 아버지나 엄마가 조금씩 원망스러워지기는 해요. 어딜 가서 말 한 마디도 못하는 바보라고 생각하면 더 그래요.”

왜 안 그러겠는가. 그토록 홀대를 하며 키웠으면서도 이제는 가장 많이 의지하고 있질 않는가. 병원으로 오기까지 모두 명옥이 서둘지 않았다면 아마 길거리 귀신이라도 되고 말았을지 모른다. 가슴이 터질 것 같다고 전화로 말했더니 그 길로 달려와 병원으로 데려 왔었고, 옥두는 병원 응급실에서 정신을 잃고 말았었다.

“조금만 늦었어도 큰일날 뻔했어요.”

의사는 나중에 그렇게 말했다. 정신을 잃고 옷에다 대소변을 봐 버리는 에미를 보면서 자식들이 놀랐을 생각을 하면 가슴이 미어질 것만 같았다.

“나 없어도 동생들한테나 네 올케 언니한테 잘 허구. 그래도 너밖에 없잖어.”

“…….”

명옥은 대답하지 않았다. 언제나 필요할 때만 큰딸을 앞세우는 부모한테 할 말이 누구보다 많을 터였다. 하지만 명옥은 서운하다는 말 한 마디 내뱉지 않았다. 그렇게 참고 사는 것까지 자신을 닮은 듯해 화가 날 지경이었다.

“내 옷 서랍에…….”

옥두는 거기까지 말을 하다 말고 입을 다물었다. 옷 서랍에 넣어 둔, 몇 푼 안 되는 돈이기는 하지만 저금되어 있는 통장이 있고, 용이 처가 혼수로 해 온 금반지와 목걸이, 그리고 환갑잔치 대신에 사 준 수정 반지며 목걸이가 있었다. 그런 것들을 팔아 봤자 관값이나 될까 모르겠지만 말을 하는 것이 좋을 것 같았었다.

그렇지만 명옥에게 할 말은 아닌 것 같아 입을 다물었다. 용이 처한테 일러야 하지 않겠는가.

죽어서라도 시누이가 설친다고 미워하면 큰일이다 싶어 입을 다물어버렸던 것이다. 그런 일일수록 윗사람을 내세워야지, 아랫사람이 나서면 시끄럽기 마련이었다.

"당장 죽을 사람처럼 왜 시시콜콜 챙겨요?"

말뜻을 벌써 알아차렸는지 명옥은 휴지에 눈물을 찍으며 코맹맹이 소리를 냈다.

옥두는 수건으로 얼굴을 닦아주는 명옥의 손을 가만히 잡았다.

"늘 욕심부리지 말고 손해본다 생각하고 살어. 남한테 둘 주면 셋이 돌아온다고 생각하고."

"그렇게 챙기고 싶어서 어떻게 죽어. 엄만 절대로 안 죽으니까 걱정 붙들어매라니까!"

명옥의 목소리는 기어이 흐느낌으로 변했다. 뜨거운 눈물이 손등으로 떨어졌다. 옥두는 명옥의 등을 다독거려주었다.

"울지 말어. 울고 살면 신세가 곤곤해서 못써."

어려서는 운다고 때리고, 시댁 식구들한테 당한 설움 풀 길

없어 때리고, 남편과 싸우기라도 한 날이면 공연히 머리끄덩이를 잡아당기며 너 죽고 나 죽자고 한탄하며 때렸던 딸이었다. 어째서 그렇게 함부로 대했을까.

그때는 몰랐는데 왜 이제서야 이렇게 마음이 아프고 안쓰러운지 모를 일이었다.

"에미가 너 많이 때렸지? 다 잊어 버려. 나도 잊고 갈 테니까."

"잊긴 뭘 잊어? 가긴 어딜 간다고 그래!"

명옥은 목이 메어 간신히 소리를 냈다. 그 소리가 가슴을 후벼파는 것만 같았다. 끝내 짐만 안기고 가는구나…….

"엄마, 나 다 잊었어요. 부모 자식간에 잊고 말 것이 어딨어요. 그러니까 그런 소리 말아요. 그냥 무사히 수술실에서 나올 수 있게 해 달라고 부처님한테 빌기만 해요. 나두 그럴게요. 예?"

명옥은 바싹 타들어가는 입술로 간절하게 말했다.

"그래, 고맙구나."

"엄마 수술 잘 끝나고 나오면 나랑 구경다니고 그래요. 부여에 가보고 싶다고 하셨죠? 거기도 가보고 형편 풀리면 제주도에도 가요. 내가 아무리 바빠도 엄마 손 잡고 구경다닐테니까. 알았지, 엄마?"

"그래, 고향에는 꼭 가보고 싶구나."

"응, 고향에도 모시고 갈게. 그리고……"

명옥은 말끝을 맺지 못했다. 그리고 옥두의 손에 고개를 묻었다. 어깨가 흔들렸다.

"에미 죽은 것도 아닌데 왜 자꾸만 우는 거여?"

옥두는 명옥의 마른 등을 쓰다듬었다. 울지 마라, 아가. 울지 마라……

"엄마가 무사히 수술실에서 나오면 내가 업고라도 갈게요."

가엾은 것. 옥두는 고개를 돌리고 말았다. 그렇게 피해만 입고 살았건만 아직도 자신보다 남을 먼저 생각할 줄 아는 마음이 너무도 안쓰러워 얼굴을 똑바로 볼 수가 없었다.

시간이 다 된 모양이었다. 자식들이 하나 둘 다시 병실로 들어섰다. 용이와 용이 처가 먼저 옥두의 손을 잡았다.

"아무 걱정 마시고 마음 편하게 갖으세요. 지금 의사 만나고 왔는데 수술 끝나면 금방 퇴원할 수 있다고 하던데요."

물론 수술이 성공했을 때의 일일 것이다.

나는 괜찮은데 모두 왜 저렇게 슬퍼할까. 해 준 것도, 어미라고 알뜰살뜰하게 챙겨준 것도 없는데 행여 잘못될까봐 가슴을 졸이는 자식들에게 오로지 미안할 따름이었다.

생각 같아서는 마지막 말이라도 한 마디 하고 싶은데, 또 그래서는 안 될 것 같았다. 그래도 죽어 넋이 된 뒤에 자식들이 울고 매달리는 것을 생각하니 눈물이 눈앞을 가렸다.

"준비 다 되셨죠?"

수간호사가 들어와 사무적으로 물었다. 그리고는 뒤따라 온 간호사들이 문을 활짝 열고 침상을 밖으로 밀었다.

명진은 기어이 오지 않을 모양이었다.

복도가 너무도 길어 보였다. 돌돌돌 바퀴 돌아가는 소리가 아득했다. 이제 영영 세상과 작별하기 위해 이 길을 떠나고 있다는 생각까지 들었다.

땡, 하는 소리가 들리는 것을 보니 엘리베이터 앞인 것 같았다. 옥두는 어떤 기척에 눈을 뜨고 저쪽을 쳐다보았다.

"명진아."

명진이 거기 서 있었다. 빨간 점퍼에 청바지를 입은 모습으로. 흡사 야유회라도 가는 듯한 차림새였다.

"바쁜데 뭣하게 왔어."

말을 하면서도 가슴이 떨렸다. 다가와 손이라도 한 번 잡아 줬으면 좋으련만 그 애는 아직도 그 자리에 서서 이쪽을 보고 있을 뿐이었다.

명옥이 등을 밀자 그때서야 명진은 옥두 곁으로 다가왔다. 무표정한 얼굴이었다. 며칠 동안 그렇게 보고 싶었던 딸인데, 막상 그 무표정한 얼굴을 대하는 순간 덩달아 가슴까지 굳어 버리는 것만 같았다. 하긴 저 애가 엄마, 하고 살갑게 부른 적이 한 번이라도 있었던가.

"걱정마세요. 별 일 없을 거예요."

왜 그 말이 섬뜩하게 들렸는지 모르겠다. 마치 이를 악물고 퍼붓는 소리처럼 들려왔던 것이다.

다시 고개를 들어 명진의 얼굴을 보았을 때, 그 애는 옥두의 얼굴을 무섭게 노려보고 있었다. 잘못 본 것이 아니라면, 분명히 노려보고 있었다.

모두들 한 마디씩 했다. 걱정하지 마세요, 잘 될 거예요, 마음 굳게 잡수세요…….

그리고 마지막으로 또렷한 음성 하나를 더 들었다.

"엄마?"

명진의 음성이었다.

그저 멀리서, 엄마? 하고 묻는 소리도 아니고 부르는 소리도 아닌 소리를. 외마디 비명 같은 소리였다.

그 소리 때문에 옥두는 다시 눈물을 뿌리고 말았다. 엄마라는 말이 왜 그렇게 가슴을 후벼파는지 알 수가 없었다.

"왜야?"

고개를 들어 그 애를 보며 간신히 대꾸했다. 내 자식아, 절대 울지는 말아라. 울면, 울면 세상이 슬퍼서 어떻게 살랴. 어미 없어도 절대 울지 말고 굳세게 살아야 한다.

"오후에 당숙모가 오신다고 전화왔었어요."

남의 말을 하듯, 그 말을 전해주기 위해서 여기까지 왔다는 듯, 그렇게 말하고 명진은 다시 얼굴을 굳혔다.

그러나 잘못 본 것이 아니라면 얼굴뿐만 아니라 눈도 빨갛게 충혈되어 있었다.

"이리로 모시지 말고 오빠 집으로 가시게 해라."

형식적으로 말을 내뱉는 명진 앞에서 고작 할 수 있는 대답이란 그것밖에 없었다.

그래서 더 가슴이 아팠다. 자상하게 손을 뻗어 평생 안아본 적이 없는 것 같은 딸자식한테 해야 될 말이 있을 텐데, 말이 되어 나오지를 않았다.

훈이는 링거를 꽂고 있는 팔에 고개를 푹 숙였다. 제 처가 당황하며 재빨리 팔을 잡았지만 이미 터진 눈물을 막을 재간은 없었다.

"엄마, 빨랑 깨어나야 해. 알았지, 엄마?"

옥두는 대답 대신 고개만 끄덕였다. 수술이 잘못되어 그대로 남편 곁으로 간다고 해도 아쉬울 것이 없었다.

용이는 그래도 대학 공부까지 한 덕에 대기업에 잘 다니고 있고, 큰딸은 고생은 했지만 밥먹고 살 정도로 돈을 모았고, 훈이도 아직 결혼식은 올리지 못했지만 회사에서 만난 종희 덕분에 많이 안정되게 살고 있는 듯했다.

하지만 작은딸 명진은 그렇게 마음 편하게 살지를 못했다. 결사 반대한 결혼을 하더니 십년 넘게 살면서도 시댁과 마음을 못 붙이고 방황하고 있는 듯했다.

에미가 병원에 그렇게 오래 있어도 인색할 정도로 나타나지 않은 것도 다 그런 마음 고생 때문일 것이라고 짐작했다.

엘리베이터 문이 들리고 바퀴 달린 침상이 안으로 들어가려 할 때, 숨죽여 우는 명옥의 목소리와 아들들의 목소리는 들었으나 명진의 목소리는 끝내 듣지 못했다.

그렇게 저 애와 헤어지면 안 된다는 생각을 왜 했을까. 손을 뻗어 명진을 향해 까불었다.

하지만 벌써 엘리베이터 문이 닫힌 뒤였다.

깊은 잠을 자고 있는 듯만 싶었다. 수술실로 들어와 마취 주사를 놓은 뒤 천장이 빙글빙글 맴을 돈 것 같았는데, 그러고는 그만이었다.

꿈 속에서 수없이 많은 사람을 보았다.

부모님을 보았고, 늘 천대를 하던 서모를 보았고, 그리고 혼례를 올릴 때의 남편 모습도 보았다.

남편은 풍채도 인물도 남다르게 뛰어났다. 좁은 이마만 아니라면 어디에다 내놓아도 손색이 없을 인물이었다. 커다란 키에 떡 벌어진 어깨, 그리고 부리부리한 눈.

하지만 자신의 삶이 저 남자에 의해 다시 시작될 수 있다는 기대보다 이상하게도 불안하기만 했다. 행복이란 단어가 도무지 떠오르지를 않았다.

어려서 어머니가 돌아가시고, 새로 들어온 서모 밑에서 갖은 학대를 다 받고 자라면서 몸에 배인 조심성일 수도 있었다. 얼마든지 행복할 수 있을 것이고, 부족한 것이 있다면 노력해서 보태면 될 것이다.

그렇게 마음먹으면서도 자꾸만 뒤꿈치가 무겁게 뭔가에 찍히는 것만 같은 기분을 떨쳐버릴 수가 없었던 것이다.

처음 가 본 시댁은 굉장히 높은 산이 병풍처럼 둘러쳐진 산골이었다. 원래 유생 집안이었다가 무슨 당파 싸움으로 간신히 목숨을 부지한 사람 몇이서 외진 그곳으로 도망와 다시 일군 마을답게 뭔가 모르게 어둠이 짙게 드리워져 있었다.

고개 마루턱을 넘어서면서 옥두가 가장 먼저 맞닥뜨린 것도 그 어둠이었다.

그리고 그 어둠은 옥두가 어렴풋 예감한 불길함이었다는 것을 깨닫기까지는 그다지 긴 시간이 걸리지 않았다.

흥부 놀부에서나 나옴직한 시숙 내외는 옥두가 집으로 들어오기 바쁘게 마을 끝에 있는 허술한 초가 하나를 사들였다.

그러고는 옥두 내외와 시동생 하나, 시누이 셋, 거기에 홀어머니까지 딸려 내보내 버렸던 것이다.

그것이 시숙의 결정이었건, 아니면 심술 사나운 맏동서의 처사였건, 옥두에게 주어진 것이란 희생밖에 없었다.

봄부터 늦은 가을까지는 품 팔고, 겨울 내내 베틀에 매달려 살아야 했다.

그래도 그 많은 식구 입에 풀칠하기란 왜 그렇게 힘겨운지. 철부지 시누이들은 옥두가 갖고 있는 것이라면 하찮은 천 쪼가리 하나라도 욕심을 부렸고, 시어머니는 혹여 옥두가 당신 자식들에게 잘못할세라 한시도 감시의 눈을 게을리 하지 않았다.

그리고 이듬해 가을, 너무도 청천벽락 같은 일이 터지고 말았다. 막내 시누이가 임신을 했던 것이다.

그것도 처녀의 몸으로. 더 기가 막혔던 것은 그 상대의 남자가 남도 아닌 친정 동생이라는 사실이었다. 서모 밑에서 밥을 얻어먹느라 눈칫밥만 먹는 동생이 간혹 누이 집이라고 찾아오고는 했는데 그런 날벼락 같은 일을 저지르고 말았던 것이다.

시누이의 배가 불러오고, 그리고 몸을 풀 때까지 옥두는 한 날도 마음 편하게 자리에 눕지 못했었다. 행여 누군가 마실이라도 왔다가 시누이의 임신 사실을 알아버리면 큰일이었다.

시숙이 어쩌다 집에 들리는 날이면 버선발로 마루를 내려와 마당에서 머리를 조아리면서도 시누이가 숨소리도 내지 말기를 바랐다.

다행히 시숙은 자기 외에 다른 사람에게는 일말의 관심도 없었다.

보리는 언제 베고 모는 언제 심어야 하겠다는 말이나 쟁기질을 언제 할 터이니 그리 알라는 식의 통보만 하고 이내 돌아갔을 뿐이었다.

모를 심고, 쟁기질을 하고, 피를 뽑고, 추수를 하고, 모두 옥두와 남편의 몫이었다.

우선 큰집의 일을 다 마친 뒤에서야 옥두 집의 일에 손을 댈 수가 있었던 것이다.

그깟 몸으로 때울 수 있는 일 정도는 아무래도 좋았다. 다만 시누이가 임신했다는 소문만 아무도 몰라주기를 바랐을 따름이었다.

초산이라서인지 시누이 배는 별로 부르지 않았다.

거기다 시어머니가 칭칭 동여 맨 광목 때문에 통치마로 가려진 시누이 배는 조금 살이 찐 정도로밖에 보이지 않았던 것이다.

그리고 그 이듬해 개구리가 유난히 극성을 피워대던 날, 시누이는 진통을 시작했다.

진통은 이튿날까지 이어졌다. 다행히 비가 억수로 쏟아지는 날이어서 아무도 돌아다니지 않았다.

집이 논둑 옆에 있는 탓에 사람들이 논에 나와 있으면 아무리 조심을 해도 소리가 밖으로 흘러나갈 수밖에 없었을 것이다. 하지만 하늘이 도왔는지 비가 억수같이 쏟아져 아무도 논에 나오질 않았다.

시누이들과 시동생은 시어머니가 큰집으로 몰고 갔기 때문에 집에는 옥두 혼자만 있었다. 남편도 집에 없었다.

진통 때문에 몸을 비틀어대는 시누이의 비명 사이로 천둥과 번개가 날카롭게 울리고는 했다.

"우르릉 꽝!"

"우르릉 꽝!"

그 소리가 하늘에서 자신을 향해 내지르는 고함 소리만 같
았다. 가엾은 생명을 죽여서는 안 된다고.

"아악! 엄니!"

아무리 입을 틀어막아도 시누이의 입에서 터져나오는 비명
을 막을 재간이 없었다.

옥두의 몸을 끌어안고 몸을 비틀어대는 시누이의 힘을 못
이기고 수도 없이 방바닥에 나동그라지고는 했다.

"저리 꺼져!"

그런 와중에도 시누이는 성질을 부려댔다. 네 동생 때문에
이렇게 되었잖아, 하는 소리도 서슴없이 내뱉고는 했다.

그저 죽고만 싶을 따름이었다. 둘이 아무리 좋아 배를 맞췄
다고 해도 친정 동생이 해놓은 짓이었다. 시어머니 말대로 내
쫓기지 않는 것만도 조상님 덕이 아니고 무엇이겠는가.

시어머니가 부랴부랴 뛰어왔다.

빗물이 번들거리는 시어머니의 얼굴은 백짓장이었다. 시누
이 걱정보다 시어머니가 어떻게 될까봐 옥두는 안절부절 못
했다.

"빨리 항아리하고 광목을 챙겨 와!"

시어머니의 말에 정신없이 장독대로 달려갔다.

비 때문에 앞이 잘 보이지 않았다. 빈 고추장 단지를 물에
헹구고 광목을 챙겨 시어머니한테로 돌아왔을 때 옥두의 몸
은 사시나무 떨리듯 덜덜덜 떨리고 있었다.

그리고 마지막 비명 소리와 함께 으앙! 하는 갓난 것의 첫 울음소리가 터졌다. 그러나 그 울음소리를 들었다고 생각한 것은 순간적이었다.

어느새 시어머니의 손은 그 핏덩이의 얼굴을 덮고 있었고, 잠깐 다리를 꿈틀거리던 핏덩이는 이내 축 늘어졌다.

그리고 무엇이 있었던가. 이튿날, 마치 새참이라도 내가는 것처럼 광주리에 항아리를 담아 이고 산을 넘어가면서 옥두는 까무룩히 꺼지려는 정신을 가다듬으려고 이를 악물었다.

머리 위에 얹힌 항아리에서 금방이라도 으앙! 하는 울음소리가 터져나올 것만 같아 손발이 부들부들 떨렸다. 아무리 정신을 차리자고 해도 소용이 없었다.

삽도 없이 호미와 손톱으로 땅을 파고 그 항아리를 묻으면서 옥두는 기어이 눈물을 쏟고 말았었다.

그러나 그 울음은 이내 웃음소리로 바뀌었고, 자신도 모르게 실실 터져 나가는 웃음은 마을로 돌아왔을 때도 멈춰지질 않았다.

남편은 그런 옥두를 보자 대뜸 작대기부터 집어들었다.

"왜 미친년처럼 실실 웃고 지랄이야!"

부모 형제한테는 나무랄 데 없이 착실한 사람이었다. 그러나 옥두에게만은 참 모지락스러운 사람일 뿐이었다.

무엇이 그렇게 못마땅하고 화가 났는지 시어머니 입에서 불평 한 마디만 나와도 몽둥이가 먼저 손에 들려지고는 했다.

웃지 말자고 이를 악 물어도 웃음이 침처럼 흘렀고, 자다가도 핏덩이가 나타나 온몸을 동여매는 가위에 눌려 비명을 질러대며 일어나기 일쑤였다.

"나가! 나가란 말야!"

남편은 속옷 차림인 옥두를 사정없이 끌고 나가 저수지 저 너머에 버려두고 돌아가 버리기도 했지만 옥두는 어린것이 매달리듯이 안간힘을 쓰며 매정한 남편의 꽁무니를 쫓아오고는 했다.

"같이 가요! 같이 가요!"

"저리 꺼지지 못해! 이 미친년아!"

"어흐흐, 으흐흐."

옥두의 입에서 흘러나오는 소리란 절규에 가까운 비명이었지만 그 소리마저도 남편은 웃음소리로 들렸던 모양이었다.

"재수없게 자꾸 웃을 거야? 물 속에 처넣고 죽이기 전에 아가리 닥치지 못해!"

남편이 저수지로 끌고 가 울며 매달리는 옥두를 정신을 잃을 때까지 물속에 처박은 며칠 뒤, 친정 아버지가 오셨다.

"가자."

아버지 입에서 나온 말은 그것이 전부였다.

"아부지……."

하얀 두루마기에 하얀 고무신, 그리고 깨끗한 중절모. 그 하얀 것들 때문에 목이 메어 아버지 발 아래로 엎드려 헉, 울음을 터뜨렸다.

가슴을 치고 명치 끝에 바위만큼 무겁게 매달린 울음은 입 밖으로도 빠져나오지 못하고 덜그럭덜그럭 뼈마디 부딪히는 소리를 냈다.

"가자, 옥두야. 네가 이 고생이 뭐냐."

아버지는 울고 계셨다. 아버지의 눈물 때문에 덜컥 겁이 났고, 기겁을 하며 매달렸다.

"아부지, 아부지……. 다시는 안 그럴게요. 한 번만 용서해 주세요. 다시는 안 그럴게요."

무엇을 잘못했는지도 모르면서 무조건 발이 손이 되도록 빌었었다. 잘못했으니 용서해 달라고. 그래도 아버지는 자꾸만 옥두의 몸을 잡아 일으켰다.

"가자, 우리 집으로 가자. 이것아, 정신 좀 차리거라."

"아부지, 잘못했어요. 다시는 안 그럴게요."

밀고 당기는 부녀의 모습을 다른 사람들이 어떻게 보았을까. 옥두는 너무도 슬펐었고, 억장이 무너지는 서러움 때문에 아버지 발 밑에 엎드려 꺽꺽거리며 울었다.

너무도 울어 나중에는 소리조차도 나오질 않았다.

아버지는 울다 지쳐 축 늘어진 옥두를 등에 업고 그 집을 나섰다. 축 늘어진 딸을 업고 병풍처럼 둘러쳐진 산을 허위허위 넘었다.

그렇게 친정으로 다시 돌아갔었다. 더는 살 수 없었고, 세상이 두려워서 견딜 수가 없었다. 실성한 딸년을 볼 때마다 아버지는 자꾸만 옷자락에 눈가를 훔쳤다. 아버지 옷자락을 자꾸 적셔대는 물기는 옥두의 가슴으로 다시 봇물처럼 몰려들어와 가슴을 쥐어뜯게 하는 슬픔을 안겨주고는 했다.

하지만 운명이란 참으로 모진 것이었다. 자신의 몸에 이상이 있다는 것을 느꼈고, 기름기 있는 음식 냄새만 맡아도 똥물까지 토해내고는 했다. 임신이었다.

다시 돌아올 수밖에 없었고, 그리고 그 해 말에 아들 용이를 낳았던 것이다.

용이…….

그 애 때문에 다시금 시작된 삶이었다.

그 애는 실성한 에미 뱃속에서 잘도 자랐다. 그리고 에미가 더는 식구들에게 천대를 받지 않아도 되게끔 해준 생명의 은인이었다.

그 뒤로 명옥이 태어나고, 그리고 명진이, 그리고 훈이가 태어났지만 용이만큼 옥두에게 커다란 행복을 주지는 못했다. 다른 자식 모두 용이를 위해 태어났을 뿐이라는 말이 옳을 것이다.

꿈에서 보았던 자신의 옛 모습이 너무도 안쓰러워 눈물을 흘리고 말았던 모양이었다. 그 축축한 기운 때문에 정신이 들었다.

눈을 떴을 때, 가장 먼저 들은 것은 언제나처럼 맑은 새 소리였다. 짹짹짹, 짹짹짹.

그리고 코청을 스치는 맑은 공기…….

아, 살았구나, 하는 안도의 한숨이 푸욱 나왔다. 어쨌거나 죽지 않고 다시 살아났다는 것은 고마운 일임에 틀림없었다.

이제 겨우 예순 다섯이라는 나이 때문이 아니라, 손주의 재롱을 더 볼 수 있고, 그 동안 친하게 지냈던 친구들을 얼굴이라도 한 번 더 볼 수 있고, 딸집에 가서 김장 참견, 된장, 고추장 참견이라도 한 번 더 할 수 있다는 것은 아무튼 좋은 일이 아닌가.

회복실인 모양이었다. 하얀 천장이 먼저 눈에 띄었다.

"괜찮으세요?"

마스크를 한 파란 가운의 아가씨가 얼굴을 디밀었다. 살아 있는 사람의 얼굴을 본다는 것이 진정으로 반가웠다.

정신을 잃었다가 깨어났을 때 염라대왕이나 저승사자가 아닌 인간의 얼굴을 볼 수 있다는 것만큼 신기한 것은 다시 없을 터였다.

살아났다는 것을 느끼는 순간 너무도 자식들 얼굴이 보고 싶었다. 하지만 입을 열어 뭐라 말할 기운은 아직 없었다.

마취가 안 풀려서인지 정신도 몽롱했다.

"가족들 보고 싶으시죠? 조금만 참으세요. 입원실로 보내 드릴게요."

마스크를 한 아가씨가 눈으로 웃어주었다. 그 웃음이 아침 햇살만큼이나 싱그러웠다.

간단한 검사를 하고 회복실을 나와 입원실로 옮겨 가는 시간이 너무도 길었다.

……우리 자식들을 만날 수 있다니, 부처님, 감사합니다.

옥두는 두근거리는 가슴을 간신히 진정시켰다.

자식들을 키우면서 그리고 용이가 남부럽지 않게 공부도 잘하고 좋은 대학에 합격했을 때도 이렇게 가슴이 두근거리지는 않았었다.

"엄마!"

"어머니!"

문을 나서기 바쁘게 자식들의 낯익은 음성이 들려왔다. 모습은 아직 보이지 않았다. 소리나는 쪽을 향해 손을 뻗으려 했지만, 몸이 말을 잘 듣지 않았다.

"엄마!"

"어머니!"

자신을 부르는 자식들의 음성이 너무도 정겨웠다. 용이, 명옥, 훈이, 그리고 작은사위 규석의 음성도 들려왔다.

그리고 눈앞에 나타난 자식들의 얼굴은 눈물 범벅이 되어 있었다. 고마운 것들. 못난 에미 살아난 것이 뭐가 저리 기쁘다고 눈물까지 흘릴까.

하지만 옥두는 뭔가 허전하다는 것을 느꼈다. 그러면서 명진을 찾는 자신을 보았다.

삼남매는 깨어난 에미를 보고 죽었다 돌아온 사람 대하듯 어쩔 줄 몰라 했지만, 역시 명진은 한쪽에 비켜서서 옥두를 보고 있을 따름이었다.

그렇게 바라보는 명진의 눈빛이 왜 죽은 남편과 닮았다고 생각했는지 모르겠다. 정말 무표정하게 이쪽을 보고 있는 명진의 얼굴은 남편의 모습과 흡사했다.

"명진아……."

옥두는 입을 달싹거려 작은딸의 이름을 불러보았지만, 너무도 거리가 멀게만 느껴졌다.

"아이고 우리 엄마, 살아서 돌아왔네."

명옥이 호들갑스럽게 떠들어대는 소리에도 명진의 표정은 변하지 않았다. 하지만 훨씬 더 퀭해진 눈자위며 홀쭉해진 양쪽 볼이 눈에 밟혔다.

에미가 수술실에 들어갔다가 영원히 나오지 않을지 모른다는 걱정 때문에 얼굴이 저리 망가졌을까.

옥두는 명진을 향해 고개만 끄덕이었다. 그러나 명진은 옥두의 눈과 마주치는 순간 그대로 고개를 돌리고 말았다.

너무도 통증이 심해서 누가 옆에 있는지 없는지도 모른 채 이틀이 지났다. 허벅지께를 어떻게 해놓았는지 움직여서도 안 된다는 것이었다.

"조금만 움직이면 실밥이 터져서 다시 꿰매야 하니까 숨도 크게 쉬지 마세요."

명옥은 옥두가 조금만 몸을 뒤척여도 기겁을 하고 말렸다. 죽을 목숨 다시 살아난 것이야 다행스러운 일이지만 산 사람이 다리 한 번 제대로 못 움직인다는 데야 고문도 그런 고문은 다시 없을 것이었다.

그리고 사흘이 되어서야 겨우 정신이 나고 통증도 많이 가셨다. 처음에는 소태같이 써서 입에도 대기 싫던 미음이 조금씩 목으로 넘어갔다.

사람 목숨 줄이 그렇게 질기고 모질 수 있는 것인지, 금방 죽을 것 같다가도 입맛이 돌고, 눈이 맑아지는 것이 민망할 정도로 빨랐다.

병원에 와 있는 사람은 주로 명옥과 훈이었다. 용이는 회사 일 때문에 저녁때나 얼굴을 내밀었고, 어쩌다 한 번만 오라는 옥두의 부탁에도 불구하고 만삭인 훈이 처는 정화를 안고 매일 나타나고는 했다.

아마도 속옷도 제대로 갈아입지 못하고 새우잠을 자는 제 신랑이 몹시 걱정되는 모양이었다.

부모가 없더라도 저렇게 자식들이 살아갈 수 있다는 것이 한편으로는 대견스러우면서도 가슴 한 자락이 싸아해지는 것은 무슨 까닭일까.

돈 들일 것 없다는 옥두의 말에 따라 6인용 병실로 옮겨 온

뒤부터 옥두의 기분은 더욱 밝아졌다. 병실 사람 모두 옥두를 부러워했다.

"할머니처럼 말년 복이 많으면 누가 걱정이래요."

"자식들 다 잘 돼서 얼마나 좋으세요. 거기다 며느리까지 후덕한 사람이 들어왔으니 할머니는 정말 좋겠네요."

"큰아들은 큰아들답게 의젓하고 큰딸, 막내아들, 거기다 사위까지. 아무튼 복도 많으십니다."

모두들 한 마디씩 거들었다.

아닌게 아니라 옥두가 생각해도 자신만큼 말년 복이 많은 노인도 없는 것 같았다. 농사 중에 가장 큰 농사가 자식 농사라는데 자신은 그다지 많은 씨도 뿌리지 못했고, 비료도 그다지 주지 못했는데 자식들은 제 힘으로 자라 분에 넘치는 효도를 하고 있길 않는가.

주변 사람 모두를 떠올려 보아도 자신처럼 공으로 복을 받고 사는 사람은 없어 보였다.

한숨 섞어 가며 땅이 꺼져라 신세 타령을 할 일도 그다지 없어 보였다.

젊어서 겪은 마음 고생이야 이제 기억도 흐릿해졌고, 벌써 죽어 흙으로 돌아간 사람, 자식 따라 외국으로 나간 사람, 모두 하나 둘 뿔뿔이 흩어져 버리고 없었다. 그만큼 기억도 흐릿했다.

기억이란 그 당사자들이 곁에 있어야 떠올릴 맛이 있는 법이다. 그들이 사라지는 것을 계기로 기억도 사라지기 마련인가 보다.

오후에 조카들이 모두 다녀갔다.

집안 어른이 아프면 병문안 올 줄 알고, 명절 때면 꼭 인사 올 줄 아는 조카들이었다. 옛날에 먹고살기 힘들 때는 이런 날이 오리라고는 꿈에도 상상하지 못했었다. 끝내 일벌레로만 살다가 끝날 삶일 줄 알았었다.

그러나 세상은 공짜가 없는 모양이었다. 그래도 젊어 인사 닦을 데 닦고, 콩 하나라도 나누려고 했던 정성이 지금에서야 결실을 맺는 것 같았다. 그것이 옥두의 마음을 흡족하게 해주었다. 참고 견디며 살았던 세월이 참으로 대견스러웠다.

시누이 내외가 다녀가고, 절에 같이 다니던 친구들이 다녀간 뒤 모처럼만에 한가하게 낮잠을 잤다. 몸에서 바윗덩어리만한 무게를 덜어낸 것처럼 마음까지 가벼워 달게 잔 잠이었다. 창문을 타고 넘어오는 바람까지 시원했다.

그리고 눈을 떴을 때 어느 때보다 훨씬 가벼워진 기분이 들었다.

"내일 퇴원해도 된다는데 어쩔까요?"

자는 동안 와 있었는지 용이가 옥두를 내려다보며 물었다. 가뜩이나 마른 사람이 며칠 마음 고생 탓에 눈에 띄게 말라 보였다.

"뭘 어째. 가라면 얼른 가야지. 여기 오래 있다가는 다 고친 병도 다시 도질 것 같아. 집에만 가면 훨훨 날아다닐 것 같구만. 아니, 내일까지 기다릴 것도 없이 오늘 당장 가자.”

당장이라도 옷을 갈아입고 나설 것처럼 선수를 치는 옥두를 보고 훈이가 웃어댔다.

“엄마는 염라대왕이 데리고 갔다가도 그냥 내보내 버렸을 거야. 엄마처럼 황소고집 노인네 데려다 고생할 필요 있겠어?”

용이가 큼큼 헛기침을 했지만 훈이는 낄낄대며 웃어댔다. 아무래도 에미가 다 살아나 집에 가겠다고 설치는 것이 좋은 모양이었다.

“퇴원 수속도 밟아야 되고 시간이 걸려요. 오늘은 아무래도 불가능할 거예요.”

뭐든 조심스러운 용이가 불쑥 퇴원하겠다고 설치는 에미를 불안스럽게 보았지만 옥두는 아랑곳하지 않았다.

“안 되는 게 어딨어. 내가 내 발로 나간다는데.”

정말이지 집에 빨리 가고 싶었다. 살아서 돌아갈 집이 있다는 사실이 생각만으로도 기뻤던 것이다.

“알아보고 올 테니까 잠깐 그대로 계세요.”

고집을 꺾을 수가 없겠다고 여겼는지 용이가 밖으로 나갔다. 설령 퇴원이 안 된다고 해도 고집을 피워서라도 나가고 싶었다. 집에 가서 내 방에서 내 이부자리 펴고 두 다리 뻗고 편히 자고 싶었다.

처음에는 몰랐는데 철제 침상에서 자다보면 간혹 삐거덕대는 소리가 여간 귀에 거슬리지가 않았다.

어디 그 뿐인가. 음식은 또 어떻고. 밍밍한 죽맛에다 반찬들은 왜 그렇게 네 맛도 아니고 내 맛도 아닌지, 여기 오래 있다가는 영양 실조에 걸리기 딱 알맞았다. 영양사가 환자에 맞게 조리를 하고 음식을 장만한다는 말을 듣기는 했지만, 어디 인간 입맛이 계산법대로 간단해야 말이지.

하지만 더 서둘러 병원을 나가고 싶은 것은 자식들 때문이었다.

하루라도 빨리 집으로 돌아가 자리를 지키고 있으면 자식들 모두 다시금 제 일 하면서 따뜻한 밥 먹고, 제 이부자리에서 편히 잘 수 있질 않겠는가.

사람에게 가장 좋은 것은 뭐니뭐니 해도 제 집 밥을 먹어야 살로 가고, 제 이부자리에 두 다리를 뻗고 자야 실컷 잔 것 같은 기분이 드는 것이다.

다행히 별 까탈없이 퇴원 허락이 떨어진 모양이었다.

무슨 일이 있으면 얼른 모시고 와야 된다는 담당 의사의 말에 용이나 훈이보다 그럼요, 그럼요, 시원스레 대답을 한 것은 옥두였다. 나간다 생각하니 한시가 급했다.

"금방 돌아가실 것 같던 할머니가 젊은 사람보다 더 건강하시네요."

뒤따라 온 간호사가 호호 소리내어 웃었다. 주사를 왜 이렇게 자주 주냐며 투정을 부려대다 잠깐 말실랑이를 벌였던 간호사였다.

그때는 왜 그렇게 밉던지, 그러나 지금은 가지런한 잇몸이 몹시 정갈해 보였다. 간호사만이 아니라 조심하라는 담당 의사며 쓰레기통을 비우려 들어 온 아주머니까지 모두 정겹게만 보여졌다.

"안녕히 가세요."

"자식들 효도 실컷 더 받고 그 다음에 돌아가셔도 늦지 않아요."

"다시 시집가셔도 늦지 않았으니까 좋은 할아버지 만나거든 남 눈치 볼 것 없이 따라가요."

"새롭게 살아난 목숨인데 그 나이에 시집간단들 누가 뭐라 겠어요."

모두들 축복의 말을 한 마디씩 던져주었다. 이 병원이야 다시 오고 싶지 않지만 그래도 며칠 동안 정든 사람들이었다. 며칠 후에 치료 받으러 올 때는 음료수라도 사 들고 와야겠다는 생각을 했다.

바깥은 참 따뜻했다. 늦가을 한낮의 볕이 당연히 따뜻할 텐데도, 입에서는 저절로 감탄이 흘러나왔다.

"참 따뜻한 날씨구나! 정말 따뜻해!"

날씨만이 아니라 주변에 펼쳐진 모든 것들이 그랬다.

병원에 들어갈 때는 금방 죽을 것만 같더니 세상으로 다시 나올 수 있게 되었다는 것이 믿기지 않아 옥두는 연신 좋다, 좋다, 하는 소리를 입속말로 해댔다. 소리내어 하고 싶었지만 자신 때문에 마음 고생, 몸 고생 실컷 한 자식들에게 미안해 차마 입 밖으로 내뱉지는 못했다.

"우리 집으로 모셔, 형."

훈이가 운전석 옆에 앉은 용이를 보고 말했지만 용이는 들은 척도 하지 않고 자기 집 쪽으로 가자는 말만 택시 운전수에게 건넸다.

"병원에서 우리 집이 훨씬 가까운데 멀리 갈 것 없잖아. 혹시 뭔 일 있어도 우리 집에서 달려오는 게 빠르잖아."

훈이는 자꾸만 형을 졸라댔다. 무슨 계산이 있어서 하는 말이 아니었다. 다만 기분이 내키는 대로 말을 하는 것이었다.

그것이 늘 옥두를 불안하게 만들기도 했던 것이다. 다른 데 가서 혹여 말실수나 하지 않을까 해서.

"정화도 어리고 네 처도 몸이 무거운데 우리 집이 편하잖아. 나중에 건강해지시면 모셔다 드릴게. 네 집에 가면 어머니가 편히 계실 수나 있겠냐?"

"알았어, 형."

형 말이라면 팥으로 메주를 쑨다고 해도 믿는 훈이였다.

"그래, 몸 좀 추스를 수 있게 되면 가마. 가서 김치도 담그고, 해야 될 일이 많을 거다."

다시금 살아서 이것저것 참견하게 되었다는 것이 기쁘면서도 뭔가 염치가 없는 기분이 들어 옥두는 훈이의 손을 잠깐 잡았다가 놓았다.

좋았다. 세상이 모두 새로워 보였다. 모두 새로이 태어난 것 같았고 모두 산뜻한 모습으로 자신을 맞고 있는 것만 같았다. 햇살은 어찌 그리 따사로운지.

그 새로움이 옥두의 마음을 턱없이 부풀게 만들어주었다.

이제 덤으로 얻은 삶이 아닌가. 그냥 그대로 죽었더라면 영영 해결하지 못했을 일이 너무도 많았다.

그 동안 소원했던 대소가들을 만나 따뜻한 말이라도 나눠야 할 것이고, 절에 같이 다니는 친구들에게는 따뜻한 밥이라도 한 끼 사 줘야 할 것이고, 까닭없이 미워했던 사람들은 손이라도 잡아주며 이제는 더 이상 미워하지 않는다는 것을 마음으로 전해줘야 할 것이고, 먹고 사느라 제대로 챙기지 못했던 친정 부모 제사에도 참석해야 할 것이다.

그대로 죽어야 했다면 해도 그만, 안해도 그만인 일이었다. 하지만 다시금 새 생명을 얻은 이상 그런 작은 것들이라도 새새틈틈 챙겨 당장 죽는 일이 생기더라도 마음에 깃털 만한 미련도 남지 않게 해야 할 것이다.

그러자고 지장보살님은 저승 사자가 거둬 온 목숨 다시금 세상에 내보내지 않았을까. 빚 갚을 것 다 마저 갚고, 자식들한테 큰 짐 되지 않게끔 살다 그대로 홀가분하게 다시 오라며. 분명 그랬을 것이다.

남편도 아마 그렇게 되길 원할 것이다. 자신은 복이 없어 쉰 나이도 못 채우고 저 세상으로 떠났지만, 알토란 같은 자식들 효도 아까워서라도 옥두가 다 받게끔 도와줄 것이다.

병원에서 미리 전화를 했었는지 아파트 현관문이 열려 있었다. 그리고 안으로 들어서기도 전에 애완용 개가 먼저 알고는 깡깡깡, 짖어댔다. 미물도 다시 살아온 사람을 반기는구나. 옥두는 개 등을 쓰다듬어 주었다.

"어머니!"

용이 처는 얼굴에 함박 웃음을 짓고 옥두를 반겼다.

"동찬이는?"

학교에서 오려면 멀었는데도 손주를 챙기고 이것저것 열어보고 만져보는 옥두를 용이는 가만히 보고만 있었다.

얼굴로 나타내지는 않지만 어미가 살아와서 그런 것들을 챙기는 것을 흐뭇하게 여기고 있을 용이의 마음이 느껴져서 공연히 얼굴이 뜨거워졌다.

어느 것 하나 변한 것이 없었다. 손바닥만한 개도, 수조 속의 열대어도, 쫙쫙 양팔을 벌리고 있는 듯한 군자란도 모두 그 자리, 그 모습으로 자신을 반겨주는 것만 같아서 우선 마음이 흐뭇했다. 나이를 먹어가면서 가장 크게 느껴지는 것은 언제나 변함없는 것들에 대한 편안감이었다.

"아, 배고파. 형수님 밥 주세요. 아참, 엄마는 피곤할 텐데, 방에 들어가서 누우세요."

훈이가 당장 옥두를 안아 방으로 데리고 들어갈 것처럼 설쳐댔다.

"아서. 지겹게 누워 있었으니까 잠깐이라도 앉을 테다."

옥두는 손사래부터 쳤다.

"그리고 밥 먹고 얼른 회사에 나가 봐. 가서 사장님한테 인사라도 허구 집으로 가. 그 동안 죄송했다는 말 꼭 허구."

아무래도 덜렁대는 훈이가 미덥지 않아 옥두는 조목조목 챙긴다.

"저 잔소리하고 싶어서 우리 엄만 죽지도 못할 거여."

동생의 버릇없는 말투가 싫었는지 용이가 잠깐 눈살을 찌푸렸다. 생각 같아서는 그냥 소파에 앉아 자식들이 나누는 말을 듣고, 며느리가 부엌에서 왔다 갔다 하며 도마질하는 모습을 보고, 텔레비전을 틀어놓고 개그맨들의 우스운 말도 들어보고 싶었지만 몸이 말을 듣지 않았다.

그리고 무엇보다 병원비가 얼마나 나왔고, 그 많은 돈을 어디서 마련했는지 그것도 물어보고 싶었지만 노인네 간섭으로 보여질까봐 입을 다물었다.

"엄마, 내가 내일 알아봐서 흑염소 한 마리 해올게요. 남자는 개소주가 좋고 흑염소는 여자들한테 좋다며? 엄마는 여자니까 흑염소도 숫놈이면 더 좋겠다, 그치?"

훈이도 대단한 사실을 생각해낸 것처럼 손뼉을 치며 좋아한다.

철없는 것. 겨우 제 입에 풀칠이나 하고 사는 처지에 흑염소라니, 옥두는 그럴 필요 절대 없다는 말을 두 번 세 번 강조한다.

"너 병원에 있으면서 쓴 돈이 얼만데, 흑염소 타령이야. 아예 그런 생각 꿈에도 말어."

"엄마, 걱정 마. 나 돈 많으니까."

"네가 무슨 돈이 많아. 뻔한 살림에."

"사실은 어머니 병원비도 서방님이 많이 내셨어요. 저희는 좋지만 너무 많이 부담하셔서 죄송하네요."

용이 처가 과일 접시를 들고 와 내려놓으며 한 마디 거들었다. 옥두는 훈이를 보았다.

"네가 무슨 돈이 있어서?"

"나는 돈 없으라는 법 있나 뭐? 돈은 쓸 때 쓰라고 있는 거 아냐?"

도대체가 걱정도 없고 궁리도 없이 불쑥불쑥 말을 뱉는 훈이 때문에 옥두는 혼자서 애를 태워야 했다.

장사한답시고 전세금을 빼서 홀랑 날리고, 지금 들어간 회사에서의 봉급은 정말 입에 풀칠이나 하면 딱 맞을 액수였다. 그런데 어디서 돈이 나왔단 말인가.

"엄마 걱정하지 마. 엄마 살릴 수 있다면 똥지게라도 질 수 있다고 생각했으니까. 정말이야, 엄마. 나는 엄마가 살아나서 너무너무 좋고 신나. 그렇지, 형?"

훈이는 제 형을 쳐다보며 눈시울을 붉혔다. 용이는 고개만 끄덕였다.

"엄마, 그러니까 살아만 있어, 응? 그럼 내가 돈 많이 벌어서 엄마 밍크 옷도 사 주고 외국 여행도 데리고 가고 그럴게, 응?"

"……."

사람 생명 줄이야 하늘이 쥐고 있는 것이지만, 살아만 있어 달라는 훈이의 말이 옥두의 가슴에 회오리를 일으켰다. 정말이지 자식들 모두 돈도 벌고 잘 풀리는 모습 보고 저 세상으로 가고 싶었다.

아마 그러면 남편한테 모처럼 만에 큰소리도 칠 수 있을 것이다.

당신 나한테 바보 멍충이라고 했지만, 우리 자식들 봐요. 이래도 내가 바보 멍충인가요?

옥두는 머릿속을 가득 채운 남편 생각을 털어내려고 자리에서 일어났다. 죽을 때가 돼서 그런지 요즘 부쩍 남편 생각이 자주 나고는 했었다.

"들어가시게요?"

용이가 과일을 포크에 찍어 입에 넣다 말고 벌떡 일어났다.

"오래 앉아 있다가 돈 들여 고친 병 다시 도질까봐 무섭구먼."

한사코 부축하려 하는 용이를 뿌리치고 혼자서 천천히 걸어 방으로 들어왔다.

며칠밖에 안됐는데 정말 오랜만에 다시 이 방으로 들어온 듯했다.

용이 처가 따라 들어와 옥두가 요 위에 몸을 눕힐 수 있도록 도와주었다.

"네 고생이 심했다. 미안하구나. 그냥 갔더라면 큰 일 한 번 치르고 다음에는 홀가분할 텐데, 다시 걸어 들어오니까 너한테 미안한 생각이 드는구나."

"어머나, 어머니. 그런 말씀하시면 제가 서운하죠. 저는 어머니를 친정 어머니보다 더 좋아하는데 어머닌 저를 며느리로밖에 안 보셨다는 거잖아요. 정말 서운해요, 어머니."

"그래, 고맙다, 고마워."

진심이었다. 무식한 시어머니라고 홀대 한 번 하지 않고 그저 자나깨나 받들어 주는 심성 고운 며느리를 볼 때마다 이게 웬 복인가, 두려워질 정도였었다.

병실에서 다른 환자들의 말이 아니더라도 너무 분에 넘치는 효도를 받고 있었던 것이다.

집에 돌아왔다는 편안감이 금방 눈까풀을 가볍게 만들어주었다. 그리고 두 다리 쭉 펴고 오랜만에 잠이 들었다.

약에 수면제라도 섞었는지 약만 먹으면 눈까풀이 내리감기고는 했던 것이다. 혈압이 높다고 하더니 혈압약 때문일지도 모른다.

꿈도 없이 잠이 들었다. 그러다 눈을 뜬 것은 허벅지가 당기는 듯한 통증 때문이었다. 그리고 목도 말랐다.

가만가만 걸어 방을 나와 부엌 쪽으로 가 보았다. 모두 보이지 않았다. 훈이가 텔레비전을 틀어 놓은 채 소파에 누워 잠들어 있었다. 깨워서 회사에 안 가보냐고 물으려다 그만두었다. 오죽 피곤할까.

부엌으로 가는데 안방에서 용이 내외가 하는 소리가 들려왔다. 그 소리를 엿들으려고 했던 것은 아니었다. 그냥 흘러 나오는 소리를 들었을 뿐이었다.

"어머니가 오래 사시기는 어려울 거라고 했소. 한쪽 심장에 풍선을 달기는 했지만 다시 그 구멍이 막히면 치명적이 된다고 했으니까. 워낙 기운도 없으시고 연세가 많으셔서 실패할 수 있는 확률도 그만큼 높은 모양이오."

용이의 말이었다. 하지만 옥두는 그다지 놀라지 않았다. 죽음이 두렵지 않았던 것이다.

"심각하다고 해요?"

"간단하지는 않은 모양이야. 아무튼 무슨 조짐이 있거든 무조건 119에 전화해서 병원으로 모셔요."

"그럼 그냥 병원에 계시게 할 걸 괜히 빨리 모셔 온 건 아닌가요?"

"오히려 집에 오시면 기분 전환도 되고 더 좋을 수도 있으니까."

"작은아가씨 이야기는 하지 않으셨죠?"

"그게 무슨 자랑이라고 입원해 계신 분한테 일부러 알리나. 당신도 입 다물어요."

아들의 가벼운 핀잔 소리가 신경에 쓰였다. 명진에게 무슨 일이라도 있었을까. 워낙 시끄러운 집안에서 시집살이를 하는 애라 이혼하겠다는 말을 수없이 해댔었다.

처음에는 이혼이라는 말만 들어도 가슴이 덜컹 내려앉았지만 이제는 그러려니 할 정도로 무뎌진 상태였다. 그런데 그 일 말고 또 다른 일이 생겼단 말인가.

무슨 기척이 들려 옥두는 소리나지 않게 얼른 자기 방으로 되돌아 왔다. 엿들으려고 한 것은 아니지만 어쨌든 아들 내외의 말을 엿들은 꼴이었다.

발자국 소리가 나서 빨리 자리에 누워 자는 척했다. 용이였다. 용이는 옥두가 아직도 자고 있는 줄 알았는지 가만히 문을 닫고 다시 나갔다.

자식들이 제 입으로 무슨 이야기를 해 오기 전에는 먼저 알려고 하지 말자고 자신을 타일렀다.

물론 명진의 일이 무엇인지 궁금하지 않은 것은 아니었다. 그렇더라도 힘이 되어 줄 수도 없는 일이라면 차라리 가만히 있는 것이 도와 주는 것이었다.

용이 처 부담주는 것이 싫어서 모두 오지 말라고 신신당부했건만 저녁때 쳐들어 온 명옥이 내외와 훈이 처, 정화 때문에 집안은 때아닌 잔치 분위기가 되고 말았다.

"엄마, 새 색시처럼 젊어진 것 같애요. 밖에 같이 나가면 엄마가 딸이고 내가 엄마인 줄 알겠네."

명옥의 능청에 모두 소리내어 웃었다.

"어머니 경로 우대증 내밀면 거짓말하는 줄 알겠어요."

큰사위도 한 마디 거들었다.

"그러지 말고 그 우대증 나 주면 되겠네. 엄마는 그냥 현금 내고."

다시 웃음소리. 모두 큰일을 치루고 안도의 한숨을 내쉬고 있는 것이다. 옥두도 이런 편안한 공간 속에 자신이 다시 놓일 수 있다는 것이 너무 고마워 연신 싱글벙글 웃어댔다.

할머니 무릎을 떠나지 않으려고 기를 쓰는 정화한테 용이 처가 과자며 장난감을 주며 이리로 오라고 꼬셔댔다.

아직 말문도 안 열린 어린것이 뭘 안다고 과자며 장난감은 냉큼 챙기면서도 절대 옥두의 무릎을 떠나지 않았다.

"됐다. 놔둬라. 힘들면 내가 내려놓으마."

어린것의 궁둥이를 투덕이며 옥두는 그렇게 말했다. 모두 자신만을 위해 존재하는 것 같았다. 어린것까지 옥두 기분을 맞추느라고 무릎을 딱 차지하고 앉아 다른 사람은 오지도 못하게 하고 있으니.

모두 열시까지 놀다 돌아갔다. 간혹 모이기는 해도 서로 바쁜 탓에 대강 인사만 나누고는 그만이었는데, 옥두가 입원을 하고 수술을 하는 동안 오랫동안 모여 있는 셈이었다.

자신의 병이 흩어진 자식들의 마음까지 한 데로 모아 놓은 것만 같아 오히려 감사할 지경이었다.

살풋 잠이 든 모양이었다. 개 짖는 소리에 눈을 떴다. 그리고 이어 현관 벨 소리가 났다. 이 시간에 찾아올 사람이 누구일지 얼른 떠오르지 않았다.

"누구세요?"

용이 처의 목소리가 들려왔다. 그러나 문 밖에서 대답하는 소리는 들리지 않았다.

"누구세요?"

다시 묻는 소리에 여자 목소리가 들려왔다. 옥두는 잠이 확 깨는 기분에 얼른 자리에서 몸을 일으켰다. 명진이 분명했다.

어둠 속에 켜져 있는 전광 시계를 들여다 보았다. 열두 시가 넘어 있었다.

"어머나!"

문 여는 소리가 나고 용이 처의 놀라는 목소리가 들려왔다. 그리고 뭔가가 넘어지는 소리도 들렸다.

서둘러 밖으로 나간다고는 했지만 아무래도 행동이 예전처럼 빠를 수는 없었다. 기다시피 하며 방문을 열고 밖을 내다 보았다.

역시 명진이었다.

하지만 그 애는 술에 몹시 취한 듯, 행운목이 서 있는 현관

앞에 버티듯이 서서 이쪽을 노려보고 있었다.

"들어 오세요, 아가씨."

당황한 표정을 감추지 못하면서도 용이 처는 명진의 팔을 잡았다.

"놔요! 내가 발이 없어요, 팔이 없어요. 내 발로 들어갈 테니까 놔요."

저것이 어쩌자고 이 늦은 시각에 찾아와 저 행패일까, 옥두는 허겁지겁 밖으로 나갔다.

"뭔 짓이여, 이게. 응? 지금이 몇 시인데 남자도 안 허는 짓을 혀?"

"흥, 오빠가 이렇게 술취해 들어왔음 뭐라고 했을까? 아이고 내 새끼, 얼마나 속이 보대낄까. 여기 술꿀 대령이다, 어서 마셔라. 마시고 기운 차려라, 뭐, 이 정도겠죠?"

"오빠 걸고 넘어지지 말어, 이것아. 오빠도 이런 적은 없으니까."

"아가씨, 어머니 아직 몸이 성치 못하세요."

용이 처가 거북했던지 명진을 나무랐다. 명진이 용이 처를 보고 흥, 다시 코웃음을 쳤다.

"언닌, 있는 집에서 고생없이 자랐으니까 자식이 부모한테 한이 맺혔다는 말을 하면 이해 못하시겠죠?"

한? 옥두는 명진의 말을 잘못 들었나 싶어 눈을 커다랗게 떴다. 하지만 그 애는 분명히 한, 이라는 말을 입에 담았었다.

분명히.

"애비 깰라. 내가 알아서 할 테니까 들어가 어여 자."

아무래도 며느리 보기가 민망해 옥두는 용이 처를 안방으로 밀어 넣었다.

용이 처가 방으로 들어가자 명진은 신발을 벗고 안으로 들어왔다.

옥두는 저것이 무슨 속상한 일이 있었던가 보구나, 하는 염려보다 이런 시간에 그것도 며느리가 보는 앞에서 술 냄새를 풍기며 제멋대로 행동하는 것이 너무도 괘씸했다.

어디 한 군데 나무랄 데 없는 며느리였다.

시어머니인 자신도 조심하며 살고 있는데, 하물며 시누이가 그런 행패를 부리다니. 옥두로서는 도저히 이해할 수 없는 행동이었다.

다 죽어 간 목숨 조심조심 살려내느라 숨소리도 크게 안 내고 지내는 동안 저 혼자 얼굴 한번 삐죽 보이고는 그만이었다. 그것도 미안하고 눈치 보일 일인데…….

안방에 소리가 들리지 않도록 조심하며 꿀물을 타면서 이상하게도 소싯적에 시댁 식구들한테 시달리면서 맺혔던 응어리까지 슬그머니 떠올라 옥두는 한 손으로 가슴을 다독였다.

세월이 지나면 시집살이 응어리도 풀릴만 하건만 이상하게도 어느 한순간 그런 일들을 생각나게 하는 일을 맞닥뜨리면 자신도 모르게 머리카락이 곤두서는 느낌이고는 했다.

마치 가슴에서 방망이 두 개가 심장을 다듬이질하는 것만 같았다.

"오래비만 꿀물 타 준다고 서운했었던 모양이구나. 한 양푼은 되게 타 왔으니까 많이 먹고 속 풀어."

그렇게 말해서는 안될 텐데도 아직껏 방망이질하는 가슴을 이기지 못하고 아무렇게나 떠들어버렸다.

하지만 이내 입을 다물고 말았다. 명진은 옥두 이부자리에 앉아 벽에 머리를 기댄 채로 잠들어 있었다. 너무도 지친 표정에 무겁게 내리감은 눈까풀.

맨 정신이라면 에미 앞에 절대 저런 표정을 보일 아이가 아니었다. 어려서부터 유난히 고집이 세고 뭐든 제멋대로 하려고만 해서 참 많이도 맞은 아이였다.

다른 자식들은 남편이 화가 나 있는 것 같으면 무조건 무릎 꿇고 잘못했다고 빌었지만, 명진은 아니었다. 눈 한 번 돌리는 일 없이 노려보았다.

그 고양이 같은 눈이 더 화를 돋우었고, 남편의 힘에 밀려 이리저리 고개가 꺾이고 넘어지면서 흘리던 닭똥 같은 눈물 때문에 더 억장이 무너지게 하던 아이였다.

그 눈물이 너무도 굵어 마치 얼굴에 골을 파놓고 말 것 같았었다.

고집이 센 만큼 공부도 잘했고 누구에게든 지지 않으려 기를 썼다.

그러나 중학교까지는 고집을 피워 갈 수 있었지만 고등학교는 꿈도 꿀 수 없는 형편이었다.

결국 일년 놀면서 혼자 코피 쏟아가며 공부를 하더니 기어이 그 이듬해 여자 고등학교 장학생으로 입학을 했다.

그러나 남편은 여전히 용이밖에 몰랐다. 옥두가 바느질을 해서라도 내가 가르치겠다고 나서지 않았다면 절대 고등학교도 나오지 못했으리라.

다행히 대학은 자기 힘으로 벌어 무사히 끝마칠 수 있었다.

결국 자식 넷 중에 용이 빼고 옥두가 뚜렷하게 뭔가를 해준 자식이 있다면 바로 명진이었다.

그러나 끝내 옥두를 실망시키고 말았다. 죽어도 안 된다고, 시집가면 분명히 불행해질 거라고 극구 말리는 결혼을 하고 말았던 것이다.

옥두의 예감이 맞았다. 층층 시하에, 가난한 집 제사만 돌아온다고 웬 죽은 조상은 그리도 많은지.

하지만 그런 것들은 팔자 탬하는 것이려니 할 수 있었다. 옥두를 더 가슴 아프게 하는 것은 딸애가 그 시댁 식구들과 섞이지 못하고 있다는 사실이었다. 한마디로 기름과 물처럼 겉돌기만 했다.

작은딸을 보면서 느낀 것인데, 궁합은 신랑 각시만 좋아 되는 일이 아니었다. 특히 큰며느리는 그랬다. 시부모, 시누이, 시동생, 모두 좋아야 비로소 궁합 좋다는 말을 할 수 있었다.

하지만 명진은 시집 식구 누구하고도 어울리지 못했다. 사위 못난 탓으로 돌리기도 하지만, 아무튼 큰며느리가, 그것도 종부가 그런 식으로 겉돌고 있는 집안이 잘 될 턱이 없다는 생각을 하게 되면 누가 잘했건 못했건 걱정이 태산이 되고는 했다.

그런데 명진은 그런 울분을 모조리 엉뚱한 에미한테 풀고 있는 듯만 싶어 입원해 있는 동안 심사가 내내 불편했던 것도 사실이었다.

그리고 아까는 한, 이라는 말을 입에 담질 않았던가. 마치 입에 넣고 씹던 껌을 내뱉듯이 말이다.

옥두는 잠든 명진이 깨지 않도록 조심하며 이불을 덮어주었다.

이 아이 나이가 몇이던가. 옥두는 생각보다 훨씬 초췌하고 탄력이 없는 명진의 얼굴을 가만히 응시하며 자신에게 묻는다.

자식 나이도 잊고 살았던가 보다. 몇 살인지 얼른 계산이 되질 않는다. 용이가 마흔 일곱이고, 명옥이 두 살 어린 마흔 다섯이니까 명진이 나이는 마흔 셋이 된다. 훈이만 빼고 모두 두 살 터울이다.

"세월이 참 무섭기는 무섭구나."

옥두는 불편한 자세로 잠든 명진이 안쓰러워 선뜻 깨우지 못한다.

이렇게라도 새우잠을 자고 나면 머리가 개운해질 테지.

"이기지도 못할 술은 왜 마셨을까."

생각 같아서는 깨워서 편안하게 자라고 하고 싶지만, 그럴 수는 없었다. 깨어나면 억지로라도 집으로 보내야 할 것이다.

이런 시간에 그것도 여자가, 술을 마시고 집을 나와 있다는 것은 있을 수 없는 일이었다.

옥두는 딸들이 어떤 경우에든 자리는 지키고 살기를 바랐다. 욱하는 성질에 집부터 뛰쳐나왔다가 쪽박 차고 길거리에 나앉은 여자는 되지 말기를 바랐던 것이다.

아무리 세상이 좋아졌다고는 하지만 여자가 앉을 자리는 절대로 바뀔 수가 없다는 것이 옥두 생각이었다. 오죽했으면 여자 팔자 뒤웅박 팔자라고 했을까.

링거를 꽂고 있는 것도 아닌데 웬 오줌은 이렇게 자주 마려울까.

옥두는 허벅지에 힘을 덜 주려고 애를 쓰며 방문을 열고 밖으로 나갔다.

화장실로 들어가기는 했지만 손 따로, 다리 따로, 모든 것이 서툴렀다.

옷을 내리고 용변기에 엉덩이를 내려놓는 것까지도 식은땀이 흐를 정도로 행동이 굼떴다.

화장실에서 나오며 십 분만 있다가 명진을 깨워 보내야겠다는 생각을 해두었다.

그러나 방으로 들어왔을 때, 명진은 이미 가고 없었다. 옥두가 덮어주었던 이불이 한쪽으로 밀려나 있었다.

현관으로 나가 신발을 확인해 보았다. 신발도 없었다.

"무심한 것."

에미한테 인사말 한 마디 남길 줄 모르는 자식이 조금은 괘씸했지만, 정신을 차리고 집으로 돌아갔다는 것이 우선 고마웠다. 가는 도중에 술도 다 깰 것이다.

아무래도 명진에게 무슨 일이 있는 것이 분명했다. 이제부터는 자식 일에 감놔라 대추놔라 참견하지 말자고 다짐했지만, 내일 아침에는 전화라도 해봐야겠다는 생각을 해두었다.

왜 세상을 살아갈수록 자식들이 안쓰러움으로 다가오는지 그 까닭을 모르겠다. 그저 밥 먹여주고, 깨벗겨 놓지 않으면 자식은 콩나물처럼 쑥쑥 자라는 법이여, 하던 시어머니의 말이 떠올랐다.

처음에는 그런 줄 알았다. 먹고 살기 바빠 언제 한 번 내 자식아, 두 팔 벌려 안아 줄 염도 내지 못하고 살았더랬다.

그런데 자꾸만 두 팔을 뻗어 그 자식들을 껴안고 다독이고 싶어지는 이 간절한 심정을 정말 이해할 수 없었다.

이불을 치우다 말고 옥두는 다시 의아해진다. 텔레비전 앞에 까만 비닐 봉투가 놓여 있었다.

"이게 뭘까?"

봉투 안에서 뭔가 걸쭉한 것이 흘렀다.

홍시였다. 깨지고 짓이겨진 빨간 빛깔만 아니라면 홍시라는 생각도 하지 못했을 것이다.

옥두는 짧게 한숨을 내쉬었다. 이걸 사 들고 흔들흔들 여기까지 걸어왔을 명진의 무거운 발걸음이 시계추처럼 명치로 매달렸다.

그리고 수술실로 들어가기 직전, 엄마? 하고 불렀던 목소리가 귀청을 다시 울렸다.

엄마?

그래, 그 애는 분명히 엄마? 하고 간절하게 불렀었다. 너무도 간절했던 그 부름을 왜 애써 못 들은 척했을까. 다가오지 못하고 멀찍이 서서 에미를 불렀던 그 애의 슬픔이 와락 가슴으로 몰려들었다.

지금이라도 서둘러 나가면 그 아이를 만날 수 있을 것이다.

옥두는 일어나 스웨터를 걸쳤다.

그리고 안방에 소리가 들리지 않도록 발걸음을 죽이고 밖으로 나갔다.

엘리베이터가 너무도 느림보 거북 같았다.

그 자식에게 에미가 해줘야 할 일이 분명히 있었다. 그걸 여태 모르고 살았던 것만 같아 다시 한 번 가슴이 씀벅 잘리우는 듯했다.

명진을 만나면 두 팔을 벌려 안아 줄 것이다.

내 딸아……. 그래, 너는 내 자식이었지. 너를 한 번 안아주는 것이 왜 그렇게 인색했었는지 모르겠다. 이렇게 두 팔을 벌리고만 있으면 너는 언제든 달려와 안겼을 텐데. 안길 수 없다는 안타까움 때문에 멀찍이서 엄마? 불렀었구나. 안기고 싶어서…….

여태 그 아이의 마음을, 그 아이의 슬픔을 왜 한 번도 헤아려보지 못했을까. 그 마음에 커다란 우물로 패어 있는 슬픔의 자리를 왜 모르고 살았을까.

명진은 어디에도 없었다. 아파트 정문까지 나가 주변을 두리번거렸지만 명진 모습은 보이지 않았다.

맞바람이 옥두의 여민 옷자락을 펄럭였다. 이 바람이 힘없이 고개를 수그리고 돌아가는 그 애 가슴까지 춥게 만들까봐 안타까웠다.

"가버렸구나."

다시는 그 아이의 아픈 가슴을 쓰다듬어 줄 수 없을 것만 같았다.

이 늦은 시간에 홍시를 사 들고 여기 저기 돌아다녔을 명진 모습이 눈앞에 밟혔다.

"어이구, 이거 동찬이 할머니 아니세요?"

수위실 문이 열리고 사람 얼굴보다 굵은 목소리가 먼저 들려왔다. 옥두는 소리나는 쪽으로 고개를 돌렸다.

수위를 보는 곽영감님이 반갑게 인사를 보내왔다. 늘 무뚝뚝한 표정만 지어 보였기 때문에 그 영감님이 그렇게 환한 미소를 짓는다는 것이 아무래도 어색했다.

"아, 예……."

옥두는 재빨리 소맷자락에 눈가를 훔쳤다. 작은딸네에 얹혀 사는데 노는 것이 무료해 수위로 나섰다고 했었다.

"편찮으셨다구요?"

"예, 조금……."

이렇게 오래 마주 서서 이야기를 해 본 적이 없었기 때문에 아무래도 곽영감님의 긴 말이 부담스러웠다.

"걱정 많이 했습니다. 그래 지금은 어떠세요? 간혹 식구들한테 할머니 상태를 들어서 괜찮을 거라고 생각은 하고 있었습니다만……."

"예……."

딱히 할 말이 있는 것도 아닌데 길거리에서 늙은 노인끼리 마주 서 있다는 것이 여간 거북스러운 것이 아니었다.

그러나 곽영감님은 아랑곳하지 않고 계속 말을 건네왔다.

"건강하십시오. 똥밭에 굴러도 이승이 낫다고들 하잖아요. 정말 무사하시니까 제가 다 고맙군요."

그때서야 옥두는 곽영감님의 얼굴을 똑바로 바라보았다. 그러나 뭔가 큰일을 들킨 사람처럼 허겁지겁 그 자리를 떴다. 늘 무뚝뚝하기만 하던 곽영감님의 얼굴에 환하게 피어 있는 웃음이 여간 낯뜨겁지가 않았다.

그렇지만 자신의 죽음에 자식 아닌 누군가 관심을 가져 주

있다는 것이 고맙기는 했다.

워낙 낯가림이 심해 노인정 한 번 못 가 보았던 터라 절에 같이 다니는 친구 말고는 알고 지내는 벗도 없었다.

그런데 곽영감님이 정말 죽었다 살아 온 친구를 대하듯 반가워해 준 것이 조금은 쑥스러웠지만 저절로 입가에 미소가 지어졌다.

방으로 들어 온 옥두는 봉투 안에서 홍시를 꺼내다 잠깐 멈칫한다. 맨 밑바닥에 하얀 종이가 들어 있었던 것이다.

감물이 잔뜩 엉겨 있는 그 종이를 조심스럽게 끄집어냈다.

편지였다. 명진이 옥두에게 쓴.

가슴이 두근거렸다. 자식한테서 편지를 받아 본 적이 언제였던가. 아마 두 아들이 군대에 가서 보낸 몇 통과 어버이날 학교에서 단체로 보낸 것을 받아 본 것이 전부였으리라.

모두 마음에서 우러나왔다기보다는 숙제처럼 쓰여진 것들임을 모르지는 않았다.

그래도 '어머니'로 시작된 편지를 읽을 때마다 세상의 눈이 온통 옥두에게로 쏠려 있는 것만 같았었다.

쑥스러워서 평상시에는 못했던 말, 어머니 고맙습니다, 어머니 말을 잘 안 들어서 죄송해요, 어머니 오래 오래 사세요…… 하는 내용들이 너무도 소중해 가슴에 품고 있다 힘들 때마다 한 번씩 꺼내 읽고는 했었다.

더러는 다른 사람들에게 이게 제 자식이 보낸 편지예요, 하

면서 창피한 줄도 모르고 펼쳐 보이기도 했다. 그만큼 보물과
도 같은 편지였다.

그런데 명진은 에미의 그런 마음을 헤아려 다시금 편지를
써 준 것이다.

허벅지께의 통증도 까맣게 잊어버렸다.

아마도 명진은 여기까지 왔으면서도 섣불리 입에 올릴 수
없는 뜨거운 마음을 편지로 대신했을 것이다. 엄마, 미안해
요. 그리고 다시 살아 돌아오셔서 고마워요, 엄마…….

편지를 읽기도 전에 콧등이 시큰했다. 아무렴, 내가 왜 네
마음을 모르랴.

옥두는 편지를 조심스럽게 펼치면서 명진이 가슴으로 썼을
글자 하나 하나를 미리 짐작해 보며 흐뭇해했다.

다행히 볼펜으로 써서 글씨가 번지지 않았다.

옥두는 일어서서 불 가까이에 편지지를 디밀고 읽기 시작
했다. 옛날 호롱불 가까이에 앉아 한 땀 한 땀 바느질을 했던
것처럼.

"글씨체가 이쁘기도 하지."

옥두는 대견스러운 자식을 남에게 자랑하기라도 하듯 만족
스러운 표정을 지었다.

편지 머리말이 예전과 조금 달라져 있었다. 예전에는 어머
니, 라고 시작되었는데 이번에는 엄마, 라고 쓰여져 있었던
것이다.

어머니라는 호칭보다 엄마라는 호칭이 훨씬 다정하게 들리는 건 어쩔 수 없는 일이었다. 어머니라고 부르면 이상하게도 뭔가 격식을 차려야 할 것만 같고, 그만큼 거리감이 느껴지고는 했으니까. 하지만 엄마라는 호칭은 절대 그러지 않았다.

"엄마, 보세요."

옥두는 소리내어 읽기 시작했다. 눈이 나빠 글씨가 잘 안 보이기도 했지만 소리내어 읽으면 한 자도 놓치지 않고 다 읽을 수 있을 것만 같아서였다.

그러나 두어 줄 읽다 말고 옥두는 입을 다물었다.

그리고 무너지듯 이불 위에 털썩 주저앉고 말았다.

엄마, 보세요.

엄마가 다시 살아 돌아오셔서 고맙다는 말을 할 줄 알으셨겠죠?

물론 고맙지요. 하지만 그 고마움은 엄마한테가 아니라, 엄마를 다시금 세상에 돌려보낸 염라대왕에게 표하는 인사입니다.

왜냐구요? 만약 엄마가 이대로 눈을 감는다면 나는 그들을 죽어서도 용서하지 않겠다고 다짐했었거든요.

제가 뭐라고 기도했었는지 들어보실래요?

염라대왕님, 만약 우리 엄마를 그대로 데리고 간다면 나는 죽어서라도 당신을 용서하지 않을 겁니다.

인간으로 태어났으면 분명히 인간이 해야 할 일이 있기 마련이지요.

만약 그 할 일을 다하지 못했다면 절대로 죽을 수 없을 뿐만 아니라, 죽어서도 안되거든요.

어떻게 할 일도 다 못했는데 편안하게 땅 속에서 잠이나 잘 수 있게 할 수 있죠?

당신의 맘에 든 사람이 있다면 특혜처럼 데리고 갈 수야 있겠지요. 당신도 감정이 있을 테니까요.

하지만 우리 엄마는 당신도 별로 마음에 들지 않잖아요. 자식인 나도 원망하고 있는데 당신이 마음에 들어 할 리가 없거든요.

그래도 당신이 우리 엄마를 데리고 간다면 말했듯이, 나는 죽어서라도 당신을 찾아가 죽여버린다고 할 겁니다.

우리 가슴의 한은 그대로 있는데 그런 멍청한 짓거리를 했으니 용서할 리가 없지요. 절대 제 가슴에 남아 있는 응어리를 풀기 전에, 당신은 우리 엄마를 데려가서는 안됩니다. 암요, 절대 그래서는 안되지요!

후후, 다행히 염라대왕은 내 부탁을 들어주었어요. 그래서 나는 다시 염라대왕님 고맙습니다, 하고 인사를 했습니다.

이제 제가 엄마 죽음마저도 용서할 수 없었던 까닭을 설명할 필요가 있겠군요.

우선 아버지 이야기부터 해야겠어요. 용서할 수 없기로는
아버지도 마찬가지였으니까요.

아버진 우리에게 폭군 역할밖에 한 것이 없었지요.

잘못 태어난 당신 인생까지도 우리에게 화풀이를 다 했으
니까요. 가난, 무식, 불행한 환경, 고생까지도 몽땅 우리에
게 풀었습니다. 피해자이기는 우리가 더한데도 말입니다.

지금도 또렷하게 기억하는 건, 목욕 사건이었습니다. 엄마
도 생각나시죠? 서울로 처음 이사 와 미아리 언덕빼기 집
에서 살 때 말이에요.

여름이었어요. 너무도 더워 물에 몸을 담그고 있어도 땀이
줄줄 흐를 지경이었지요.

하지만 우리 식구는 아버지 눈치 때문에 목욕도 제대로 할
수가 없었지요. 하지만 견디기가 너무 힘들었어요. 그래서
아버지가 잠든 틈에 마당으로 나가 몸에 물을 끼얹었어요.
그런데 갑자기 방문이 확 열리면서 호랑이 같은 아버지가
뛰어나오시더군요. 지금도 아버지 음성이 또렷하게 남아
있습니다.

야, 이년아, 물 작작 좀 써! 네 년 때문에 물세가 얼마나
나가는지 알아?

부모가 돼서, 다 큰 딸년이 옷을 벗고 목욕을 하고 있는데,
그럴 수는 없었습니다.

너무도 무서워 수돗가에 웅크리고 있는데 엄마는 또 어떻

게 했는지 알아요? 잊어버렸다구요? 흥, 엄마는 가해자이고, 나는 피해자이니까 당연히 잊어버렸을 테죠.

엄마는 다짜고짜 달려나와 내 머리채를 나꿔챘었어요. 얼마나 세게 당겼는지 저는 맨바닥으로 넘어지고 말았죠. 꽈당, 요란한 소리를 내면서 말입니다.

엄마는 넘어진 저를 향해 악을 썼어요.

네년 때문에 내가 다리도 못 뻗고 자! 차라리 나가 뒈져! 뒈지라구!

왜, 뭘 잘못했길래 엄마가 내게 그런 포악을 부려댔는지 정말 이해할 수 없었습니다.

그런 엄마를 보고 가만있을 아버지가 아니었지요. 집안 살림살이가 몽땅 마당으로 내팽개쳐지기 시작했어요.

잠들었던 이웃들이 하나 둘 불을 켜고 우리 집을 기웃거리기 시작했어요. 옷 하나 걸치지 않았는데 어디로 숨을 곳도 없었습니다.

너무도 무서워, 아니, 옷이라도 입을 수 있도록 제가 할 수 있는 일이란 뭐가 있었겠어요?

저는 처음으로 아버지 앞에, 아니 엄마 앞에 무릎을 꿇고 빌었었어요.

다시는 목욕 안 할게요. 다시는 물에 손도 안 댈 테니까 제발 그만 싸우세요……. 다시는 목욕 안 할게요…….

그 순간에 제 가슴에 얼마만한 구멍이 뚫렸겠는가 상상이

나 하셨나요?

그런 식으로 아버지, 엄마는 제 가슴에 구멍을 뚫는 일을 수없이 했습니다. 일말의 양심이나 미안감도 없이, 아주 당연하게.

자식이니까 그러셨나요? 부모라서 그랬었나요?

아버지가 돌아가신 뒤에 저는 비로소 제 가슴에 뻐엉 뚫려 있는 구멍을 보았습니다.

그 구멍은 나이가 들수록, 결혼을 해서 아이를 낳은 뒤에도 불치병처럼 저를 괴롭혔습니다. 늘 허둥거렸고 어디에도 마음의 닻을 내릴 수가 없었습니다.

제 결혼마저도 그런 식으로 실패할 수밖에 없었습니다. 아버지한테서 뚫린 구멍을 저는 오서방한테서 메우려고 했었거든요.

저는 남편이 아버지가 뚫어 놓은 가슴의 구멍을 채워 주길 바랐습니다. 그러나 착각이었지요.

결혼마저도 실패했다는 것을 느끼는 순간부터 저는 엄마한테 간절하게 원하는 것이 하나 생겼었어요.

그건 엄마라도 아버지처럼 그렇게 떠나지 말기를요. 적어도 부모가 돼서 자식한테 해줘야 하는 가장 근본적인 것을 해결해 주기를요.

저는 아직도 엄마가 무엇인지 모르겠습니다. 그래서 우리 아이들을 보면 눈물만 나려고 합니다.

엄마 소리를 들을 때면 더욱 그렇지요. 외할머니가 일찍 돌아가셔서 엄마 자신도 어머니를 배우지 못했던 것처럼, 저도 어머니를 배우지 못했습니다.

엄마란 존재는 자식에게 부처와도 같은 것 아닐까요?

하지만 엄마?

엄마는 과연 자식들에게 그런 부처의 역할을 하였던가, 한 번만 생각해 보세요. 힘겹고 고달플 때 찾아가 엄마 품에 편안하게 쉴 수 있도록 해 주셨던가요?

요즘 들어 턱없이 편안해 하고 행복해 하는 엄마를 저는 도저히 용서할 수가 없었습니다.

아니, 눈물이 앞을 가려 볼 수가 없었습니다. 엄마의 죽음을 저는 도저히 용서할 수가 없었단 말입니다.

엄마……. 부탁입니다. 제발…….

편지는 거기서 끊겨 있었다.

편지를 손에 든 채 옥두는 눈을 감았다. 견딜 수 없는 오열이 어깨를 흔들어댔다. 입술을 깨물고 주먹을 죽어라 움켜쥐어도, 주먹이 스르르 풀려버리고 말았다.

내 딸이, 내 자식 명진이 이런 엄청난 편지를 썼으리라고 도저히 믿기지가 않았다. 어떻게 살아온 삶인데, 어떻게 여기까지 끌고 온 세상인데…….

제까짓 게 알면 얼마나 안다고 이따위로 나를 짓밟을 수가 있단 말인가. 죽음을 용서할 수 없다고?

배 아파 낳아 준 에미 아닌가. 그런데 죽을 짓을 한 것도 아니고, 어떻게 이토록 가슴에 대못을 꽝꽝 칠 수 있는가. 자식이라서? 내가 에미라서?

너무 억울했다. 그리고 분했다. 누구보다 명진은 제 에미가 어떻게 살았는지를 잘 알고 있다고 여겼다. 그래서 엄마, 부르며 안기지도 못했다고 여겼다.

너무 잘 이해하기 때문에 그만큼 가슴에 쌓인 연민도 많으리라고 믿었다. 그런데, 그런데…….

남편이 죽어갈 때 옥두 곁에 가장 가까이 있었던 자식도 명진이었고, 치매에 걸려 보일 꼴 안 보일 꼴 다 보이던 시어머니 곁에도 그 애가 있었다.

그런데, 용서할 수 없다고? 죽는 것도 내 마음대로 할 수가 없다고?

내가 뭘 그렇게 죽을 짓을 했길래 죽음마저도 자식한테 용서받을 수가 없단 말인가. 무엇 때문에.

가슴이 찢어질 듯 아팠다. 무슨 일이 있어도 신경쓰면 심장에 치명적이라고 했던 의사의 말도 이 순간만은 아무 소용이 없었다.

명진이 태어나기 전, 아니 철이 없었던 시절에 있었던 일들은 당연히 모른다고 치자.

그러나 철이 들고 속이 찬 이후부터 이 에미가 어떻게 살고 견뎌낸 세월이었는지, 그것마저 모르진 않을 것이다.

눈물이 걷잡을 수 없이 쏟아졌다. 헉헉거리며 울 것만 같아 손바닥으로 입을 막았다.

남편이 힘겹게 병마와 싸울 때, 허공을 헤집으며 어머니를 부르는 남편을 부둥켜안고 방바닥으로 나동그라지면서도 참았던 눈물이었다. 남편이 빚더미에 자신과 자식만을 남겨놓고 저 세상으로 떠났을 때도 이렇게 울지는 않았었다.

옥두는 떨리는 손으로 병원에서 가져 온 약을 꺼내 입에 털어넣었다. 그러나 금방이라도 터져버릴 것 같은 가슴은 조금도 진정되질 않았다.

안방에서 무슨 기척이 들려온 것도 같았다. 옥두는 얼른 불을 끄고 이불 속으로 들어갔다.

아무에게도 자신의 이런 초라한 몰골을 보이고 싶지 않았다. 자식도 다 소용없다는 생각 때문에 숨쉬기도 버거웠다.

문이 열리고 누군가 잠깐 들여다보고 다시 살그머니 문을 닫았다.

그럴수만 있다면 이대로 눈을 감고 싶었다. 자식이 자신의 죽음까지도 용서할 수 없다고 했건 어쨌건 너무도 피곤했다. 아니, 지쳤다.

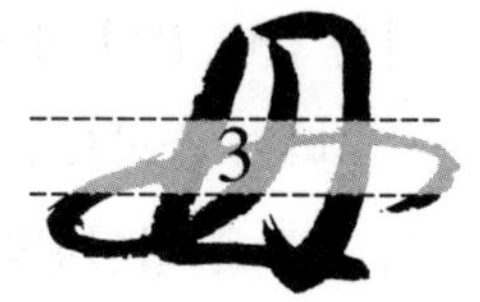

얼마나 걸었는지 모르겠다.

머릿속으로 찬바람이 언뜻 스쳐갈 때마다 오싹 한기가 솟구치고는 했다.

명진은 고개를 돌려 방금 자신이 걸어왔던 길을 바라보았다. 그 길 끝에 어머니가 있었다. 그래, 어머니가 있었다.

다시 목이 메었다. 어머니는 그 편지를 읽고 얼마나 경악했을까. 굳이 오늘을 기다렸던 것처럼 편지를 건넬 필요가 있었던가.

쇼크나 스트레스는 심장병에 치명적이라는 말을 들었으면서 꼭 오늘 건네버린 까닭을 스스로도 이해할 수 없었다.

그 편지를 쓴 것은 어머니가 수술실로 들어갔던 바로 그 날이었다.

수술실 앞을 떠나지 못하고 서성이는 형제들을 보면서 명진은 간다 온다 말 한 마디 남기지 않고 병원을 나왔었다.

그리고 술집으로 들어가 정신없이 술을 마셨었다. 병원에서 보름을 입원했다 퇴원하면서 다시는 술을 마시지 않겠다고 맹세했었다. 그러나 불쌍한 형제들을 보면서 술을 마시다 죽더라도 마시고 싶었다.

그리고 새벽에 목이 말라 잠에서 깨어났다가 쓰기 시작한 편지였다.

엄마, 보세요. 그렇게 시작해 놓고 얼마나 목놓아 울었는지 모른다. 엄마, 라는 말이 입술 끝에서 이슬처럼 뚝뚝 떨어져 자신의 가슴을 푹 적셔 놓고 있었다.

그토록 정겹고 따뜻한 단어가 세상에 다시 있을까.

엄마…….

살아오는 동안 그렇게 정겨운 말 한 마디 건네지 못한 모녀 지간이었다.

그런데 그렇게라도 불러보지 않으면 평생 투정부리는 아이처럼 엄마를 찾아 헤맬 것만 같았었다.

무슨 말을 썼고 뭐라고 해댔는지 기억에 없다. 과일 집에 들어가 어머니가 좋아하는 홍시를 다섯 개 사면서도, 만지기만 해도 터질 것 같은 홍시를 넋놓고 바라보면서도 편지는 건네지 말자고 했었다.

그러나 올케 앞에서 쩔쩔 매며 나무라는 어머니 모습이 너무 비굴해 보였고, 초라해 보였다.

편지를 감 봉투에 집어넣은 것은 순전히 어머니의 그런 표정 때문이었다.

그러나 길거리의 빈 나뭇가지들을 우두커니 쳐다보며 명진은 자신의 행동을 절대 후회하지 말자고 다시 한번 다짐한다. 어차피 한 번은 겪어야 할 진통이 아닌가. 어머니가 돌아가시기 전에 말이다.

술이라도 먹지 않으면 견딜 수가 없었다.

어머니 죽음 앞에 목놓아 울 자신의 모습만 떠올리면 헉, 울음이 터지고는 했다.

그러나, 그러나 아니었다. 정작 명진이 견딜 수 없었던 것은 어머니 죽음이 아니라, 어머니가 죽은 뒤에 자신의 가슴에 남겨질 구멍이었다. 아버지가 남겼던 구멍과 같은.

어떤 아픔이건 세월이 해결해 준다는 말을 믿었었다. 어떤 슬픔, 고통도 세월이 해결해 주고, 견뎌낼 수 있는 면역체가 가슴에 생긴다고 믿었었다.

하지만 그 말은 거짓말이었다. 다른 건 몰라도 부모와 자식의 일은 결코 그렇게 간단하게 치유될 수 있는 성질이 아니었다. 상처가 크면 클수록 더 그랬다.

아버지가 남겨 놓은 구멍은 세월의 풍화 작용에도 끄떡하지 않았다. 아니, 오히려 더 점점 커다랗게 벌어지고 있었다.

그 구멍 때문에 늘 가슴에서는 바람 소리가 들렸다. 휘이잉, 들려오는 바람 소리 때문에 자다가도 수없이 깨어나 두

귀를 막고는 했었다.

하루도 술을 마시지 않으면 잠들 수가 없었다. 낮이건 밤이건 술을 마셨다. 그러면서 어머니가 이대로 죽는다면 절대로 용서하지 않겠다는 생각을 했었다.

"그래요, 염라대왕님, 제 말이 맞았죠? 우리 엄마 데려가 봤자 아무데도 쓸 데가 없다고 했죠? 우리 아버지 만나면 또 싸우느라 하루 해가 모자랄 것이고, 그럼 모르긴 해도 하늘나라가 너무 시끄러워 다시 인간 세상으로 내쫓아 버릴 걸요. 후후."

명진은 풀풀 터지는 웃음을 흘리며 하늘을 향해 큰 소리로 외쳤다. 지나가던 사람 몇이 이쪽을 힐끔거리며 눈살을 찌푸렸다.

왜 자신의 가슴에는 아버지도 어머니도 없을까, 그게 언제나 슬펐었다.

존재하고 있다 해서 있는 것은 아니었다. 존재하고 있어도 없다고 할 수 있는 경우는 너무도 많았다.

어렸을 때의 일이었다.

아버지, 어머니는 언제나 논밭에서 하루를 지냈다.

물론 그 시대에 그렇게 허리 휘도록 일하지 않은 사람은 거의 없었다. 모두 먹고 살기에 바빴고, 한 푼이라도 벌어 가난을 면해 보려고 발버둥치는 일은 누구에게나 짐지워진 숙명과도 같은 것이었다.

그러나 초저녁 달이 뜨고 사방이 어두워져도 집으로 돌아갈 줄 모르는 아이는 명진밖에 없었다.

언니는 이미 집을 떠나 있었고, 오빠는 공부하느라 얼굴도 제대로 보여주지 않았다. 막내 훈이는 언제나 명진의 등에 딱 정벌레처럼 붙어 있었다.

아이들 모두 집으로 돌아갔어도 훈이를 업은 채 동구 밖 느티나무 아래에 그림자처럼 남아 있을 때면 별들이 하나 둘 머리 위로 떨어지고는 했다.

그 별을 헤아리며 학교에서 배운 노래를 처음부터 끝까지 흥얼거려 보았지만, 노래는 금방 바닥이 나고는 했다.

집으로 돌아가면 어머니는 난장판이 된 집 때문에 명진에게 욕설을 퍼부었다.

"집구석에서 놀고 자빠졌으면서 이깟 일도 못해! 저 걸레 좀 빡빡 빨아다 방 좀 닦으라고 한 말 잊어버렸어! 어이고 자식이 아니라 웬수여, 웬수! 저 똥을 누가 치우냔 말여! 내가 전생에 무슨 죄를 지었길래 똥까지 받아가면서 이 고생하고 살아야 하냔 말여!"

할머니는 작은방에 죽은 듯 누워 있었다.

아무리 할머니가 정신이 오락가락한다고 해도 어머니의 그 악담을 고스란히 듣고 있으리라 생각하면 몸이 개미만하게 작아지는 것만 같았다.

할머니가 너무 불쌍했다. 그리고 어서 죽기만을 하나님께기도했었다.

얼굴을 걸어 놓고 그 얼굴을 매일 바늘로 찌르면 빨리 죽는다는 말을 어디선가 들었었다. 그래서 할머니 얼굴을 크레용으로 크게 그려 놓고 바늘과 면도칼로 찔러댔었다. 그러면서 빌었다. 제발 우리 할머니 빨리 데려가세요…….

아버지 앞에서 어머니는 흡사 한 마리 미친 여우 같았다. 분에 못 이기면 입었던 옷까지도 갈갈이 찢어발겼다.

그리고 밖으로 뛰쳐나가 온 동네 사람들이 다 들을 수 있도록 떠들어댔다.

"아이고, 저 놈이 사람 죽이네! 동네 사람들 나 좀 살려주시오. 저 놈이 나 죽일라고 환장을 했소!"

그렇게 어머니가 부렸던 악다구니는 지금은 사라지지 않았다. 모두 명진의 가슴에 돌무덤으로 차곡차곡 쌓여 있었다.

"네 놈이 나한테 무슨 자격으로다 이렇게 해! 호강을 시켜줬어, 마음 고생을 안 시켰어! 왜 저 다 죽어가는 송장까지 내 손에 맡겨놓고 이따위로 구는 거여!"

미쳐 날뛰는 듯한 어머니는 제정신이 아니었다. 미친 여자였다. 산발한 머리에 허옇게 들러붙은 입아귀의 게거품, 그리고 뒤집힌 눈.

너무도 무서웠다. 울음조차도 크게 낼 수가 없었다. 너무도 세게 입을 틀어막아, 손을 떼면 손바닥에 이빨 자욱이 선명하게 박혀 있고는 했다.

어머니는 눈이 뒤집힌 채 명진을 때려댔다.

할머니가 이불에 똥을 싸버렸다고, 솥에 넣어둔 보리밥을 다 먹어버렸다고, 학교 당장 때려치우라고, 마루에 넣어둔 곡식을 닭이 다 쪼아먹었다고, 코를 훌쩍인다고……

왜 맞아야 하는지도 모르고 무조건 다시는 안 그런다며 매달려 울었다.

그리고 어머니의 손을 피해 고샅을 향해 헉헉대며 뛰었다. 뛰면서 발밑에 감기는 달빛이 너무도 새하얘서 자꾸만 고꾸라지고는 했다.

무엇이 어머니를 그렇게 악마처럼 만들었는지, 지금도 이해할 수 없었다. 그리고 용서할 수도 없었다.

아버지, 어머니가 그때 휘둘렀던 혁띠는 세상을 살면서 자꾸만 명진의 발목을 나꿔채고는 했다.

그리고 혁띠에 걸려 넘어지면서 가슴에 박힌 커다란 돌들은 명진의 가슴에 그보다 훨씬 큰 구멍을 뚫어 놓고 말았다. 아무리 노력을 해도 메워지지 않는 구멍이었다.

정신없이 학문에 매달려 보기도 했다. 그 빈 공간에 알지 못하는 지식과 상식을 낟가리처럼 쌓으면 혹여 알차게 채워질 수 있을까 하고.

지식은 좋았다. 남에게 유식한 대접을 받을 수 있었고 남 모르는 상식을 내가 알고 있다는 오만함도 그런대로 좋았다.

그러나 그 환상은 오래 가질 못했다.

언제나 그 자리에 달팍 엎어져 영영 못 일어나는 그런 망상에 사로잡혀 지냈다. 정말이지 환상의 공간은 없었다.

내가 엎어진 자리, 넘어진 자리에서 다시 시작하지 않으면 죽어도 일어설 수 없다는 위기의식은 날로 커다래지고 있었다. 그 위기의식이 명진을 꼼작 못하게 옭아맸다.

이번에는 사랑하는 사람을 만나고, 아이를 낳고 살면 채워질 줄 알았다. 그래서 결혼을 했었다.

남편이 부모들이 뚫어 놓은 그 함정에서 자신을 구해주리라는 기대로. 그러나 명진의 삶은 뱀처럼 춤을 추는 혁띠 앞을 한 치도 벗어나지 못했다. 아무도 사랑할 수 없었고, 이해하기는 더더욱 어려웠다.

남편은 오히려 명진에게 어머니를 요구했다. 한없이 품이 넓고 너그럽고 따사로운 그런 어머니.

그러나 명진은 그런 어머니 노릇을 해주지 않았다. 아니, 해줄 수가 없었다. 어머니가 무엇인지 모르기 때문에.

아이를 낳았다. 그러나 돌연 어머니의 그 광기와 아버지의 폭력이 자신의 육체를 옥죄이고 있는 것만 같은 불길함에 사로잡혀 까닭없이 아이를 때리고 심지어는 이제 송송 자란 머리카락을 나꿔채기도 했다.

그러면 마음속에서 희열이 느껴지고는 했다. 내가 아닌 악마가 웃음을 흘리며 즐거워하고 있었다.

두 개의 이빨을 드러내고 핏물을 뚝뚝 흘리며 또다른 먹이를 찾아 두 눈을 번득이고 있었다.

무서웠고 끔찍했다. 울다 지쳐 잠이 든 아이를 붙들고 목놓아 울면서 부모 때문에 가슴에서 키워버린 악마를 저주했다.

아이는 명진이 가까이 가기만 해도 진저리를 쳤다. 그리고 말을 배우고 반항을 배울 무렵해서 엄마 죽어! 하는 소리를 수없이 내질렀다.

엄마 죽어!

그건 명진이 어린 시절 아버지, 어머니에게 느낀 바로 그 감정이었다.

결혼 생활은 살얼음 위를 걷는 것처럼 하루하루가 위태로웠다.

거듭되는 크고 작은 경사에도 명진은 언제나 위축될 수밖에 없었다. 자신이 없어서였다. 세상이, 사람들이 모두 자신의 잘못만 노리고 있는 것 같았다. 그리고 그 잘못이 발견되는 순간 이리처럼 이빨을 드러내고 달려들 것만 같았다.

그래서 술을 마셨고 술에 취해 세상을 잊어버리려 기를 썼던 것이다. 그런데 어머니는 죽음을 준비하고 있었던 것이다. 자식을 이렇게 고아처럼 세상에 내팽개치고서 말이다.

어머니가 수술실로 들어가기 직전, 명진은 가슴이 터져버리고 말 것만 같은 슬픔 때문에 두 다리로 버티고 서 있기도 힘겨웠었다.

그리고 무엇이 있었던가. 기억이 맞다면 신음처럼 엄마?

하고 불렀으리라. 그건 입을 통해 흘러나온 소리가 아니었다. 영혼 저 밑바닥에서 절규처럼 쏟아져 나온 비명이었다.

침상에 누워 있던 어머니 때문이었다. 어떻게 그토록 편안한 표정을 지을 수 있는지, 어떻게 그토록 세상에 초연해진 얼굴을 해보일 수 있는지, 도저히 이해할 수 없었다.

그런 편안한 표정이나 초연함은 아무나 갖는 것이 아니었다. 적어도 명진이 알기로는.

세상에 할 일을 다하고 세상에 대한 미련이 하나도 남아 있지 않아서 이제는 자연으로 돌아가 한 줌 흙이 되고 한 줄기 바람이 되어도 좋다고 여기는 그런 사람만이 그런 표정을 지어야 옳았다.

그렇지만 어머니는 그럴 자격이 없는 사람이 아닌가.

미물인 새도 새끼가 태어나면 열심히 먹이를 나르고 따뜻한 둥지를 지킨다. 하지만 명진이 알고 있는 어머니는 아니었다. 평생을 저주와 절망 속에서 살았다.

자식에게 긍정을, 사랑을 가르친 적이 한 번도 없었다. 어머니 손에 있는 씨앗이라면 몽땅 죽어버릴 것만 같았다.

어머니가 옆에만 있어도 절대 살아날 것 같지 않았다. 세상을 믿을 수가 없었다.

멀쩡하게 자라던 꽃나무가 당장 죽어버릴 것만 같아 하루에도 수십 번 물을 퍼 날랐다. 그리고 그 꽃나무는 정말로 죽어버렸다. 새도 그랬다. 먹이를 수북하게 쌓아두고, 그것도 모자라 아가리를 벌리고 먹이를 넣어주어도 새는 죽었다.

늘 어머니 품이 그리웠다. 그러나 더 표현하자면 옆에서 혁띠나 휘두르고 미친 여자처럼 발광을 하는, 자신을 낳은 어머니는 결코 아니었다.

좀더 가슴이 넓고 따뜻하고, 포근한 그 무엇.

어머니는 자신의 자식들이 모두 제대로 세상을 살고 있다고 믿고 있었다. 자신의 업보와는 아무런 관련없이 쑥쑥 자라준 자식들을 대견스러이 바라보고 있는 것이다. 그렇기에 수술실에 들어가면서도 그런 표정을 지었으리라.

그러나 아니었다. 적어도 어머니는 저 세상으로 떠나기 전에 자식들의 가슴에 흐르는 진물을 보아야 옳다.

집으로 가는 버스는 이미 끊겨 있었다. 명진은 길 옆에 우두커니 서 있는 포장마차 휘장을 들추고 안으로 들어갔다.

남자 서넛이 나무 의자에 엉덩이를 걸치고 앉아 술을 마시다 신기한 표정으로 명진을 보았다.

"어서 오세요, 아주머니."

주인 남자가 낙지를 썰다 말고 장난스럽게 말을 걸었다. 아무래도 이런 시각에 여자가 술을 마시려 들어온 것이 재미있었던 모양이었다.

웃으려면 웃으라지. 명진은 남자들 곁에 털썩 주저앉았다.

"소주 한 병하구요, 안주는 어묵으로 주세요."

"소주는 순한 걸로 드려요, 약한 걸로 드려요?"

남자는 여전히 장난기 있는 질문을 던지고 있었다. 딴에는 명진이 어색해 할까봐 그런 것일 테지만, 옆에 앉은 남자들은 호기심의 눈길을 거두지 않고 있었다.

몸뚱이가 잘리운지도 모르고 접시에서 꿈틀대는 낙지를 보며 명진은 그 남자들의 시선을 무시했다.

술이라도 한 잔 마시지 않으면 머릿속이 헝클어져 무슨 행동을 하게 될지 자신도 두려웠던 것이다.

집 걱정이 안되는 건 아니었다.

남편도 지금쯤은 돌아와 있을 것이다. 낯선 여자의 체취를 물씬 풍기면서 말이다. 다행히 아이들은 시어머니를 따라 시누이 집에 가고 없었다.

시누이 앞에서 명진의 술주정을 욕하느라 입이 바쁠 시어머니도, 아내 아닌 다른 여자에게 사랑을 쏟고 있는 남편도 모두 이해할 수 있었다. 그들의 그런 행동은 모두 자신 탓이었으므로.

그들을 사랑할 수가 없었다. 아니, 그들뿐만이 아니라 아무도 사랑할 수가 없었다.

주술을 걸 듯 누군가를 열렬히 사랑하고 있다고 믿는 어느 순간, 부릅뜨고 있던 눈을 잠깐만 감아도 악몽처럼 가슴의 구멍이 입을 벌리고 명진을 올려다보고는 했다.

그 구멍 속으로 침몰되지 않으려 아둥바둥거려 보았지만, 결론은 언제나 참담했다.

그런데 어머니가 죽는다는 것이다. 그걸, 어떻게 용서할 수 있으랴.

술은 벌써 반 병으로 줄어 있었다.

"안주 좀 드시면서 마시세요."

주인 남자가 구운 닭똥집을 접시에 조금 담아주며 말을 건넸다. 옆을 보니 예의 남자들 앞에도 똑같은 안주가 놓여 있었다.

"저는 이런 안주를 못 먹어요."

명진은 접시를 주인 앞으로 밀었다.

"그냥 드세요. 우린 너무 많아서 남길 것 같거든요."

여태 자기들끼리 이야기를 나누던 남자 중에 한 남자가 사람 좋은 웃음을 지어보였다. 그 웃음이 기분 나빴다.

"남길 것 같으니까 제가 먹어 치울 수야 없잖아요. 저는 이런 안주를 못 먹어요. 죄송합니다."

울컥 짜증이 솟구쳤다. 괜한 친절이 얼마나 상대방을 불편하게 하는지 그것도 모르는 무식한 남자들. 자기 감정에 충실할 뿐이면서 그걸 폭넓은 아량이라고 여기는 이기주의자들.

"아, 이거 죄송하게 되었습니다."

그 남자가 다시 사람 좋은 웃음을 지었다.

"알면 됐습니다."

굳이 그런 말까지 할 필요는 없을 텐데도, 명진은 반쯤 남은 소주잔을 단숨에 비워버린다. 그리고 일어나 돈을 치뤘다.

포장 마차를 나와 다시 좀전에 걸어왔던 길을 굽어보았다. 짙은 어둠만이 가득 쌓여 있었다.

"잠깐만요."

누군가 뒤에서 불렀다. 뒤를 돌아보기도 전에 그 목소리는 명진 앞에 불쑥 얼굴을 나타냈다.

포장마차 안에서 사람 좋은 웃음을 지어보이던 그 남자였다. 그 남자는 다리를 절었다.

"저, 실례 같습니다만, 이걸 좀 받아주세요."

남자는 명진 앞에 종이 하나를 내밀었다. 남자 손치고 참 작다 싶은 손이었다.

"뭐죠?"

"제 명함입니다. 전화를 한 번 주실 수 있을까요?"

"……."

명진은 말갛게 그 남자를 보았다. 아무 계산도 없고 그렇다고 멍청한 것도 아닌 그런 눈 표정으로.

아무리 귀찮게 치근거리던 사람도 명진의 그 눈빛 앞에서는 슬그머니 꼬리를 감추었다. 그런데 이 남자는 아무렇지 않게 다시 웃음을 지었다.

"이런 시간에 길거리에서 명함을 내밀어서 좀 언짢은 생각이 들 수도 있겠지만, 어쨌건 받아주셨으면 고맙겠습니다."

"어쨌거나 왜 이 명함을 받아야 하죠? 제가 싫으면 안 받을 수 있죠?"

남자의 손은 아직도 명진의 허리께에 머물러 있었다.

"물론. 그렇지만 제 생각인데 받아주셨으면 고맙겠습니다. 받고서 싫음 쓰레기통에 던져버려도 되잖습니까?"

"그럼 댁이 직접 쓰레기통에 던지세요. 그걸 나한테 왜 심부름 시키시죠?"

그러나 남자는 물러설 기미를 보이지 않았다. 명함을 받기 전에는 절대로 물러서지 않겠다는 표정이었다.

이런 시간에 여자가 길거리를 배회하고 있다면 얼마든지 벌어질 수 있는 일인데도 명진은 먼저 화가 났다.

"실례합니다."

등을 돌렸다. 그런데 다시 불쑥 앞을 막아선 그 남자는 명진의 손을 탁 잡고 손바닥에 명함을 올려놓았다.

명진의 손이 자신도 모르게 허공으로 올려진 것과 그리고 따악, 하는 소리가 난 것은 거의 동시였다. 남자의 얼굴이 여지없이 휙 돌아가는 것을 명진은 놓치지 않고 보았다.

얼결에 따귀를 맞은 남자는 손으로 볼을 감쌌다.

남자의 눈이 가로등보다 더 크게 벌어져 있었다. 그러나 이내 떨어진 명진의 가방을 주워 내밀었다.

"따귀 얻어맞고서도 미안하다고 사과하면 듣기 불편하시겠죠?"

"천만에요."

명진은 등을 돌렸다. 그리고 총총히 그 자리를 떴다. 남자가 지어보이는 그 사람 좋은 웃음이 우선 기분 나빴다. 마치 자신과 종류가 다른 인간이 지어보이는 것 같은 웃음 말이다.

명진은 신호등이 파란 불로 바뀌지도 않았는데 빠른 걸음으로 횡단보도를 건넜다.

"어어, 조심해요!"

뒤에서 고함 소리가 들려왔다.

미친 자식, 명진은 코웃음을 쳤다.

아직도 남성우월주의에 빠진 놈팽이들이 많았다. 마치 세상의 모든 여자들이 그런 프로포즈를 기다리고 있다고 여기는 꼴같잖은 것들.

남편 생각이 났다. 다시 아무런 무게도 느껴지지 않는 비웃음이 입술로 매달렸다.

대체 나는 네가 좋은데 너는 왜 나를 싫어하는 거야? 내가 싫은 이유가 뭔지 대면 내가 납득이라도 하잖아!

결혼 전 남편은 그런 말을 무수히 되풀이했었다.

그래, 그의 말처럼 딱히 어디가 싫다, 하고 증명해 보일 만한 흠은 없는 사람이었다. 외모, 학벌, 성격.

어머니는 그가 대종가 종손이고, 얼굴에서 무식해 보이는 물이 줄줄 흐르고, 무엇보다 성격이 너무 소심해서 안 된다고 극구 말렸다.

"네가 그 집으로 가면 너만 힘든 게 아니라 다른 사람도 힘들어서 안돼, 이것아."

어머니는 무조건 안된다고만 말렸다. 무조건이었다. 사람이 그런 식으로 무조건 밀어붙일 수 있다는 것이 무엇보다 놀라웠다.

그 놀라움이 비웃음으로 이어졌고 명진은 그와 살을 섞어버렸다.

그건 일종의 어머니에 대한 반항, 아니, 더 나아가서는 자신에게 주어진 모든 것에 대한 반항이었다. 좀더 근사한 삶을 살아보겠다고 발버둥치며 공부에 매달렸던 것, 죽어도 어머니 같은 삶은 살지 않겠다고 다짐했던 그런 것들에 대한 포기와 반항인 셈이었다.

명진이 어머니한테 가장 많이 들었던 소리는 당신의 한스런 한 세상이었다.

"어떤 년이 그렇게 살았겠냐. 나처럼 바보 천치 같으니까 살았지."

그런 어머니의 자조적인 넋두리를 듣고 자란 명진이 정말 어머니가 끔찍하게 싫어한 환경의 남자를 골라버린 것이다.

하지만 굳이 그 남자를 남편으로 골랐던 것은 그에게서 아버지를 보았다는 사실이었다.

그는 아버지처럼 우선 몸집이 좋았고 넓은 광대뼈와 굵은 눈썹을 지녔다. 심리학적으로 여자는 자기 아버지와 닮은 사람을 선택한다고 하지만, 명진 생각에는 아니었다.

물론 축복 속에 귀염받고 자랐다면 그런 아버지에 대한 환상이 다른 남자로 이어질 수는 있을 것이다.

그러나 명진의 의식 속의 아버지는 그런 환상과는 거리가 멀었다. 아버지에 대한 이미지는 딱 네 가지였다. 폭력, 무식, 가난. 불행.

그랬기에 그가 아버지를 닮았다는 이유만으로 선택한 것은 절대 아니라고 믿고 싶었다.

굳이 더 설명하자면, 그와 살을 섞어버리고 말았던 것은 어머니에 대한 반항이었다. 어쨌거나 어머니는 세상에서 아버지를 제일 미워했으니까.

어머니는 그를 만난다는 이유 때문에 명진의 머리채를 수도 없이 나꿔챘었다. 그리고 소리쳤다.

"네년 몸 더럽혀지면 네 망신만 되는 줄 알어? 이 에미 얼굴이 뭐가 되는 줄 아냐구!"

"그 자식 얼굴을 봐라. 무식이 뚝뚝 떨어져! 무식한 네 애비 때문에 내가 얼마나 피를 말리고 살았는데, 딸년까지 그런 자식을 골라!"

"네 애비라는 작자가 날 어떻게 해놨는지 자식인 네가 몰라서 또 그런 인간을 골라! 세상에 쌔고 쌘 게 남자 자식이던데 왜 하필이면 그런 자식이냐구!"

죽어서 이제는 진토가 됐을 아버지까지 들먹이며 악다구니를 부려대는 어머니. 어머니는 명진이 하루도 빠짐없이 써 놓은 일기까지 훔쳐보고는 난리를 피워댔다.

그 남자에 대해 무엇이 그렇게 싫은지, 명진 자신도 이해할 수 없게 되어버리고 말았다.

그만큼 어머니의 간섭은 도가 지나쳐 있었다.

어머니는 명진의 마음을 한 치도 알아주려 하지 않았다. 무조건 길길이 뛰었다. 그게 결혼의 계기가 되어 버렸다.

더는 어머니 곁에 있기 싫었다. 마치 길거리 창녀 대하듯 더러운 년, 이라는 욕을 거침없이 내뱉는 어머니를 더는 용서할 수 없었다.

다른 건 몰라도 명진의 행동을 절대 용서받을 수 없는 불결함으로 내모는 어머니 곁에서 떠나기 위해서라도 그와 결혼해야만 했다.

어머니 예감이 맞으리라는 것은 명진도 어렴풋 알고 있었다. 그러나 어머니 곁에 더는 있을 수 없다는 생각에는 변함이 없었고, 그리고 어떤 불행이 닥치더라도 어머니 곁에 있는 것보다는 나으리라는 자포자기가 있었다.

역시 그는 무능했다. 우선 귀가 얇아서 누구의 말이든 잘 들었다. 그것도 나쁜 이야기만.

딸자식 중에 한 명은 꼭 자기 어머니의 길을 걷는다는 말이 있다. 그 말은 맞았다.

사람 외모, 환경만 다를 뿐이었지, 남편의 가정은 어머니가 그토록 싫어하던 모든 것을 다 갖추고 있었다.

식구들의 무절제한 생활은 명진을 제일 많이 지치게 만들었다. 그리고 그들은 똘똘 뭉치는 결속력을 유감없이 잘도 발휘했다. 특히 좋은 일보다 나쁜 일에 더 잘 뭉쳤다.

결국 명진 혼자서만 외톨이로 존재할 수밖에 없었다. 명진이 더 견딜 수 없었던 것은 의식의 변화였다.

어제 진실이었다고 믿었던 것들이 오늘 거짓으로 탈바꿈될 때, 그건 세상을 온통 버려야 하는 충격으로 남기 마련이었다. 그때부터 진실을 가릴 줄 아는 하늘은 없다고 여기기 시작했다.

어머니가 큰아버지만 보면 그 자리에 머리 조아리고 고개를 숙이던 모습을 보고 자랐던 명진에게 시집이란 커다란 무게로 남을 수밖에 없었다.

어머니의 그런 위선적인 행동이 끔찍하게 싫었으면서도 명진 또한 어머니를 닮아 있었던 것이다. 시집 일이라면 무조건 최선을 다해야 한다는.

아무리 노력해도 깨진 독에 물 붓기였다. 그리고 나약한 남편은, 지쳐 잔소리가 늘어가는 명진을 멀리 하기 시작했다.

입에 차마 담을 수 없는 욕설을 함부로 내뱉고서, 이튿날 아무렇지 않게 파 한 단, 쌀 한 말 이고 들어서는 시어머니를 보면 악, 하고 뒤로 주저앉을 지경이었다.

시집 안 간 시누이들은 아무렇지 않게 유산시켜야 해요. 돈 주세요, 라는 말을 거침없이 입에 올렸고, 시동생은 집이 빈 날이면 아무 여자나 데리고 들어와 요와 이불 위에 정액 자국을 남겨 놓았다.

알코올 중독자인 시아버지는 그런 식구들의 잘못을 알려고도 하지 않았다. 그저 술에만 빠져 지냈다.

술집으로 빠진 언니, 뒷골목 패거리와 어울려 다니던 막내 동생, 입만 열면 악마 같은 소리만 내뱉던 어머니, 폭력밖에 쓸 줄 모르던 아버지 앞에서 가장 질려했던 모습들을 시집 식구들도 해보이고 있었던 것이다.

남편은 언제나 수수방관이었고 자기 식구들의 그런 모든 것을 다 받아줄지 모르는 명진을 탓했다.

"여자라면 당연히 갖추고 있어야 할 아량을 당신에게는 발견할 수가 없어."

아무리 단련이 되어도 안되는 일이 있는 법이었다. 진저리치던 일이 다시금 재연되고 있음을 느꼈을 때는 이미 모든 것이 망가질 대로 다 망가진 후였다.

무서웠다. 그러면서 어머니를 생각했었으리라. 가엾은 어머니의 삶을.

그리고 어머니를 더욱 더 미워하기 시작했다. 미워하는 것 외에 할 것이 없었으므로.

어머니가 아버지를 미워하듯 남편을 미워하기 시작했었다. 그리고 시집 식구들에게 가슴을 더는 다치지 않기 위해서 담을 쌓았다.

다행히 아이들이 있었지만 아이들은 따뜻하게 안아줄 줄도 모르고 까닭없이 폭력을 쓰고 화만 내는 어미를 피했다.

그런 명진 앞에 남편은 신문 한 장을 내밀었다.

"당신이 정신적으로 문제가 많은 까닭을 이제는 이해할 것 같군. 당신 친정 어머니를 만나도 타인 대하듯 하던 까닭을 알겠어."

신문에는 '모성애도 유전자가 좌우' 라는 타이틀과 함께 미국 하버드 의대 팀의 연구 발표 내용이 실려 있었다. 모성애 유전자를 제거한 쥐가 새끼를 굶겨 죽였다는 것이다.

"나는 쥐가 아니에요. 쥐가 아니라 사람이라구요!"

남편의 행동에 뒤통수를 얻어맞는 충격 속에서도 명진은 발악하듯 말했다. 남편이 다시 말했다.

"쥐와 인간의 유전 체계가 비슷하다는 말도 안 들어 봤어?"

쥐만도 못한 인간이라고 말하는 것이라고 명진은 생각했다. 아무것도 보이지 않았다. 여태껏 가슴에 오물처럼 쌓여 있던 분노와 실망이 한꺼번에 터졌다.

"당신들은 어떻게 하고 있는지 한번쯤 생각해 봤어요? 나는 당신 식구들처럼 인간 같지 않은 행동은 한 번도 한 적이 없단 말예요!"

"말 함부로 하지 마! 인간 같지 않은 건 당신이야! 언제 당신이 아이들을 따뜻하게 대해준 적이 있었어? 당신 가슴에는 어머니란 애초부터 있지도 않았던 여자야!"

"나는 최선을 다했어요!"

"최선?"

남편이 픽, 웃음을 흘렸다. 그리고 다시 입을 열었다.

"당신이 말한 최선이란 자기 보호를 위한 최선일 뿐이었어. 누군가를 위해 아량을 베풀고 상대방 입장에서 생각해 본 적이 없었지."

"누구한테 물어도 당신 식구들이 잘못하고 있어요. 내가 잘못하고 있었던 건 아니라구요!"

"어떻게 당신만 옳고 다른 사람은 틀렸지? 몽땅 틀렸다고 믿는 사람에게 무슨 행동을 하든 옳게 보리라고 믿나?"

"나는 그냥 그런 게 아니잖아요. 정말 당신들이 잘못하니까 미워하고 싫어했잖아요. 왜 내가 나쁘다고만 해요. 왜요!"

"당신은 엄마 자격도 없는 여자야!"

"내가 왜요! 당신은 당신 형제나 부모가 뭘 잘못하고 있는지도 모르는 바보예요?"

"헛소리 그만 해. 꽃노래도 두 번 들으면 지겨워져. 분명히 말해두겠는데 적어도 당신이 이 집에 들어오기 전까지 우리는 그런대로 화목했어. 서로 잘못해도 덮어줄 줄도 알았고, 무슨 일이 있으면 모여서 의논할 수도 있었지. 그런데 지금은 아니야. 모두 당신 때문에 흩어져 버렸어. 당신이 우리 형제나 부모님이 도덕적으로 문제 있다고 하는 말, 이해해. 그렇지만 그 사람들이 남에게 피해주면서 살지는 않았어. 사는 방법에 문제가 있었을 뿐이라는 소리야. 그걸 당신이 무슨 윤리 선생이야? 도대체 왜 그러는 거지? 당신이 그렇게 도덕적인 사고 개념으로 자신을 중무장시키는 까닭을 나는 모르겠어. 간혹 당신이야말로 도덕적으로 문제가 있는 환경에서 자란 건 아닐까, 의심할 때가 있어. 그게 끔찍하게 싫었기 때문에 우리 집에서라도 그걸 요구하고 있는 건 아닌가 하고.”

“나는 잘못한 게 없는데, 눈이 없어요, 귀가 없어요! 왜 잘 잘못에 대한 판단도 못하면서 나한테 뒤집어씌우죠!”

절규하듯 소리쳤다. 그 소리침이 남편 가슴에 화살처럼 박히리라는 기대는 예전에 버리고 없었다.

그러나 그렇게 쏜 화살이 비록 땅바닥에 힘없이 꽂히더라도 그렇게라도 하지 않으면 가슴이 터져버릴 것 같았다.

아이들 장난감을 집어던지고, 손에 들고 있었던 쌀을 미친 듯이 뿌려대었다. 그리고 남편에게 달려들어 발악을 했지만 남편은 아주 쉽게 명진을 떠밀어 버리고 아이들을 데리고 시부모 집으로 가버렸다.

어디서부터 잘못되었을까. 무수히 자신에게 던진 질문이었다. 이혼을 하면 불편한 인간 관계는 정리될 수 있으리라.

그러나 그것만이 아니었다. 근본적으로 해결하지 않으면 안될 일이 있었다. 그렇지만 그 일이 무엇인지, 길이 어디인지 종잡을 수가 없었다.

그런데 어머니가 돌아가실지도 모른다는 것이다……

어머니가 돌아가시기 전에 반드시 해야 할 일이 있다고 생각한 것은 그 무렵이었다.

만약 어머니가 그대로 돌아가신다면 자신은 영원히 세상을 부표처럼 떠돌고 말리라는. 그리고 남편의 말처럼 영영 어머니가 되지 못하리라는.

그러나 여전히 길이 없었다. 오직 술밖에 없었다. 하루라도 술을 마시지 않으면 미쳐 날뛰는 자신의 몰골이 너무도 초라해서 견딜 수가 없었다.

좀전에 거푸 마신 소주 기운이 이제사 뻗치는 것 같았다.

명진은 볼을 타고 흐르는 눈물을 손등으로 닦으며 흥얼거렸다.

엄마야 누나야 강변 살자
들에는 반짝이는 금 모래빛
뒤란 밖에는 갈잎의 노래
엄마야 누나야 강변 살자

머릿속으로는 노래를 흥얼거리고 있었지만 입술 밖으로 나가는 소리는 울음 소리였다.

엄마야 누나야 강변 살자……

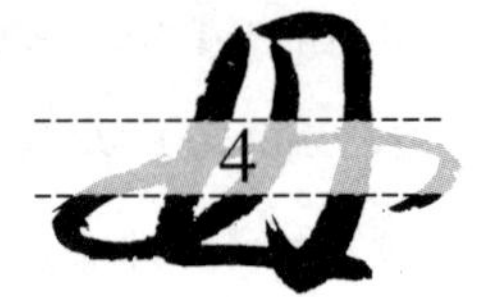

4

옥두는 가슴이 답답해 자리에서 일어났다.

악몽을 꾼 것 같았다.

손을 뻗어 텔레비전 앞에 놓인 약병을 집어들었다. 그리고 뚜껑을 열어 약을 꺼내 입에 넣으려다 그만두었다. 살기 위해, 목숨을 부지하기 위해 약을 먹는다는 것이 위선 같았다.

"차라리 그냥 죽게 놔둘 것이지."

옥두는 약병 뚜껑을 다시 닫으며 혼잣말로 중얼거렸다. 자신을 살려내느라 기를 쓴 자식들이 원망스러웠다.

자기들이야 자식 도리로 당연히 그랬겠지만, 그런 험한 소리를 끝내 해버리기 위해 자신을 살려낸 것만 같았다.

명진의 말대로라면 어느 자식도 자신을 환영하고 있지 않다는 것이 되지 않던가.

물 한 모금만을 마시고 가슴을 진정시켰다.

자다가 가슴이 답답해 잠에서 깨어나 물 마시는 버릇은 아주 오래 전부터 생긴 것이다. 명옥이 태어나기 전, 아니, 훈이가 태어나기 전보다 훨씬 전부터였다. 아마 기억이 맞다면 핏덩이를 항아리에 담아 이고 고갯마루를 넘었던 그 무렵이었을 것이다.

가슴이 터질 듯이 아프면 이러다 죽는구나, 하는 생각이 들 정도로 통증이 심했다.

다행히 그 통증은 오래 가지 않았다. 한 움큼의 물을 마시고 맑은 공기를 쏘이고 나면 금새 사라졌다.

다시 누웠지만 잠이 오지 않았다. 명진에 대한 괘씸함은 이제 견딜 수 없는 허탈감으로 변해 있었다.

헛살았다는 참담함. 어디서부터 잘못되었을까. 기를 쓰고 이를 악물고 살아 온 세월인데.

남편이 생각났다. 이게 모두 자신에게 그 많은 짐을 남겨놓고 홀홀 저 세상으로 먼저 떠난 그 사람 때문인 것만 같아 원망스러울 따름이었다.

자식들 누구에게도 아버지 대접 한 번 못 받고 저 세상으로 떠난 사람이었다. 평생 등에서 짐을 내려보지도 못하고, 죽어서야 홀가분하게 잠이 든 사람이었다.

자식들이 뭐라고 하건 옥두만큼 남편을 이해할 수 있는 사람은 없었다.

가난한 집안의 가장 아닌 가장 노릇을 해야 했고 너무도 무식하고 고지식한 성격의 사람이었다.

남편은 장남도 아니면서 부모, 그 많은 동생들을 거느리고 살아야 하는 까닭을 이해하지 못했다.

그래도 천성이 착한 사람이라 여섯 살이나 위인 형한테 말대꾸 한 번 하지 않았고 홀어머니와 그 많은 동생들에게는 후한 편이었다. 그 대신 옥두를 못살게 굴었다. 술을 마시면 으레껏 지게 작대기부터 집어들었고 옥두를 향해 달려왔다.

싸움의 이유는 너무도 많았다. 이유를 만들자는 사람에게는 아무리 조심해도 원인이 꼭 생길 수밖에 없었던 것이다.

작년에 씨앗 보관을 잘 못해 싹이 덜 나왔다고, 비가 왔는데 논 물꼬를 조금만 터놔서 남의 논으로 물이 다 흘러갔다고, 시누이가 달라고 한 천으로 아이들 옷을 만들어 입혔다고, 반찬이 짜다고, 싱겁다고……

아침부터 저녁까지 허기진 배를 움켜쥐고 논과 밭에 매달려도 거둬지는 곡식은 터무니없이 적었고 그러면 남편은 그 사실 때문에 다시 술을 마시고 행패를 부려댔다.

손마디에 옹이가 박혀 아무리 뜨거운 것을 쥐어도 모르는 것 정도는 아무렇지 않았다. 더 견딜 수 없는 것은 시어머니였다.

"이 미친년이!"

시어머니는 옥두를 거의 미친년이라고 불렀다. 물론 용이를 낳은 뒤로는 조금 나아진 편이었지만 별 이유도 아닌 일에 머리끄덩이부터 나꿔챘다. 시누이들도 마찬가지였다.

손가락 하나 까딱하지 않고 놀면서 설은밥, 보리밥을 탓했다. 아이들이 언제나 배를 곯을 수밖에 없었던 것은 당연한 일이었다.

언제였던가, 시어머니와 시누이 밥을 솥에 넣어두고 일을 나갔다 돌아와 보니 솥에 넣어 둔 주발이 반쯤 비어 있었다.

눈이 뒤집혔다. 밥을 먹어버렸다는 것에 눈이 뒤집힌 것이 아니라 또 그 일 때문에 시어머니와 남편에게 당할 수모가 눈을 뒤집히게 했던 것이다.

훈이를 업고 눈치만 살피고 있는 명진을 사정없이 때리기 시작했다. 영악한 애라 자신이 왜 맞는지 너무도 잘 알고 있었다.

그 애는 가만히 에미의 매질을 당해냈다. 아침에 꽁보리밥 한 사발 먹이면 하루 종일 굶겼다가 저녁때 수제비나 김치죽을 주는 것이 전부였다. 당연히 배가 고팠을 것이고 그래서 솥 안의 보리밥을 꺼내 먹었을 텐데 그 안쓰러움까지 울화가 치밀어 무조건 휘둘러 댄 매질이었다.

휘두른 부지깽이에 손가락이 맞았던 모양이었다. 그리고 그 애는 생인손을 심하게 앓았다.

손톱이 빠지고 나중에는 얼굴이 주먹만하게 졸아붙을 지경으로 심하게 앓았다. 그러면서도 아프다는 신음 소리 한 번 내지 않았다. 언제나 무표정하게 서 있었을 뿐이었다. 증오도 분노도 담겨 있지 않은 무관심의 눈빛. 그 눈빛에 증오보다 더한 살의가 담겨져 있다는 것을 눈치챈 것은 먼 훗날이었다.

그러나 그 보리밥 한 그릇은 언제나 옥두 마음에 바위처럼 매달려 있었고 어떻게든 그 가난을 면해 자식들을 배불리 먹이고 싶다는 생각이 간절했다.

그러나 시어머니가 돌아가신 뒤 가난을 이기지 못하고 서울로 옮겨왔어도 그 배고픔은 쉬이 해결되지 못했다.

그리고 천신만고 끝에 간신히 먹고 살만해졌을 때, 남편은 암에 걸리고 말았다.

그 이년 세월 동안 옥두가 겪어야 했던 고통은 시집 와 겪었던 것들보다 몇 곱절 혹독했다.

산 목숨이 아니었다. 어떻게든 남편을 살려야 된다는 일념으로 매달렸지만 남편의 병세는 불가능한 상태로까지 진전되어 있었다.

"나 좀 살려줘!"

남편은 어린아이처럼 매달렸다. 아무리 밉네 곱네 해도 몇십 년을 등 맞대고 산 사람이었다. 옹이가 진 손마디로 눈물이 뚝뚝 떨어질 때마다 억장이 무너졌다.

"나 좀 살려줘, 응?"

남편에게, 그렇게 무섭게만 굴던 남편에게 그런 울음이 있으리라고 상상도 못했었다. 남편은 옥두 치마폭에 닭똥 같은 눈물을 흥건하게 쏟아놓으며 매달렸다.

"나 좀 살려주면 하라는 대로 다 할게. 훈이 어메 속도 안 썩이고, 술도 안 먹고, 담배도 안 피우고……."

"그렇게 날 못살게 하던 힘으로 그깟 병 하나 못이기요? 그 좋은 힘으로다 그깟 암 하나 못 때려잡냔 말이요!"

"……."

"나 때려잡던 힘 어디다 다 뒀소? 그 힘 어디다 다 두고 병 하나 못이기고 내 속을 이렇게 볶아대냔 말이요!"

"……."

남편의 어깨가 검불처럼 흔들리고 있었다. 그 검불 같은 흔들림이 너무도 미웠다. 미워서 견딜 수가 없었다.

"내 속을 얼마나 까맣게 지져놓고 죽을라고 이러요, 예?"

"그렇지, 내가 천벌을 받는 거지? 훈이 어메 말대로 내가 너무 잘못이 많아서 천벌을 받은 거지? 훈이 어메 꺼떡하면 나한테 천벌 받을 거라고 했었잖여. 훈이 어메 말대로 하늘이 나한테 천벌을 내리고 있응게 이제 그만 용서해달라고 허소. 내 다시는 안 그런다고 이렇게 사정할팅게 제발 하늘에 부탁 좀 해보소, 응?"

남편은 정말로 무릎을 꿇고 정신 나간 사람처럼 빌었다. 다시 진통이 시작되는지 방바닥에 쓰러져 발버둥을 치다가 정신이 나면 다시 그렇게 또 빌었다.

"다시는 안 그런다고 하늘에 부탁 좀 해달란 말이요. 너무 아파서 죽어 버릴 것 같단 말이시. 이대로 내가 죽으면 훈이 어메 나한테 미안해서 어쩔라고 이렁가.”

검불 같은 남편의 어깨를 부여안고 목놓아 울었었다. 죽더라도 차라리 옛날처럼 무식하고 당당하게 죽어주길 바랐다. 아니, 가슴에 한이 맺히고 옹이가 박혀도 좋으니까 그냥 저 세상으로 떠나길 바랐다.

“그냥, 그냥 가시오. 내가 훈이 아부지 못했던 일 다 허고 따라갈팅게 그냥 가시오. 뭔 살판날 일이 여기 있다고 그렇게 비럭질해 가면서까지 살라고 애쓰요. 내 당신 죽으면 젯상에 맛나는 것 많이많이 올려놓고 자식들 불러다 주욱 세워 놓고 당신한테 절하라고 할팅게 그냥 가시오. 당신 좋아하는 술, 고기, 나물 반찬 원없이 상에 올려주고 그런단 말이요.”

“아, 그러면 그냥 나를 죽여 주소. 너무 아프고 힘들어서 죽어 버릴 것 같단 말이시. 나를 그냥 콱 죽여 주면 이 고생 덜 하고 갈 것 아녀, 응?”

숨을 쉴 때마다 까만 먹물을 왈칵왈칵 쏟아내며 남편은 살려달라고 애원했다. 다시는 잘못하지 않고 살겠다고.

“당신이 뭘 그렇게 잘못만 하고 살았다고 빌기만 허요. 부모 잘못 만나 뼈빠지게 고생한 죄밖에 뭐가 있다고! 제발 그만 좀 빌란 말이요! 당신은 잘못한 게 아무것도 없는데 왜 자꾸만 잘못했다고 비냔 말이요!”

남편이 토해 놓은 먹물을 걸레로 훔치며 목을 놓아 울었다. 제발 그냥 가도 좋으니까 살아온 세월이 몽땅 잘못이었다고,

모두 실패했다는 말만은 하지 말기를 바랐다.

　그렇게 눈을 감으면 남편이 너무도 가엾었다. 아니, 남편만이 아니라 그런 남편 곁에서 평생을 살아온 자신도 너무 비참해 못살 것 같았다.

　평생 일밖에 모른 무식한 사람이었다. 아무리 하늘이 무심하다고는 하지만 태어난 생명인데 한 번은 사람답게 살아야 된다고 여겼었다.

　그건 하늘이 인간에게 해줄 수 있는 최소한의 예의였다.

　그런데 하늘은 냉정하게, 정말이지 너무도 비열하게 남편의 생명을 세균들에게 넘겨주어 버렸던 것이다.

　삶이 초라한 사람은 죽음마저도 초라할 수밖에 없는 것일까. 그렇게 철저하게 버림을 받은 목숨이 있을 수 있다는 것이 믿기지 않았다.

　집을 팔고, 시골에 갈무리 해두었던 논과 밭도 모두 팔았다. 원없이 치료라도 받게 해주고 싶어서.

　용이는 군대에 가 있었고 명옥은 도시로 나가 소식이 끊긴지 오래였다. 명진이 곁에 있었지만, 그 애는 아무리 남편이 고통으로 몸부림쳐도 책상머리를 떠나지 않았다. 그리고 훈이는 너무도 어렸다.

　병원에서 다시 오지 말라고, 와 보았자 돈이나 버리지 소용없다고 윽박질러도 남편을 끌고 집을 나섰다.

　남편을 길거리 나무 밑에 세워 놓고 택시를 잡으러 이리 뛰고 저리 뛰면서 그 동안 남편이 죽어버리기라도 했을까봐 피가 바작바작 탔다.

간신히 택시를 잡아 그리로 오면 나무밑 둥치에 쓰러져 있던 남편은 어디에 그런 기운이 남아 있었는지 옥두를 향해 다급하게 손을 까불고는 했다.

"나 놔두고 가버린 줄 알았잖여."

옥두가 남편 얼굴에서 어떤 안도감을 보았던 것은 그것이 처음이자 마지막이었다.

남편 얼굴에 이슬처럼 묻어나던 미소도 처음 보았었다. 그리고 그 안도하는 얼굴과 그 이슬 같은 미소는 남편이 숨을 거둔 뒤, 옥두 가슴에 한 개 위안처럼 남아 있었다.

남편이, 그렇게 폭력적이고 무식하기만 하던 남편이 그런 미소, 그런 표정을 지을 줄 알았다는 것이 하나의 축복으로 여겨질 정도였으니까.

병원 가자는 말을 왜 그렇게 좋아했을까. 마치 어린것들이 사탕 먹을 일을 기다리는 것만큼이나 남편은 병원 갈 날을 손꼽아 기다렸다.

그러나 도움 받을 자식도 곁에 없었고, 일가 친척의 발걸음이 끊긴지도 이미 오래였다.

죽을 힘을 다해 남편을 택시에 태우는 모습을 사람들은 힐끔거리며 구경했다.

그 힐끔거림이 너무도 화가 났다. 그런 알지도 못한 사람들까지 남편을 초라하게 보고 있다는 사실이 말이다.

부모 자식간에는 어쩔 수 없다지만, 아니 하늘까지도 남편을 버렸다지만 낯모르는 사람들에게까지 그런 대접을 받는다는 사실이 견딜 수가 없었다.

"사람 구경 처음 허요?"

아무에게나 삿대질을 하며 덤볐다. 그 중에는 옥두를 도와 택시에 남편을 앉혀 주기도 했지만 많은 사람들은 옥두의 삿대질을 재밌어 하며 발걸음을 옮겼다.

세상을 의지할 수 있는 힘도 없었지만 날로 가슴에 쌓이는 것은 세상에 대한 분노와 절망밖에 없었다.

아무도 믿을 수 없었다. 그런 증오 속에서 옥두가 할 수 있는 일이란 남편의 마지막을 지켜주는 것밖에 없었다.

정말이지 산 사람이 죽어 가는 사람 앞에서 해줄 수 있는 일이란 자리 지킴밖에 달리 할 것이 없었다.

그렇게 복잡하고 힘겹기만 하는 세상살이에서 그런 명확한 해답을 내릴 수 있는 것이 과연 몇 가지나 되겠는가.

아침부터 저녁까지 남편 곁을 떠나지 않았다. 더는 병원에 갈 힘이 없어질 무렵부터 남편은 입으로 물 한 모금 넘기지 못했다.

목줄기에 동전 만한 구멍을 뚫어 그 구멍으로 음식을 넣기도 한다지만, 남편은 그런 기회조차도 놓친 후였다.

새벽에 눈을 뜨면 먼저 남편의 가슴부터 만졌다. 잠이 들어

조용해도 덜컥 가슴이 무너졌다.

말 한 마디 없이 떠나버리면 어쩌나, 늘 피가 말랐다.

휴가를 나온 용이가 어디서 구했는지 아편을 주사하기 시작했지만 남편의 통증은 시간이 갈수록 빨라지고 있었다.

송장처럼 말라버린 몸, 퀭한 눈동자. 남편은 통증에서 헤어나거나 잠에서 깨어나면 아무것도 담겨져 있지 않는 눈빛으로 옥두 모습만을 따라다녔다. 마치 이제 막 낯을 가리기 시작한 어린것이 제 어미만을 쳐다보는 것처럼.

숨을 쉬는 것이 아니라, 내장 썩은 물을 토해냈다. 그러니까 남편은 숨을 토해내는 것이 아니라 오장 육부를 썩혀 한 방울, 한 방울 검은 물로 토해내며 아내와 자식들에게 아직 살아 있음을 증명해 보이고 있었다.

그런 남편을 위해 무엇을 할 수 있으랴. 옥두는 때때로 링거 호스를 통해 아편을 주사할 때마다 혼자 진저리를 치고는 했다.

용이는 적당량을 넘기면 절대 안된다는 말을 수도 없이 하고 부대로 돌아갔었다.

그런데, 죽일 수 있다는 희망이 있었다. 적당량을 초과하면…….

어느 날, 옥두는 통증 때문에 몸부림을 치는 남편을 안고 나동그라지며 통곡하듯 소리쳤다.

"내가 차라리 죽여 줄팅게 나 원망허지 마시오!"

그리고 남편을 밀치고 허둥지둥 아편을 찾았었다. 그러나 그 순간 상상하지 못했던 일이 벌어졌다.

"안되여!"

남편은 옥두의 손을 움켜쥐고 놓아주지 않았다. 어디서 그런 힘이 솟았을까, 남편의 손아귀에 잡힌 손은 꼼짝도 할 수 없었다.

"조금만 기다리소. 내가 아파도 참을라고 애쓸팅게 조금만 기다리소. 훈이 어메가 나 죽이고 어쩔라고 그렁가. 나는 죽으면 그만이지만 훈이 어메는 살아야 허는디 나 죽이고 어쩔라고 그렁가."

남편은 울고 있지 않았다. 오히려 맑은 눈빛으로 옥두를 쳐다보고 있었다. 그 눈빛이 와락 눈물을 쏟게 만들었다. 이렇게 허망하게 죽을 일을 뭐하자고 그토록 아등바등 살았을까.

"내가 인자부터 아파도 참을라고 애쓸팅게 날 죽일 생각은 꿈에도 허지 마소. 살아야 할 사람이……. 그러면 쓰것능가."

그 날부터 남편은 링거를 맞지 않겠다고 고집을 피웠다. 잠든 틈을 이용해 어렵사리 주사 바늘을 손등에 꽂아 놓으면 금세 깨어나 빼버렸다. 아편도 맞지 않았다.

"다시는 안 그렇게 훈이 아부지 주사 맞읍시다. 이러고 가면 내가 가슴에 한이 맺혀 어찌게 산다요!"

"……."

"물 한 방울 목에 못 넘기는 사람이 이렇게 주사까지 안 맞는다고 허면 내가 살겄소? 나라도 밥먹고 기운 내야 남은 자식들 키울 건데 훈이 아부지가 이러면 내가 밥을 먹겄소, 물을 먹겄소."

"……."

"내가 저번 날 화내서 그러요? 그거야 너무 힘들어 헝께 안 그랬소. 이번 한 번만 맞으면 다시 맞잔 말 안할팅게 그럽시다. 예, 훈이 아부지."

"……."

아무리 사정을 해도 남편은 감은 눈을 뜨지 않았다. 너무도 조용해 가슴에 귀를 묻으면 실낱같은 호흡 소리가 가느다랗게 들려오고는 했다.

간혹 무슨 소리가 나 남편을 보면 남편은 이를 악 물고 이불과 방바닥을 손톱으로 긁고 있었다.

손톱 밑으로 빨간 피가 흘렀다. 그리고 남편의 손톱이 스쳐 간 흔적이 시멘트 벽에, 비닐 장판에 고스란히 남아 있었다.

그렇지만 정신이 잠깐씩 드는 시간이 되면 퀭한 시선을 문 밖으로 두고 누군가를 하염없이 기다렸다.

"누가 보고 싶어서 그라요?"

"……."

"보고 싶은 사람 있으면 말해요. 내가 좀 오라고 할랑게."

"……."

아편 주사 사건이 있은 이후 남편은 말을 잃고 있었다. 옥두가 아무리 무슨 말을 건네도 듣고 있는 것 같지도 않았다.

하지만 무슨 소리가 나거나 누군가 대문을 들어서는 소리를 내면 누구보다 먼저 반응을 보였다.

아무도 깨어 있지 않은 새벽에 옥두를 깨울 때 남편의 눈빛은 반가움과 기대로 빛나고 있었다.

"바람 소리구만요. 바람이 지나가다 대문을 흔들었구만요."

남편이 기다리는 사람이 아니라, 바람이었다는 말을 해야 할 때 옥두는 너무도 남편이 가엾어 몸둘 바를 몰랐다.

누구를 기다렸을까. 남편은 거의 일주일을 그렇게 문 밖으로 신경을 쏟다 어느 날에서부턴가 정신을 놓았다.

아무리 불러도 미동도 하지 않았다. 가느다란 숨소리와 입 아귀를 타고 흐르는 검은 물을 보여주었을 뿐이었다.

그런 남편 앞에서 옥두는 자꾸만 넋을 놓았다. 어디에 의지할 곳도 없었다. 어떻게 하랴.

그리고 어느 날, 옥두는 절규하는 듯한 남편의 마지막 비명 소리를 들었다.

"어머니!"

그래, 분명히 어머니였다. 자신에게 평생 멍에만을 안겨 주었던 그 어머니였을까, 아니면 이제는 세상을 떠나 저 어딘가로 날아가 만날 어머니였을까. 옥두는 가만히 남편의 손을 잡았다. 그리고 귀에 대고 나직이 말해주었다.

“이제 갈라요? 그럼 안 잡을랑게 편안하게 가시오.”

“……..”

“우리가 얼마 같이 살았소? 용이 나이가 스물 다섯잉게 그
만큼 살았네요. 이십 년 넘게 살면서 서로 미워하고 증오했던
거 모두 잊읍시다. 훈이 아부지도 나한테 서운한 거 모두 잊
고 가야 나도 살 것 아니요.”

“……..”

“내가 참 많이도 못살게 굴었지라? 안 그런다 허면서도 뭐
가 씌웠던지 잘 안됩디다.”

“……..”

“내 훈이 아부지한테 미안한 것 모두 자식한테 갚고 따라
갈 팅게 혼자 불편하더라도 그때까지만 참으시오.”

“……..”

“내가 잘못했다고, 정말 너무도 잘못한 일이 많다고 말해
도 고집만 피울라요? 무슨 말이라도 한 마디 해얄 거 아니
요?”

남편은 여전히 미동도 하지 않았다.

그리고 남편은 한 시간 후에 혼자 숨을 거두었다.

놀라 허둥지둥 조카 집으로 전화를 거는 사이에 혼자
서…….

영원히 눈을 감은 남편 앞에서 옥두는 울 수도 없었다. 가
슴에 얹힌 한이 한꺼번에 몸 밖으로 쏟아지면서 꺽꺽, 새 우

는 소리를 흉내내고 있을 따름이었다.

"잘 가시오, 용이 아부지. 내가 살아 생전 모지락스럽게 굴었던 거 다 잊고 좋은 데로 가서 부귀영화 누리고 사시오. 머슴처럼 일만 하다 버림받는 몸, 이렇게 빨리 간들 뭐가 아깝겠소. 잘 갔소. 아주 잘 갔소. 원없이 갔으니 이제 편안히 눈 감으시오."

그리고 무엇이 있었던가. 남은 자식들을 위해 남편이 있을 때보다 더 많은 일을 해야만 했다.

낮에는 공사장으로 따라다녔고, 밤이면 졸린 눈으로 바느질을 했다. 다행히 옥두 솜씨가 괜찮아서 일거리는 끊이지 않고 들어와 주었다.

그런 고생은 용이가 졸업을 하고 나서야 조금 나아졌다. 용이 때문에 나아진 것보다 혼자서 세상을 헤쳐나가는 일에 많이 이골이 붙었다는 말이 옳을 것이다.

그렇게 미친년 치맛자락 휘젓고 다니듯 세상살이에 휘둘리느라 자식들을 돌볼 기력도 없었다.

어느 집 자식이 속 안 썩이고 자라주랴만, 그런대로 옥두 자식들은 별 말썽없이 자라주었다. 적어도 옥두가 보기에는 그랬다. 자신의 능력으로 자식들한테 해준 것이 너무 미약하기 때문에 그만큼이라도 자라준 것이 너무 고마웠던 것이다.

그런데 에미의 죽음도 용서할 수 없다고 말했다. 그렇게 믿었던 자식이……

어느 새 날이 밝은 모양이었다.

달그락거리는 소리가 나고 큰아들 기침 소리가 문 밖에서
들려왔다.

"어머니, 전데요?"

"으응……."

옥두는 큰아들에게 운 얼굴을 들킬까봐 마른 세수를 하며
머리를 가다듬었다.

"잘 주무셨어요?"

"그럼, 잘 잤지."

밤새 문 밖에서 방 안 기척을 살피는 큰아들의 발짝 소리를
서너 번이나 들었었다. 그것마저도 부담스러웠었지만 옥두는
애써 못 들은 척 가만히 있었다.

"뭐하게 자꾸만 일어나서 왔다 갔다 해. 무슨 일 있으면 내

가 어련히 깨울까."

"조심한다고 했는데. 들으셨어요?"

"신경 쓰이니까 오늘 저녁부터는 그러지 말어."

"예……."

처음 병원에 가던 날 공교롭게도 용이 처는 구청에 볼일이 있어 나가고 없었다. 그래서 다급한 김에 명옥에게 전화를 걸어 병원으로 갔었는데, 그게 내내 걸렸던 모양이었다.

"무슨 일 있으면 절대 참지 마시고 말씀하세요."

"또 병원비 버려가면서 모두 생고생하는 꼴 보기 싫어서라도 그럴 거니께 걱정 말어."

옥두는 그렇게 말하며 큰아들의 얼굴을 똑바로 바라보았다. 저 애도 명진처럼 가슴에 쌓아 둔 한이 많을까. 다른 자식보다는 사랑을 많이 받고 자랐다지만 혹시라도 옥두 모르게 쌓인 응어리가 가슴 어디에 숨어 있기라도 할까봐 조바심이 났다.

"오늘부터 제가 이 방에 와서 자면 어떨까요? 의사가 혼자 주무시게 하지 않는 것이 좋다고 했거든요."

"아서. 나는 누가 옆에서 들썩거리면 잠을 못 자. 잠 못 자서 뭔 일은 있을지 몰라도 나 혼자 있다고 뭔 일 날 건 없어."

"그래도……."

"쓸데없는 걱정을 하면 내가 부담스러워. 그냥 이대로가 좋으니까 아무 걱정 말라니까."

“예······.”

“회사 늦겠네. 오늘은 늦게 가도 괜찮은 거여?”

옥두는 벽시계를 확인하며 물었다. 다른 날 같으면 벌써 출근을 했어야 할 시간이었다.

“요즘은 한가해져서 조금 늦게 출근해요, 어머니.”

용이 처가 방으로 들어오며 대신 대답했다.

“다행이네. 그렇게 일만 하더니 이제 쉬기도 해야지.”

“예······. 부서가 바뀌어서요.”

용이는 말꼬리를 흐렸다. 그렇게 말꼬리를 흐리는 용이 얼굴로 어둠이 드리워지는 것을 옥두는 미처 보지 못했다. 늘 똑 부러지는 대답보다 뭔가 머뭇거리는 대답을 하는 것은 용이의 오래된 버릇이었기 때문에 그러려니 했었다.

옥두는 명진에게 무슨 일이 있느냐고 물으려다 용이 처 때문에 입을 다물었다.

“아가씨가 언제 갔는지도 몰랐어요.”

용이가 먼저 나가고 용이 처가 작은 소리로 말했다.

“아범이 알면 신경쓸까봐 아무 말 안했거든요.”

“잘했구먼.”

그런 작은 일 하나까지도 챙길 줄 아는 며느리가 존경스러우면서도 뭔가 불편한 것은 사실이었다. 도대체가 파고 들 틈이 없었다. 물론 옥두가 불편할 만한 짓은 아예 하지도 않았지만 그것마저도 불편했던 것이다.

　시집살이 당한 사람이 시킨다는 옛말이 있기는 하지만 옥두는 며느리한테만은 절대 그런 소가지 자랑하지 않겠다고 벼르고 살았다.

　사람은 좋을 때 지켜야 그 좋은 감정이 오래 지켜지는 법이었다. 다 무너지고 망가진 뒤에 다시 세우려 해도 그때는 이미 늦은 뒤였다. 특히 며느리와 시집 식구 관계는 더더욱 그랬다.

　그래서 혹시라도 딸들이 올케한테 험한 말, 행동이라도 할까봐 늘 조마조마하고는 했다.

　명옥이야 천성이 순하기 때문에 걱정이 없었지만 명진은 아니었다. 수가 틀리면 무슨 말이든 뱉어야 직성이 풀리는 성질이었다. 그런 명진에게 옥두는 언제나 사정하다시피 부탁하고는 했다.

　"네가 나를 생각해서라도 언니한테 함부로 하면 안돼. 늙은 에미 생각하면 절대로 그러면 안돼. 네 에미 그래도 밥이라도 멕여줄 사람은 네가 아니라 그 올케라는 거 잊지 말고."

　그러나 명진은 그 말까지도 곱게 받아들이질 않았다. 그저 제 에미가 며느리한테 흠 안 잡히고 편안하게 살고 싶다는 바람쯤으로 받아들인 모양이었다.

　"엄마 같은 사람이 그런 말을 하다니, 놀라 까무라치겠네."

　어미야 살면 얼마나 살까. 모두 저희들 우애 있게 살으라는 뜻이련만 그렇게 삐딱하게 받아들일 건 뭔가. 그런 명진이 여간 걱정스럽지가 않았다.

용이와 동찬이 집을 나선 뒤, 옥두는 몇 번 명진에게 전화를 걸까, 망설이다가 그만두었다.

전화를 하더라도 며칠 뒤에나 해야 될 것 같았다. 그리고 전화가 연결되더라도 뭐라 할 것인지 아직 할 말이 준비되어 있지 않았다. 오히려 네가 어떻게 그런 험한 말을 나한테 할 수 있느냐고 따질 것만 같았다.

그러나 자식들이 어떻게 살고 있는지 한번쯤 돌아다 보았느냐고 했던 명진의 글이 자꾸만 신경에 쓰였다. 어쩌면 그 애 말이 맞을지도 몰랐다. 뭐라 표현할 수는 없지만, 어떤 불길한 예감이 자꾸만 머리를 스쳤던 것이다.

"어디 가시게요?"

스웨터를 걸치고 신발을 찾아 신는데 용이 처가 놀라서 팔을 잡았다.

"아직 어디 가시는 거 안 좋아요. 며칠 답답하시더라도 그냥 집에 계셨다가 나아지면 나가시죠."

"아녀. 답답해서 아파트 한 바퀴 돌고 올 생각이다. 의사도 가만히 앉아만 있지 말고 조금씩 운동을 해야 심장에 좋다고 허질 않던."

옥두는 용이 처의 걱정하는 얼굴을 뒤로 하고 문을 나섰다.

바람이 제법 싸늘했다. 이제 머잖아 눈이 내릴 것이다. 그리고 나뭇가지에서 떨어진 나뭇잎들도 하나 둘 흙으로 돌아가리라.

그런 무상함이 너무도 잔잔하게 가슴으로 와 닿았다. 자신도 머잖아 돌아갈 곳. 남편, 시어머니, 그리고 그 핏덩이, 모두 한 줌 흙으로 돌아가 머물고 있는 곳. 그곳이 어딜지 알 수는 없지만 마음과 몸이 더는 고달프지 않아도 되는 곳이리라.

"나오셨어요?"

굵은 목소리가 옥두의 걸음을 세웠다. 곽씨 영감님이었다. 어젯밤 공연한 웃음을 지어보이던 모습이 떠올라 옥두는 얼결에 고개를 숙이고 말았다.

"아, 예……."

"동찬이 할머니는 아, 예, 하는 대답 말고는 다른 대답을 통 안하시는군요."

"아, 예……."

"것 보세요. 또 아, 예, 그러시잖아요."

곽영감님은 뭐가 우스운지 껄껄 소리내어 웃었다. 그 웃음소리가 공연히 낯을 뜨겁게 만들었다.

"아드님이 회사를 그만두셨다구요?"

옥두는 그 말이 무슨 뜻인지를 몰라 고개를 들고 곽영감님을 쳐다보았다.

"무슨 말씀이신지……."

"어이구, 이거 모르고 계신 걸 공연한 말을 떠들었군요."

"아니, 우리 아범이 회살 그만 두다니요? 아까 분명히 출근을 했는데."

"이런 큰 실수를 했구먼."

"아니, 숨기지 마시고 말씀해 주세요."

옥두는 바짝 긴장해 곽영감님을 재촉했다. 곽영감님은 몹시 난감한 표정을 지으며 어쩔 줄을 몰랐다. 옥두는 그의 입에서 무슨 말이 나오기를 숨을 죽이고 기다렸다.

"실은……, 언제 아셔도 아실 일이니 그럼 말씀드리겠습니다. 회사 차를 타고 출근하시던 분이 언제부턴가 그냥 걸어가셔서 버스를 타시더군요. 우연히 버스 정류장에서 만났는데, 왜 버스를 타느냐고 했더니, 회사 차가 고장 나서 그렇다고 하더군요. 그러려니 했는데 그 다음 날도 또 만났어요. 황급히 피해 다른 곳으로 가더군요. 그런데 우리 집 조카사위가 동찬 아버지 회사에 다니잖습니까. 그 조카사위가 회사에서 쫓겨났거든요. 그리고 동찬 아버지 이야기도 그 조카사위한테 들었지요."

둔탁한 물체가 뒤통수를 후려치는 것 같았다. 옥두는 마른 침을 꿀꺽 삼켰다.

"언제, 언제 그랬답니까?"

"아마 달포는 됐을 겁니다."

신문이나 텔레비전에서 그런 말을 듣기는 했지만 용이가 그런 경우에 처해 있으리라고는 생각도 못했었다. 입사한 이후 하루도 쉬지 않고 일에만 매달렸던 사람이었다.

꾀도 부릴 줄 몰랐고 요령도 피울지 몰라 괘종시계 부장이
라고 불렸다. 사흘에 한 번 들어오는 날도 있었고 어느 때는
집에 들어와 옷을 챙겨 갈 틈도 없이 출장 길에 오르기도 했
었다.

한눈 한 번 팔지 못하고 그저 회사 일에만 매달리는 아들이
안쓰러웠지만 그래야 얼른 자리 잡을 수 있으려니 했었다. 그
런데 회사를 그만 두다니…….

곽영감에게 인사도 건네지 못하고 그대로 종종걸음 쳐 집
으로 돌아왔다. 사색이 되어 들어서는 옥두를 보고 용이 처는
더 놀란 토끼눈을 지었다.

"왜 그러세요, 어머니?"

"저기, 아범 회사 그만 두었다는 말이 있는데 정말 그러
냐?"

"아, 그거요?"

용이 처는 피식 웃으며 안도하는 표정을 지었다. 용이 처의
그 웃음이 옥두의 마음을 다소 진정시켜 주었다.

"저는 또 무슨 일인가 깜짝 놀랐네요. 아범이 맡았던 일은
다른 사람한테 인수인계하구요, 지금은 다른 부서로 옮겼다
고 아까 말씀드렸잖아요."

"그런데 왜 차가 안 와?"

"참, 어머니도. 별 걸 다 걱정하시네요. 회사가 올해 적자
가 심했던가 봐요. 그래서 상무 이상만 차를 내주고 나머지는

모두 개인적으로 해결하도록 했대요. 올 연말에 아범이 승진 케이스니까 그땐 다시 차가 나올 거예요."

용이 처의 설명을 듣고서야 옥두는 안도의 한숨을 내쉬었다. 고지식해서 장사할 위인도 못되는 아들이었다. 그저 책상에 앉아 공부하는 것밖에 모르는 사람이 회사를 그만둔다면 정말 큰일이었다.

"그 동안이라도 불편하니까 허름한 차라도 한 대 샀으면 싶지만 아범이 운전을 할 줄 모르잖아요. 저라도 배워 뒀으면 좋았을 텐데. 하긴 아범 성격에 마누라가 태워주는 차 타고 출근할 사람도 아니지만요."

용이 처가 다시 웃었다. 옥두도 따라 웃었다. 그 곽영감님은 잘 알지도 못하면서 왜 사람 간 떨어지는 소리를 했는지, 만나면 싫은 소리라도 한 마디 해야 될 것 같았다. 공연히 말 붙이고 싶으니까 헛소리나 해서 사람을 놀래키다니.

그러나 그런 안도감은 길지 못했다. 곽영감님의 조카사위가 그 회사에 다녔었다는 말이 떠올랐던 것이다.

"그럼……?"

가슴이 덜컥 내려앉았다. 곽영감님에 대해 아는 것은 별로 없지만 허튼 소리를 할 사람이 아니라는 것만은 확실했다.

"그럼, 정말 쫓겨난 거로구나……."

눈앞이 아득했다. 어떻게 공부해서 들어간 회사인데. 어디 그 뿐인가. 평생을 그 한 직장밖에 모르던 사람이 아닌가. 그런데 그렇게 속절없이 내쫓길 수 있다니.

회사 사정이 어떻든, 나라 경제가 어떻든 그건 모두 용이와는 무관한 일인 줄 알았었다. 그렇게 착실하고 일밖에 모르는 사람을 잃는다는 것은 회사에서 크나큰 손실이라고 믿어 의심치 않았었다. 그런데…….

그러나 옥두는 용이 처 앞에서 더 이상 그 말을 입에 올리지 않았다. 가볍게 입에 올릴 수 있을 만큼 간단한 일이 결코 아닌 것 같은 불길함 때문이었다.

아닌게 아니라 병원에 있는 동안 용이는 너무 자주 병실을 드나들었다. 한 번 오면 몇 시간씩 앉았다 돌아가기도 했다. 그리고 다른 때보다 훨씬 말수가 줄었고 눈에 띄게 얼굴이 상해 있었다.

에미 대수술 때문에 상심해서 그러려니 했었는데 그게 아니었을지 모른다는 생각이 더 강하게 일었다.

다시 밖으로 나가 곽영감님을 찾았다. 그는 관리실에서 마악 나오다 옥두와 맞닥뜨렸다.

"저기, 아까 그 말씀 다시 한 번 해주실랍니까?"

옥두가 무슨 말을 묻고 있는지 미리 짐작한 곽영감님은 가만히 바라보기만 했다.

"우리 며느리 말로는 다른 부서로 옮겨가느라 그래서 당분간 차도 없고 그런다고 하던데……."

"며느님 말씀이 옳겠지요. 몸도 편찮으신데 이렇게 나와 돌아다니셔도 괜찮겠어요? 노인정 할머니들이 동찬 할머니 오셨다니까 굉장히 반가워하시던데, 오후에 한번 나가보세요. 모두 반가워할 거예요."

옥두가 보기에도 곽영감님은 말을 대충 얼버무리고 있었다. 무슨 일이 있긴 분명히 있었다.

"그러지 말고 알고 계시는 대로 말씀해 주세요."

"……."

"정말 우리 아들이 실직을 했나요? 그런가요?"

"예……. 제가 알기로는……."

"그럼 아침에 집에서 나간 건……."

"모르긴 해도 식구들 걱정할까봐 그랬겠지요."

"……."

눈앞이 캄캄했다. 그랬구나. 그래서 그렇게 얼굴이 반쪽이 되었었구나.

"할 말은 아닙니다만, 동찬 할머니는 그냥 모른 척하고 계시는 것이 좋을 것 같군요. 혹시 압니까? 지금 열심히 직장을 구하고 다니는지. 구하고 나서 말하려고 그냥 숨기는지도 모르잖습니까?"

곽영감님은 위로하느라 애를 썼지만, 옥두 귀에는 한 마디도 들어오지 않았다. 달포 가까이 어디서 무엇을 하며 시간을 소비했을까.

명진은 이 모든 것을 알고 있었을까. 그래서 에미한테 그런 편지를 보냈던가.

"저, 괜찮으시겠어요?"

"……."

아무 생각도 나지 않았다. 오장육부 어딘가를 떼어내서 자식에게 주어 해결될 일이라면 얼마든지 그럴 수 있었다.

뼈를 갈아 그 자식 몸에 옮겨 붙여야 할 일이 있다고 해도 얼마든지 그럴 수 있었다.

그러나, 이 일을 어쩌면 좋단 말인가. 옥두는 하루의 시간을 보내기 위해 길거리를 배회하고 있을 아들 생각 때문에 목이 막혔다.

누구보다 여리고 마음 약한 자식이었다. 형제 모두가 자신을 위해 희생했다는 생각을 멍에처럼 부여안고 사는 사람이었다.

그 선택이 스스로 택한 것이 아니라 부모가 그렇게 짐지워준 것이라 해도 그토록 예민한 사람에게는 충분히 감당할 수 없는 짐임에 틀림없었다.

자신 때문에 모두 희생하고 살았다는 죄책감 때문인지 형제 일이라면 발벗고 나서서 해결하려 기를 썼다.

훈이네 전세 자금이 없다고 했을 때는 제 처 몰래 융자금을 내어 보태주었고, 명옥이 나팔관을 들어내는 수술을 해야 될 때도 마찬가지였다.

그리고 명옥 내외를 회사 근처로 불러내 저녁도 사 먹이고 극장 구경도 시켜주는 모양이었다. 제 한 몸을 위해서는 양말 한 켤레 사지 않는 사람이.

용이 처가 워낙 수더분해 강짜를 부리는 일은 없지만 형제들 뒤치다꺼리에 제 어미 수발하느라 저축 한 번 번번이 못했으리라는 것은 불 보듯 뻔한 일이었다.

어떻게 집으로 돌아왔는지 기억도 나지 않았다. 용이 처는 세탁을 하느라 옥두가 들어오는 모습을 보지 못했다.

방으로 들어와 털썩 주저앉으며 옥두는 자신의 신세를 한탄했다. 어떻게 이런 일이 기다린 것처럼 벌어질 수 있는가.

명진의 편지, 그리고 큰아들의 실직.

어쩌면 명진의 말이 옳을지도 몰랐다. 그 동안 옥두 자신만 생각하느라 자식들이 어떻게 살고 있는지 미처 헤아려보지 못했던 것은 사실이었다.

자신만 모르고 있는 자식들의 문제가 너무 많았을지도 몰랐다. 그걸 이제사 똑바로 바라보게 되는 것일 것이다.

생각 같아서는 당장 용이 회사로 나가 사실을 확인하고 싶지만 몸이 말을 듣지 않았다.

전화벨이 울렸다. 용이 처는 물 소리 때문에 벨 소리를 못 듣고 있는 듯했다. 옥두는 마루로 나가 송수화기를 들었다.

"접니다."

작은사위였다. 가슴이 덜컹 내려앉았다. 용이 걱정 때문에 명진에 대한 생각을 깜빡 잊고 있었다는 것을 비로소 떠올렸던 것이다.

"왜 무슨 일이 있는가?"

"좀 어떠세요?"

"나야 다시 살아난 목숨인데 무슨 문제가 있겠나?"

옥두는 저쪽에서 먼저 명진에 대한 이야기가 나오기를 기다렸다. 혹여 이쪽에서 먼저 입을 열었다가 책이라도 잡히는 날이면 큰일 아닌가.

"집사람 거기 왔습니까?"

역시 예상대로였다. 어젯밤 여기서 나가 어디로 갔을까.

"어젯밤에 여기 왔었는데……."

거기까지 말해 놓고 옥두는 혼자 아차한다. 여기에서 잤다고, 지금은 잠깐 저 앞에 나간 것 같다고 해야 별 탈이 없지 않을까. 그러나 엎질러진 물이었다.

"어제 거기 간다고 하고선 나갔다는데 안 들어왔거든요."

"그럼 어젯밤에 전화를 하지 그랬어."

여지껏 관심없이 있다가 이제사 전화를 거는 사위가 괘씸해 옥두는 오금 박는 소리를 했다.

"그게, 사실은 어젯밤 저도 상갓집에 있느라 안 들어왔거든요."

"알았네. 연락할 수 있는 데마다 한번 해보고 다시 전화주게. 나도 알아볼 테니."

"몸도 좋지 않으신데 놔두세요."

"놔두면? 무슨 일이라도 있으면 그 다음에 어떡허구?"

거두절미하고 외박을 한 딸한테 잘못이 있다는 건 알겠는데, 옥두는 까닭없이 사위한테 목청을 돋우고 말았다. 그 애가 그토록 마음을 못 잡고 허우적대는 까닭이 몽땅 못난 사위 탓만 같았다.

"무슨 일 절대 없으니까 걱정 마세요. 끊습니다."

사위는 이쪽에서 뭐라 말할 틈도 주지 않고 전화를 끊었다. 뭔가 석연찮은 예감이 마음을 어지럽혔다.

어젯밤 술에 취해 잠들어 있던 명진의 모습이 떠올랐다. 아무리 시집 식구들과 섞이지 못하고 둥둥 떠서 산다고 해도 그렇지, 그런 시각에 술에 곤죽이 돼서 여기까지 찾아올 딸이 아니었다.

그렇다면 분명 무슨 일이 있는 것이다.

옥두는 방망이질하는 가슴을 어떻게 진정시켜야 할지, 갑자기 모든 것이 헝클어진 기분이었다. 어째서 이런 엄청난 일들이 한꺼번에 터질 수 있단 말인가.

자신이 다시금 살아나기를 기다리기라도 한 것처럼.

케이블 텔레비전을 가능한 한 크게 틀어놓았다. 며느리가 방 안을 들여다보고 뭔가를 물어올까봐 신경이 쓰였다.

용이가 제 처한테도 속이고 있었던 일을 옥두 입으로 떠들 수는 없었다. 뭐라 할 것인가. 내일은 일요일이다. 모레쯤이면 거동하기에 그다지 불편을 느끼지 않을지도 몰랐다.

의사가 사나흘 후부터는 움직여도 좋다고 했으니까. 택시를 타고 용이 회사에 다녀오면 모든 일이 분명하게 밝혀질 것이 아닌가. 그때까지만이라도 아무 내색하지 말자고 옥두는 자신을 타일렀다. 입을 열어 떠든다고 될 일이 아니었다.

갑자기 먹장구름이 가슴에 까맣게 내려앉아 버렸다. 머릿속으로는 퇴근 시간을 기다리느라 이곳 저곳 기웃거리며 시간을 때우고 있을 큰아들 모습밖에 떠오르지 않았다.

가족들과 언제 놀러 한 번 번번이 못 갈 정도로 회사 일에만 전력투구 했던 사람이었다. 한눈 한 번 팔 줄 몰랐다.

오죽했으면 대학생도 할 줄 아는 운전 하나 배우지 못했을까. 그렇게 융통성없이 일만 했던 사람인데…….

그런데 어떻게 그런 사람을 내쫓을 수 있단 말인가. 아무리 세상이 냉정하고 바늘로 찔러도 피 한 방울 나지 않는 각박한 세상이라고는 하지만, 그럴 수는 없었다.

그 많은 세월 배우고 익힌 학문, 시간 모두를 투자한 회사에서 그토록 쉽게 떨려났다는 것이 도무지 믿기지가 않았다.

만사가 괴로우면 손님 찾아오는 일도 귀찮은 법이었다. 수술한 것이 무슨 벼슬이라도 되는 일인지, 오후에 손님이 다섯이나 다녀갔다.

어른 대접하자고 그렇게들 바쁜 시간 쪼개어 여기까지 왔을 테지만, 조금도 고맙지가 않았다.

옥두 자신도 괴롭지만, 시어미 병수발로 피곤해져 있는 용이 처한테 못할 일을 시키는 것만 같아 눈치가 보였다.

늙으면 별 것 아닌 일에도 소심해진다고는 하지만, 일가붙이 오는 일도 눈치 보이는 건 어쩔 수 없는 비애였다. 그런 것들을 자식들한테 더 부담주지 않기 위해서라도 늙은이는 때가 되면 저 세상으로 가야 할 것이다.

걸려 오는 전화도 귀찮기는 매일반이었다. 그래도 명진이 아닐까, 하는 바람으로 서둘러 송수화기를 들었지만 번번이 다른 사람의 목소리가 튀어나오고는 했다.

오늘도 용이는 다른 날과 거의 같은 시각에 들어왔다.

"저 왔습니다."

바람 냄새를 묻히고 들어서는 용이 얼굴은 어느 때보다 피곤하고 지쳐보였다.

"어디 아파요?"

용이 처가 깜짝 놀란 표정으로 용이 표정을 살폈다.

"아니, 조금 피곤해서. 별 일 없었지?"

"네. 얼른 식사하고 푹 쉬세요."

무슨 일이든 복잡하게 생각하지 않는 용이 처는 용이의 대답에 금방 안심하는 얼굴이 되어 부엌으로 들어갔다.

"오늘 불편한 거 없으셨어요?"

"그래."

옥두는 용이의 얼굴을 애써 외면하며 대답했다.

용이 얼굴을 똑바로 바라보면 가엾어서 눈물이 쏟아지고

말 것만 같았다.

나이 먹으면 눈물샘도 마른다던데 그 말은 말짱 거짓말인가 보다. 내 살붙이한테 가슴 아픈 일이 생기면 먼저 살이 아프고는 했다.

오히려 젊었을 때는 눈물을 몰랐었다. 그런데 자식들 다 키워 놓고 한가해졌을 때부터 불어난 눈물이었다.

다른 날보다 일찍 자리에 누웠지만 잠이 오지 않았다. 그래도 애써 잠들어 보려고 눈을 뜨지 않았지만 시간이 지날수록 정신이 더 맑아지고는 했다.

불현듯 작은아들과 큰딸이 떠올랐다. 그 애들에게도 어미 모르는 일이 있을지 모른다는 불길함.

그 불길함은 어제오늘 있었던 것은 아니었다. 남편의 삶과 자신의 삶을 도둑맞듯 몽땅 하늘과 세상에 빼앗긴 뒤로 한동안 아무 것도 믿지 않았었다.

그러나 얼마 전부터 그런대로 안정되게 살고 있는 자식들을 보면서 세상에 공짜란 없구나, 하고 고마워했었다. 자신은 먹고사느라 내팽개치다시피 한 자식들이었지만 하늘이, 세상이 옥두 자신에게 너무도 미안해 그 대가로 자식들의 행복을 안겨주었다고 여겼던 것이다.

그래서 하늘이 고마웠다. 만약 죽은 남편이 그렇게 자손들을 편케 해주는 것이라면 이제사 가족 중요한 것을 알았구나 싶어, 그것도 고마울 일이었다.

그러면서도 불안했던 것도 사실이었다. 덤으로 얻은 것 같은 그런 편안함과 행복이 마치 남의 옷을 빌려 걸친 것처럼 불안했던 것이다.

옥두는 마루로 나가 무선 전화기를 들고 방으로 들어왔다.

작은아들네로 먼저 전화를 걸었다. 오후에 전화 통화를 했지만 직접 뭔가를 확인해보지 않고서는 안 될 것 같았다.

"여보세요?"

훈이 처 목소리가 들려왔다.

"나다."

"어머, 어머니! 이런 시간에 어쩐 일이세요?"

어디가 불편해서 전화를 한 것으로 알았던지, 훈이 처는 몹시 긴장하는 목소리였다.

"잠도 안 오고 그러길래 전화했다. 아범은 들어왔냐?"

"네. 지금 잠들었는데요. 깨울까요?"

"아니, 됐다."

잠들었다는 말이 우선 옥두의 마음을 안심시켜 주었다. 별일 없으니까 편하게 잠이 들었을 테지.

옥두는 대강 얼버무리고 전화를 끊었다.

다음은 큰딸네였다. 하지만 옥두는 전화 번호 단추를 누르다 그만 두었다. 이런 시간에 전화를 걸어 잠을 깨울 것까지는 없었다.

그 애는 내일 아침 새벽에 일어나 도시락을 싸야 한다. 아침잠이 많은 사람이 네 시면 일어나 배 아퍼 낳은 자식도 아닌 아이들의 도시락을 싸야 된다는 걱정이 전화를 걸겠다는 생각을 깡그리 지워버렸다.

워낙 마음이 선해 자기 배 아퍼 낳은 자식이라는 생각 안하고 열심히 뒷바라지를 하지만, 그 애라고 힘든 일이 왜 없겠는가. 간혹 아이들의 친 엄마가 전화라도 걸어 아이들을 찾으면 죄인 자처하며 몸둘 바를 모르는 모양이었다.

"아무리 잘해도 내 자식이 아니라는 걸 느끼게 되면 정말 죽어버리고 싶어."

언젠가 지나가는 말처럼 그렇게 말했었다. 사치벽이 심해 방 한 칸 없는 신세가 된 전처한테 제 서방이 방을 얻어주고 애들 때문에 간혹 만난다는 사실을 알고 있으면서도 벙어리 냉가슴 앓듯 입을 다물고만 있었다.

"애들 엄마잖아. 아무리 내가 잘해줘도 제 친엄마만큼 편하기야 하겠어. 지네 엄마가 편하게 살아야 애들도 마음 잡고 살겠지. 지네 엄마가 거지처럼 살고 있다는 걸 알면 애들 마음이 어떻겠어. 그 사람이 그렇게 안했으면 내가 나서서라도 방 얻어주라고 했을 거야. 편하게 살려면 그 정도야 아무것도 아니잖아."

어떻게 저렇게 착한 사람이 몸 파는 곳까지 흘러갔을까, 생각하면 억장이 무너졌다. 옛날에는 그저 창피하고 부끄러워서 자식이라는 말도 하기 싫었었는데……

잠이 쉬이 올 것 같지가 않았다. 옥두는 염주를 들고 돌리기 시작했다. 그리고 머릿속으로 인자한 부처님 얼굴을 떠올려 보려고 애를 썼다. 그래도 마음은 진정되지 않았다.

고향의 하늘, 넓은 들판, 높은 산이 저절로 눈앞으로 그려졌다. 비로소 막힌 가슴이 시원스레 터지는 듯했다.

언제나 마음속에 그려 놓고 살던 고향이었다.

자식들은 가난과 불행이 상처 부스럼처럼 남아 있는 고향 쪽으로 고개조차 외면하고 사는 것 같았지만, 옥두는 아니었다. 항상 그리운 곳이었다.

병원에 있는 동안 가장 많이 생각한 것도 고향이었다. 죽는 것은 조금도 억울할 건 없었지만, 죽기 전에 고향의 맑은 공기, 드높은 하늘, 차가운 바람을 한 번만 만나고 간다면 원이 없겠다는 생각은 참 많이도 했었다.

하루에도 서너 번은 심장이 멈춰버릴 것 같이 힘든 일이 수없이 많았던 고향인데도.

벌써 아침이 된 모양이었다.

마루에서 톡톡톡, 강아지 발걸음 소리가 들려왔다. 새벽이면 머리맡의 시계 벨보다 더 정확하게 용이를 깨우던 강아지였다. 아내가 부엌에서 일하다 말고 들어와 용이를 깨울 필요도 없이 말이다.

그러나 요즘에는 이상하게도 방 안으로 들어오질 않는다.

"자식, 내가 실업자 된 걸 알고 있는 모양이지?"

용이는 혼잣말로 중얼거리며 쓰게 웃는다. 미물인 저런 강아지도 사람을 홀대하나, 하는 생각이 들었던 것이다.

하긴 어머니가 병원에 입원해 있던 동안 식구들이 모두 집을 비웠기 때문에 개도 습관적인 행동을 까맣게 잊어 버렸는지도 모른다.

오늘은 또 어디에서 시간을 보내야 할까.

용이는 침대에 누운 채로 팔로 눈을 가린다. 밝은 세상이 부담스러웠다.

차라리 어둠 속이면 사람의 이목을 염려할 필요도 없었고 밖에서 배회할 필요도 없었다.

이제는 식구들에게 모든 것을 알려야 할 것 같았다.

나는 이제 자가용도 직함도 없다. 그러니까 우리 가족 모두 용돈이나 생활비를 줄여야 한다. 그리고 동찬이는 학원도 그만두고 혼자 공부해야 한다. 세상에는 죽어라 일해도 안 되는 일이 있으니까 이해해다오.

그러나 어떻게 그런 말을 할 수 있으랴. 자신만을 믿고 사는 가족들이 받을 충격이 너무도 클 것 같았다.

다른 사람은 몰라도 어머니가 충격 받을 일만은 할 수가 없었다.

어머니가 누군가. 평생을 큰아들 하나에 희망을 걸고 살았던 분이었다. 그 험한 세상에서 억새풀처럼 견뎌낼 수 있었던 것도 큰자식에 대한 희망 덕분이었다.

큰자식을 위해 다른 자식들까지 모조리 희생시켰으면서도 당연하게 여겼다.

"너는 내 생명 줄이여, 목숨 줄이란 말여."

어려서 어머니는 용이만 곁에 있으면 주술처럼 그 말을 되뇌고는 했다. 다른 형제들은 수없이 매를 맞았지만 용이는 야단 한 번 맞지 않고 자랐다.

무슨 일이건 거역할 줄 모르고 순종하는 버릇 때문만은 아니었을 것이다. 만사를 큰자식과 연결시키는 어머니의 병적인 집착 탓이었다.

저녁에 손톱만 깎아도 "용이한테 부정탄다, 깎지 마라", 부뚜막에 바가지만 엎어놔도 "용이한테 무슨 일 있을까 무섭다", 문지방을 밟고 서 있어도 "용이 모가지 무거우라고 밟고 있냐?", 생일날 시루떡 앉혀 놨는데 변소를 가면 "용이 시험 떨어지라고 비는 거냐?", 이런 식이었다.

마치 다른 형제들까지도 용이를 가르치고 뒷받침하기 위해 낳은 것만 같았다.

학교에 보내달라고 졸라대는 명옥에게 어머니는 단호하게 말했다.

"네 주제에 무슨 학교여. 용이 갸가 잘 되면 네가 학교에 안 다녔어도 다닌 것보다 훨씬 잘 될 거니까 괜한 소리 말어."

누이가 몸을 팔아 자신의 학비를 댈 때에도 어머니는 일말의 죄책감도 안 느끼는 사람 같았다. 오히려 당연하게 여기는 듯했다.

명진이 혼자 힘으로 학교를 다닐 때에도 어머니는 대견하게 여긴 적이 없었다.

"그 돈 모아서 지 오래비 학비에 보태면 손가락이 문드러질까봐 지랄 부리는 거여?"

그런 어머니의 편애를 용이는 한 번도 이해할 수 없었다. 그렇다고 대놓고 따지거나 거역한 적도 물론 없었다. 거역이라니, 어머니의 눈빛만 봐도 뭘 원하는지 알아내고 거스르지 않고 행동했었다.

다행히도 형제들은 부모님한테 거역을 했을 망정 용이를 향해서는 비난의 화살을 던지지 않았다.

어머니는 용이에게 커다란 덫이었다.

어머니가 병원에 입원하고, 의사로부터 수술이 위험하다는 말을 들었을 때, 용이는 마음 속으로 반짝 숏구치는 빛 하나를 보았었다.

그건 어머니 죽음에 대한 희망이었다.

어머니가 돌아가신다면 훨씬 더 홀가분할 것 같았다. 아니, 어깨 위에 얹힌 짐을 고스란히 내려놓을 수 있을 것 같았다.

형제들에 대한 빚은 여전히 남겠지만, 그들은 아직 젊기 때문에 스스로 버틸 힘이 있을 터였다.

그러나 어머니는 아니었다. 죽으나 사나 자신의 발목에 채워진 족쇄였던 것이다.

어머니가 그대로 눈을 감는다면 자신의 해직을 굳이 알릴 필요도 없을 것이 아닌가. 그렇다면 그만큼 자신이 감당해야 할 부분도 줄어들 수 있었다.

아내가 방으로 들어왔다.

"여보, 회사 늦겠어요. 얼른 일어나세요."

"음."

순간적으로 용이는 아내에게만은 자신이 놓인 상황을 솔직히 말해야 된다는 생각이 들었다.

"여보……."

"네?"

아내가 나가다 말고 고개를 돌렸다. 그러나 용이는 이내 고개를 떨구었다.

"……."

"왜요?"

"으응, 저기 도시락을 좀 싸줘야겠어."

"도시락요?"

"그, 그래. 회사 근처 식당에서 먹는 밥 때문에 탈이 났는지 영 소화가 안돼. 우리 집 밥은 어머니 때문에 찹쌀을 섞잖아."

"당신, 혹시……."

아내의 얼굴로 어떤 불길함이 언뜻 스치고 있었다.

"혹시, 회사에서 무슨 일 있는 건 아니죠?"

"무슨 일이라니?"

용이는 깜짝 놀라 목소리에 힘을 주었다.

"그런데 왜 갑자기 도시락을 싸라고 하세요? 이십 년 동안 한 번도 안 싼 도시락을요."

"말했잖아. 속이 나쁘다고."

"어제 어머니가 당신 회사 그만둔 거 아니냐고 하시던
데……."

"어머니가?"

"수위 아저씨한테 무슨 말을 들었던가 봐요. 제가 자세하
게 설명했더니 안심은 하셨지만, 정말 당신 무슨 일 있는 거
아니죠?"

"거 참, 말 많다. 도시락 싸는 일이 그렇게 힘드나? 싫으면
그만 두고."

버럭 소리를 질렀다.

생전 목청 한 번 돋우지 않던 사람이 소리를 질러서인지 아
내는 토끼눈을 하고 용이를 바라보았다.

용이는 아내의 시선을 피해 화장실로 들어갔다.

거칠게 세수를 했다. 그래도 까닭없이 가슴에 쌓인 울화는
삭혀지지 않았다. 누구에겐가 자신의 인생을 송두리째 도둑
맞아 버린 것만 같아 저절로 숨이 가빴다.

억울했다. 내가 뭘 그렇게 잘못했단 말인가.

용이는 고개를 들어 거울 속을 들여다 보았다. 쉰이 다 되
어 가는 남자 한 명이 풀린 시선으로 서 있었다. 나이보다 훨
씬 많이 자리잡은 주름살과 잔설이 앉은 머리카락.

"흠, 세월의 훈장이다 이거지?"

용이는 초라해진 자신의 몰골을 향해 웃어주었다.

물 위로 빨간 액체가 퍼지고 있었다. 코피였다.

집에서 시간을 조금이라도 더 지체하면 그만큼 밖에서 있어야 하는 시간이 줄기 마련이었다.

하지만 용이는 다른 날과 거의 비슷한 시간에 집을 나섰다. 생전 안 내던 화를 낸 탓인지 아내는 용이 눈치만 살폈지만 어머니는 어딘지 모르게 우울한 표정으로 배웅했다.

"오늘 회식이 있어서 좀 늦을 거예요, 어머니."

혹시 어머니가 알고 있을지 모른다는 불안감 때문에 아무렇게나 둘러댔다.

"으응, 그래."

"당신 술 너무 많이 마시지 마세요."

아내가 한 마디 거들었다.

엘리베이터를 기다리는 시간이 너무도 길었다. 어머니는 용이가 엘리베이터에 오르기 전까지는 늘 문 앞을 지키고는 했다.

아파트 광장을 빠져나오면서 용이는 뒤를 돌아보지 않았다. 아마도 어머니는 베란다에 서서 이쪽을 내려다보고 있을 것이다. 용이 모습이 완전히 사라질 때까지.

발걸음 하나 하나에 어머니의 눈길이 걸리적거렸다. 발걸음이 천근 만근 무거웠다.

왜 이렇게 못났는가. 왜 이렇게 바보 같은가. 왜 이렇게 한심스러운가.

용이는 어머니의 시선이 더는 따라오지 못할 장소에 이르러서야 안도의 한숨을 내쉬었다.

그러나 이내 긴장되어 고개를 숙였다. 바로 앞에서 곽영감님이 걸어오고 있었다.

"안녕하세요?"

그가 먼저 인사를 보내왔다. 용이는 잠깐 놀라며 고개를 숙였다.

"아, 안녕하세요? 지금 출근하시나 보군요."

저 영감님이 어떻게 사직 사실을 알고 있는지, 그것까지는 알 수 없었지만 그 때문에라도 식구들에게 오래 숨길 수는 없겠다는 예감이 들었다.

"어머니 건강이 그만하셔서 기쁘시겠습니다. 걱정 많으셨지요? 어제 뵀더니 얼굴에 핏기가 없기는 해도 시간 지나면 나아지시겠더군요."

"고맙습니다."

전직 직업 군인이었다가 정년 퇴임을 하고, 노는 것이 체질에 맞지 않아서 경비원을 하게 되었다고 했을 것이다.

아침이면 누구보다 먼저 나와 출근하는 자가용이 쉽게 빠져나갈 수 있도록 도와주거나 놀이터의 고장난 그네나 시소를 고쳐 놓고는 했다.

늘 열심히 움직이면서 뭔가를 하는 노인을 보면서 용이는 내심 그 부지런함을 존경하고 있던 터였다. 참 세상을 곧게 정도만을 걸으면서 살았구나, 싶어졌다.

노인은 군인 정신이 아직도 배여 있는 탓인지, 칠순이라는 나이가 믿기지 않을 정도로 몸가짐이 꼬장꼬장했다. 훨씬 나이가 어린 용이 자신보다 더 건강해 보일 정도였다.

"그럼 가보겠습니다."

용이는 먼저 자리를 떴다.

"실례가 아니라면 나중에 술이나 한 잔 하면 안 되겠습니까? 물론 술은 제가 사겠습니다. 저도 자식들한테 손 안 벌리고 쓸 만큼은 벌거든요. 괜찮겠지요?"

"예, 좋습니다. 그렇지 않아도 어르신하고 한번 술이나 나눠야겠구나 했었는데 워낙 바쁘다 보니까 마음뿐이었습니다."

"어이구 이거 고맙습니다. 퇴물이라고 젊은 사람들이 놀아주지도 않아서 섭섭해 하던 중인데, 정말 말씀만이라도 고맙습니다."

용이는 정중하게 인사를 하고 그 자리를 떴다.

아버지가 살아 계신다면 저 연세가 될 것이다. 그러나 쉰 고개도 못 넘기고 세상을 등진 아버지는 저 노인보다 훨씬 더 늙은 몰골이었다.

한번은 이런 일이 있었다. 어머니 심부름으로 아버지 도시락을 싸들고 용산 시장에 갔었다.

아버지는 그 무렵 시장에서 사람들의 무거운 짐을 지게에 저서 버스 정류장까지 갖다 주는 일로 돈을 벌고 계셨다.

그런데 공교롭게도 그 날 비가 억수로 쏟아졌다. 그 빗속에서도 아버지는 사람들의 짐을 졌다. 그런 모습을 보고 그냥 올 수가 없어 아버지를 도와 한참동안 일을 했다.

일을 마치고 집으로 오는 버스를 탔는데, 책가방을 들고 있던 학생 한 명이 벌떡 일어나는 것이었다.

"할아버지, 여기 앉으세요."

용이도 그 말이 놀라웠지만 아버지도 그랬던 모양이었다.

"내가 벌써 할아버지 소리를 듣는구나. 허허……."

정말 그때 아버지는 허허, 소리내어 웃었다. 그 웃음이 너무 공허해 보여 용이는 고개를 똑바로 들 수가 없었다. 아버지가 병석에 눕기 전이었으니까 그때 연세가 마흔 넷쯤이었으리라. 이미 반백이 되어버린 머리카락, 깊게 고랑이 진 얼굴, 구부정한 허리.

누가 보더라도 할아버지라고 불렀을 모습이었다.

그런데 오늘 아침 거울을 통해 아버지와 너무도 흡사한 자신의 모습을 보았던 것이다. 늙고 초라한 모습.

용이는 우선 공원으로 가서 한참 동안 주변을 어슬렁거리며 돌아다녔다. 출판사를 하는 덕기를 찾아가기에도 너무 이른 시간이었다.

걱정하지 말고 오고 싶으면 언제든 찾아오라고는 했지만 친구한테 부담을 주고 있는 것만 같아 선뜻 발걸음이 떼어지질 않았다.

특히 점심 시간이 제일 난감했다. 덕기는 찾아온 손님 대접하느라고 그러는지 용이가 식대를 절대 못 내게 막았다.

"자네야 실업자지만 나야 명색이 사장 아닌가, 사장."

그런 식으로 먼저 선수를 치는 덕기를 보면서 묘한 생각이 들기도 했다. 혹시 내가 오는 것이 귀찮으니까 잔뜩 부담을 줘서 발길을 끊게 하려는 것이 아닌가 하고. 그러다 혼자 풀썩 웃고는 했다. 자신이 점점 소심해지는 것만 같아서였다.

그러나 매번 광화문에 있는 친구 사무실을 찾아가게 되는 것은 여기 저기 내놓은 이력서의 연락처를 그곳으로 해 놓은 탓도 있지만 달리 갈 만한 곳이 없기도 했다.

용이는 커피 한 잔을 빼들고 벤치에 앉아 오고 가는 사람들의 모습을 넋놓고 바라보았다.

예전에는 정신없이 사느라 옆에 누가 있고, 없는지도 모르고 지냈었다. 그저 태엽 감긴 기계처럼 집과 회사만을 오고 갔을 따름이었다.

그 흔한 동창 모임, 친목계도 참석한 적이 없었다. 처음에는 연락을 보내오던 친구들도 이제는 연락을 끊고 지낸 지 오래였다.

그런데 나는 지금 어떤 모습으로 남았는가. 용이는 꾸부정하게 앉아 사람들의 발걸음을 좇고 있는 자신의 눈길이 한심스러웠다.

오늘쯤은 어디서든 전화가 올 것도 같았다. 그 동안 여기
저기 이력서를 넣었지만 공동 투자를 원하는 곳밖에 없었다.

"공동 투자를 원하는 곳일수록 의심을 해야 돼. 그건 사회
물정을 전혀 모르는 자네같은 사람만을 노리는 곳이니까."

처음에는 소액만을 원하지만, 막상 발을 들여놓으면 그 본
전을 찾기 위해 더 많은 액수를 밀어 넣게 된다는 것이다.

덕기의 충고가 아니었다면 아마 퇴직금까지 남의 손에 넘
어가 버렸을지도 모를 일이었다.

사람이 소심해지려니까 만사가 의심스러웠다. 그러다 보니
더러는 망설이고 주저하다가 괜찮은 일도 놓쳐버리는 경우도
종종 있었다.

어느새 용이 발 밑에는 비둘기들이 여러 마리 날아와 뭔가
를 열심히 쪼아대고 있었다.

"너희들은 좋겠구나. 직장을 따로 갖지 않고 돈벌이를 하
지 않아도 먹고사는 건 걱정이 없으니."

용이는 혼자 피식 웃었다.

간혹 조물주란 결코 선한 존재가 아닐 거라는 생각을 할 때
가 있었다. 인간을 세상에 내보낸 것은 행복보다 불행을 더
많이 겪게 할 목적이었을 테니까.

과연 세상살이에서 행복과 불행의 퍼센티지가 어떻게 될
까. 아마 오분의 일 정도나 될까. 아니 어쩌면 십분의 일도 안
될 것이다. 기껏 약올려 놓고 과자 하나 주며 어르는 것처럼

행복을 주고, 나머지는 거의 다 고생과 불행으로 얽어져 있지 않던가.

부모님도 그랬고, 형제들도 그랬다. 어느 누구도 진정한 행복의 모습을 보여주지 않았던 것이다. 모두 삶의 무게에 짓눌린 모습만을 보여주었었다.

출근 시간이 지나서야 용이는 광화문으로 가는 버스에 몸을 실었다.

간밤에 잠을 설쳐서인지 버스 안에서 잠이 들었던 모양이었다. 버스가 서울역까지 와 버렸을 무렵해서야 정신을 퍼뜩 차렸다.

순간적으로 아차 싶었지만, 이내 안심을 했다. 차라리 잘된 일이었다. 고작 이십여 분 정도이지만 어쨌든 그 시간을 때웠다는 것이 우선 다행스러웠다.

용이는 김밥을 파는 가게에 들어가 2인분의 김밥을 샀다. 오천 원이었다. 식당에 가서 먹으면 적어도 사천 원을 줘야 하는데, 삼천 원이나 싼 꼴이었다.

아내한테 도시락 싸달라는 말을 하긴 했지만 막상 들고 나오려니까 마음이 내키질 않았다. 우선 어머니 눈치도 보였고, 저 도시락을 들고 어디 가서 펼칠까를 생각하니까 자신의 처지가 너무 처량했던 것이다.

덕기는 어떤 남자와 이야기를 하고 있다가 용이를 맞았다.

"어서 와."

"그냥 일해."

일어나 자리를 비켜주는 덕기를 그대로 앉게 하고 창문에 있는 작은 의자에 걸터앉았다.

위암 수술을 받으면서 회사를 그만두고 쉬다가 이태 전에 차린 출판사였다. 책이 나오기는 해도 거의 자비 출판하는 것만을 취급했고, 그리고 더러는 광고 전단을 대신 찍어주기도 하면서 간신히 유지하는 모양이었다.

"그렇지 않아도 왜 안 오나 기다렸던 참이야."

덕기는 둘이만 남게 되자 눈빛을 빛내며 말했다. 이력서를 낸 곳에서 연락이 왔나 싶어 용이는 바짝 긴장해 덕기를 바라보았다.

"이 사람 긴장하기는. 실망할지도 모를 이야기니까 기대하지 말고 들으라구."

"무슨 일인데 그래?"

"아참, 아까 자네 어머니께서 전화를 하셨더군."

"우리 어머니가?"

"세상 눈 다 속일 수 있어도 어머니 눈은 못 속인다는 말이 있더니, 알고 계시는 눈치 같던데?"

"그럴 리가 없어. 그래서 뭐라고 그랬나?"

"염려 마. 적당히 꾸며댔으니까."

"믿으시던가?"

"글쎄, 약간 안심하시는 것 같기는 했는데. 모르지, 워낙

눈치가 빠른 양반이니까. 승진이 코앞에 있는데 무슨 걱정이
냐고 얼버무리고 말기는 했어.”

“그랬군…….”

“아참, 그리고 말이지, 자네 여기로다 전화 좀 해봐.”

덕기는 책갈피 속에 끼워 둔 메모지를 용이한테 내밀었다.
전화번호가 적힌 종이였다. 그런데 이력서를 낸 곳의 전화번
호는 아니었다.

“이게 뭔가?”

“응, 먼저 전화부터 해봐. 그럼 알게 돼.”

“누구를 바꿔달라고 해야될지 그것도 모르잖나.”

“아니, 그냥 하면 받는 사람이 나올 거라니까. 어서 해봐.”

덕기는 손수 전화번호 단추를 눌러댔다. 여전히 싱글벙글
이었다.

“자, 받아봐.”

덕기는 다짜고짜 송수화기를 용이한테 내밀었다. 엉거주춤
받아들고 망설이는데 저쪽에서 여보세요, 하는 여자 목소리
가 톡 튀어나왔다.

“응? 누구야?”

놀라 송수화기를 도로 돌려주듯이 하며 묻자 덕기가 소리
내어 웃었다.

“순진하긴. 우선 통화를 해보면 누구인지 금방 알 수 있다
니까 그러네.”

그때서야 용이는 송수화기를 도로 귀에 댔다. 그리고 이쪽에서 뭐라고 묻기도 전에 먼저 저쪽 목소리가 말을 건넸다.

"저 현숙이에요, 김현숙."

김현숙? 너무 흔한 이름인데도 선뜻 다가오지 않는 이미지 때문에 용이는 잠깐 생각을 모았다.

"벌써 잊어버리셨어요? 김현숙이라니까요."

"아!"

용이는 그때서야 외마디 비명을 질렀다. 김현숙. 그녀가 어떻게…….

"오랜만입니다."

"어머, 입니다가 뭐예요? 다시 한 번 해보세요. 오랜만이다, 현숙아, 이렇게 말예요. 존댓말 하시면 용이 선배 찾느라 애쓴 거 후회할 거예요."

"그, 그래, 현숙아. 오랜만이다."

까르르 맑은 웃음소리가 귀청을 울렸다.

"됐어요. 이제 옛날 제 애인 같아졌어요."

옛날 애인이라는 말에 용이는 얼굴부터 붉혔다. 언젯적 이야기인데…….

"그런데 어떻게 여기로 연락을 했지?"

"아냐, 내가 했어."

덕기가 사이에 끼어들며 찡긋 웃었다.

사람 실없기는, 용이는 소리없이 눈으로 그를 나무랐다. 뭐하러 지나간 세월의 사람을 여기로 끌어당길까. 벌써 잊혀지고 사라진 사람을.

"한번 만나고 싶은데, 거절하지 않으시죠?"

그녀의 말은 막힘이 없었다. 워낙 낙천적이었던 탓에 누구든지 편안하게 하는 재주를 지녔다지만, 이렇게 오랜 세월이 흘렀음에도 그런 마음 씀씀이를 내보일 줄 아는 그녀가 대단해 보였다.

"왜 대답 안 하세요?"

"그, 글쎄……."

직장에 다닐 때도 그녀를 만나보고 싶다는 생각을 한 적이 없었던 것 같은데, 이렇게 실업자 신세가 돼서 만난다는 것은 더 망설여질 일이었다.

"저 다 알아요. 회사 그만두셨다면서요?"

"그만두긴. 쫓겨났지."

스스럼없이 말하고 나니까 그녀와의 벽이 많이 거둬지는 듯했다. 그녀는 그렇게 거짓말 할 필요없이 가슴을 열게 하는 재주도 있었다.

"오늘 저녁 어떠세요? 제가 그쪽으로 갈까요? 아님 용이 선배가 저 있는 곳으로 오시던지. 여기는 신사동이거든요."

"내가 가지."

아무래도 친구 앞에서 옛애인을 만난다는 것이 쑥스러워 용이는 자신이 그쪽으로 가겠다고 말했다.

그리고 집에서 나오면서 오늘 회식이 있다고 했던 말이 떠오르기도 했다.

어쨌거나 어딘가에서 그만큼의 시간을 때워야 할 것이다.

그녀는 자신이 자주 간다는 신사동 술집을 자세하게 알려주었다. 그러고는 덧붙였다.

"용이 선배 많이 변했어요? 조금만 변했으면 좋겠는데. 제 머릿속에 새겨져 있는 용이 선배 모습하고 너무 차이 나면 어쩌죠?"

"실망할 거야."

"제 생각엔 안 그럴 것 같애요. 선배는 대나무 같이 꼿꼿했으니까. 살면서 선배 자주 생각했었어요. 그 꼿꼿한 성품을 그냥 지니고 있다면 아무리 파파 할아버지가 됐다고 해도 제 눈에는 옛날 그 모습으로 보일 거예요. 오히려 제가 더 많이 변했을 거예요"

전화를 끊고서야 그녀의 말투 중에 변한 것이 있다는 것을 알아차렸다. 용이씨라고 불렀던 호칭이 용이 선배로 바뀌었던 것이다.

"사람허구는. 아니, 안부 한 마디 못하고 끊는단 말야?"

"저녁때 만나기로 했는데 뭐하게 물어?"

"이 사람아, 그러니까 쫓겨나지. 사람이 어떻게 자로 잰 듯 완벽하게 쪼고 살 수가 있나?"

그는 거침없이 쫓겨났다는 말을 입에 담았다.

처음에는 몹시 서운했지만 이제는 만성이 돼서인지, 그래 쫓겨났어, 하고 맞장구를 칠 정도가 되었다.

"미국에서 살았잖아?"

"조금 있으면 만날 텐데, 뭐하게 미리 묻나?"

덕기는 용이 어깨를 툭 쳤다.

"미국에서 살다 얼마 전에 한국으로 나온 모양이야. 강남 어디 쪽에 웨딩 숍을 차렸다나봐. 저번에 친구를 통하고 통해서 나한테로 연락이 왔더라구. 내가 일러준 번호로 전화를 했더니 직원이 미국에 잠깐 들어갔다고 하더니 아침에 전화가 왔어. 어제 미국에서 돌아왔다고. 그런대로 성공한 모양이야."

"그랬군."

그녀와는 왜 헤어졌던가. 용이는 덕기가 커피 타는 모습을 멀건히 보며 자신에게 물었다.

그러나 한가하게 그녀 생각에만 젖어 있을 수는 없었다.

"연락 온 데 없었나?"

연락 온 데 없었느냐는 말에도 덕기는 뒤를 돌아다보지 않았다. 실직이 되어 헤매고 있는 친구에게 반가운 소식 하나 전해주지 못하는 것이 미안했으리라.

"왔으면 진작 말했겠지. 꽝이야, 꽝!"

그는 유머스럽게 꽝, 이라는 말에 힘을 주며 커피잔을 용이 앞에다 놓았다.

"어디서 헤매다 왔어? 기다렸잖아."

"공원에 있었어."

"청승 떨기는. 아니, 누가 눈치를 주길 해, 면박을 주길 해. 왜 이른 시간에 나가서 궁상을 떨고 있는 거야? 자네가 차라리 내 옆에 와서 빈대 노릇을 하고 있는 것이 훨씬 마음 편하니까 앞으로는 여덟시까지는 출근하도록 해. 알았지?"

용이는 대답 대신 웃어주었다. 가족에게도 말 못할 고민을 털어놓을 수 있는 친구가 있다는 것이 새삼스레 고마웠다.

모두 일에 미쳐 잊고 지냈던 것들이었다. 무슨 경조사가 있다고 해도 삐죽 얼굴 한 번 내미는 것으로 도리를 다 했다고 믿었고, 늘 바쁘다는 핑계로 전화 한 번 제대로 안했었다.

그런데 실업자가 된 뒤에 쭈뼛대며 찾아 온 자신을 덕기는 누구보다 더 반갑게 맞아주었던 것이다.

"여기가 자네 사무실이다 생각하고 뭐든 할 궁리를 해봐."

그런 친절이 여간 부담스러운 것이 아니었다. 세월에 마모되고, 사라졌을 따뜻한 그 무엇이 아직도 거기 남아 자신을 맞아주고 있다는 생각이 들어 눈가가 후끈했었다. 그런 소중한 것들을 모두 외면하고 탕아처럼 떠돌기만 했던 것 같아 더 면목이 없었다. 덕기는 용이에게 아무 도움도 되어 줄 수 없는 자신의 무능을 한동안 자책했을 정도였다.

"가족들한테 이야기를 하는 게 낫지 않아?"

덕기는 조심스럽게 입을 열었다.

"이야기를 해서 뭔가 해결되면 하겠는데, 시끄러워지기만 해."

"뭐가 시끄러워진다는 거야?"

"자네도 우리 식구들을 잘 알잖나. 우리 어머니도 그렇고, 안 사람, 동생들, 모두 모르는 것이 나아."

"허어, 이 사람 답답하기는. 그럼 언제까지 속일 작정이야? 이게 속여서 될 일이야?"

"조만간 일자리가 구해지겠지. 그때까지만."

"영영 안 구해지면?"

그 말에 용이는 덕기의 얼굴을 바라보았다. 그럴 수도 있을 테지만, 이런 상황에서 그런 최악의 상태를 입에 함부로 올려 버리는 친구가 야속했다.

그 말 때문에 다 된 일도 부정을 탈지 모른다는 경박한 생각까지 들었던 것이다.

"그 나이에 취직해서 뭐 하겠어? 고작 다녀 봤댔자 몇 년이 잖아. 그리고 이십 년 넘게 다녔던 회사에서도 헌신짝 버리듯 했는데 다 늙어 찾아가면 누가 어서옵쇼, 큰절 하겠냐구."

용이는 입을 다물어 버렸다. 물론 장사를 생각하지 않았던 것은 아니었다. 한 때는 식당에 들어가 한 달 수입이 얼마나 되느냐, 자리잡을 때까지 얼마나 시간이 걸렸느냐, 열심히 물 어보기도 했었다.

그리고 문구점, 화원 따위에도 관심을 갖고 열심히 살펴보기도 했다.

식당은 위험할 것 같았다. 경험이 우선 있어야 했고, 또 될 만한 위치의 식당은 권리금이 터무니없이 비쌌다.

문구점이나 화원은 그런대로 나을 것 같았다. 너도나도 손을 대고 있지 않다는 점도 유리했지만, 큰 자본 없이도 그럭저럭 꾸려질 것 같았기 때문이었다.

그러나 정작 용이가 그런 것들을 외면할 수밖에 없었던 것은 어머니 때문이었다. 어머니의 그 만성병 같은 한.

다른 건 견딜 수 있지만 당신의 한스런 세월을 몽땅 용이의 실직과 연결시킬지 모른다는 생각이 들 때면 뒷골이 아플만큼 당겼다.

물론 지나친 피해 의식이라고 할 수도 있을 것이다. 그렇지만 용이 자신에게는 그보다 더 중요한 일은 있을 수 없었다.

어린아이처럼 어머니 앞에 힘들다고 털어놓고 싶기도 했다. 그러나 그것은 생각뿐이었다. 오히려 어머니 얼굴을 보면 열렸던 입도 다시 닫혀지고 말았다.

어머니가 걱정한다는 이유 때문이 아니었다. 솔직히 어머니의 계산법이 싫었던 것이다.

분명 어머니는 큰아들을 위해 투자했던 그 많은 것들의 본전을 먼저 생각할 것이다. 그만큼 당신의 한을 부여안고 살았던 분이니까.

한 많은 세월을 보내면서도 어머니가 버틸 수 있었던 것은 용이 때문이었다고 해도 과언이 아니었다. 어머니는 무엇이든 용이만 잘 되면, 하는 쪽으로 결론을 지었으니까.

결국 어머니가 용이에게 최선을 다했던 것은 자식에 대한 애틋함이 아니었음을 용이는 너무도 잘 알았다. 그건 일종의 보상 심리였다. 뭔가를 포기하되 그 대가로 얻을 수 있는.

한 번도 가슴을 열고 엄마, 부르며 안길 수 없었다. 아무리 힘겨워도 그랬다. 안길 수 있는 가슴 자리를 찾을 수가 없었던 것이다. 그 가슴에는 당신의 한밖에 존재하지 않았으므로.

어머니가 입원해 있는 동안 동생들이 보여준 효도에 대해서 용이는 많은 생각을 했었다.

집에도 잘 오지 않던 명옥은 거의 매일 병원에서 살다시피 했고, 훈이도 마찬가지였다.

말썽이나 피우고 막내 티밖에 낼 줄 모르던 훈이에게 그런 지극한 효성이 있었으리라고는 미처 생각하지 못했었다.

그러나 용이가 보기에 그들이 보여준 행동은 효도가 결코 아니었다. 그렇게라도 어머니 곁에 있어야 했을 것이다.

못다 나눈 정.

그랬다. 어머니 자궁에서 떨어지는 순간부터 죽는 날까지 인간은 반드시 주고 받아야 하는 그 무엇이 있었다. 그건 바로 부모 자식간의 사랑이었다.

아무리 넘쳐도 부족함이 없는 사랑. 그것이 충족되지 않는 한 인간은 아무리 따뜻한 이부자리, 맛있는 음식, 깨끗한 환경에서 산다고 해도 불행할 수밖에 없을 터였다. 왜냐하면 정신적인 영양 실조이므로.

그랬다. 형제들이 어머니한테 그토록 매달렸던 것은 바로 부족한 사랑을 한꺼번에 받고, 쏟아붓고 싶은 본능에 지나지 않았던 것이다.

엊그제 밤늦게 술에 취해 찾아왔던 명진의 마음을 용이는 너무도 잘 이해했다. 술에 취해 횡설수설하는 소리, 그리고 어머니가 화장실로 들어간 사이 조용히 집을 빠져나가는 그 애의 발짝 소리를 들으면서 용이는 감았던 눈을 더욱 깊숙이 감았었다. 그 애 걸음걸음에 뿌려질 눈물을 너무도 잘 이해할 수 있었기 때문이었다.

그 아픔은 모두 어머니가 만들어 놓은 상처였다. 아니, 어머니 한 때문에 빚어진 슬픔이었다.

큰아들인 자신만을 맹목적으로 위했던 것이며, 다른 자식들을 고아처럼 내팽개쳤던 것까지도 어머니가 한시도 버리지 못하고 껴안고 있었던 그 한 때문이었던 것이다.

잘못 생각한 것이 아니라면, 어머니가 보물처럼 껴안고 산 그 한 때문에 가장 많은 희생을 치른 사람은 바로 용이 자신이라는 생각을 요즘 부쩍 많이 했다. 그 때문에 자신은 새장에 갇힌 새 신세로 평생을 살아야 했던 것이다. 날고 싶어도 날 수 없는.

다른 날과 달라진 것이 아무것도 없는 하루였다. 그런데도 뭔가 달라진 것 같은 느낌이 다소나마 들었던 것은 현숙의 전화 때문이었으리라.

점심 약속이 있다며 같이 나가자는 덕기를 내보내고 혼자 사무실에 앉아 김밥을 먹었다. 벌써 날씨가 싸늘해서인지 퍽퍽한 김밥이 목으로 잘 넘어가질 않았다.

이력서를 넣었던 회사에 전화를 걸어보는 일도 쉽지 않았다. 얼굴에 철판을 까는 기분으로 어렵사리 번호를 눌렀지만 대답은 한결 같았다.

"확정되면 전화가 갈 겁니다."

"벌써 결정이 끝났습니다."

"나이가 너무 많으셔서 할 만한 일이 없군요. 죄송합니다."

쉰도 안된 나이가 너무 많다는 말을 들으면서 아버지 생각을 했다. 그 날, 버스 안에서 학생이 할아버지, 라고 불렀을 때 아버지가 어떤 기분이었을지 이해할 것도 같았다.

용이는 창 밖으로 오고 가는 사람들을 멀건히 내다보다 속 엣말로 중얼거렸다.

아버지, 제가 권고 사직을 당했거든요. 명문 대학 들어갔다고 아버지가 몹시 좋아하셨죠? 그렇게 코피 쏟아가면서 대학 들어가 배운 실력으로 들어간 회사잖아요. 제 이십년 청춘을 다 바쳐 일한 곳인데 이제 쓸모 없으니까 나가라고 하더군요. 물론 버티고 있을 수도 있었겠죠. 그러면 책상 없이 쓰레기처럼 왔다가 갔다 할 망정 몇 달은 더 버틸 수 있었을 거예요.

그렇지만 아버지, 저는 그럴 만한 용기도 없잖습니까.

아버지, 저는 왜 이렇게 못났을까요?

남들처럼 배짱도 없고, 승부 근성도 없고. 네, 회사에서 아주 잘 봤던 것입니다. 달팽이처럼 주어진 일에는 낮밤 모르고 하지만 새로운 일을 찾아 하는 것엔 영 서툴렀거든요. 오죽하면 저한테 불알 시계라는 별명이 붙었을까요.

이제는 너무 지쳤어요, 아버지. 아버지도 저처럼 지칠 무렵해서 중병에 걸리셨을 거예요. 아버진 지금 제 나이에 세상을 떠나셨으니까요.

저도 아버지처럼 그냥 세상을 등지고 싶다는 생각밖에 들지 않는군요. 어머니만 아니라면…….

왜 아버지께서 그토록 세상을 일찍 버린 것은 어머니로부터 벗어나기 위해서였다는 생각을 하게 되는지 모르겠습니다. 정말이지 모르겠습니다.

지금 제 심정이 그렇기도 합니다. 결국 저한테 어머니란 무거운 짐을 남겨주고 훌훌 떠나신 것이 되십니다.

아버지…….

콧등이 시큰했다.

차가 밀리는 시간을 피하려면 일찍 나서는 것이 좋을 것 같았다. 남의 사무실에 죽치고 앉아 할 일도 없었다.

먼저 간다는 메모를 남기고 사무실을 나왔다.

경비실에 열쇠를 맡기는데 그 안에 있던 남자가 아는 체를 해왔다.

"먼저 가시게?"

"예……."

"내일은 날씨가 더 추워질 것 같네."

"예……."

반말도 아니고 존댓말도 아닌 말을 던지며 남자는 용이를 호기심으로 보았다. 그 눈빛이 기분을 언짢게 했다.

회사에 다닐 때, 정문 앞을 지키던 경비원은 용이 차가 나가면 거수 경례를 붙이고는 했었다.

직함 하나 있고 없고가 이렇게 사람을 달라지게 하다니, 세상살이가 참 가증스러웠다.

하긴 벌건 대낮에 백수건달처럼 친구 사무실에나 오락가락하는 신세를 좋게 볼 사람은 아무도 없을 테지만.

좌석 버스를 타면 편하고 쉽게 갈 수 있었지만, 용이는 지하철을 타기로 한다.

시청 쪽으로 걸어가면서 용이는 다시 한 번 세월의 무상함을 느꼈다.

회사에서 용이가 주무르는 돈은 웬만한 사람이 평생 못 만져 볼 정도로 컸다. 그런데 지금은 어떠한가. 고작 좌석 버스 요금을 염려하고, 점심 식사비를 아까워하는 신세로 전락해 버린 것이다.

현숙과 약속한 장소는 어렵지 않게 찾을 수 있었다. 그러나 너무 일찍 와 버린 모양이었다.

시계를 보았다. 앞으로 한 시간이나 여유가 있었다.

용이는 어디서 시간을 채울까 궁리하다가 바로 근처에 있는 대형 서점으로 방향을 잡았다.

요즘 용이는 그런 대형 서점을 자주 찾았다.

그곳에서 시간을 버는 것만큼 좋은 방법은 없었다. 책도 읽을 수 있고, 그러면서도 눈치 볼 것도 없었다. 한참 책에 몰두해 있으면 마음속의 걱정까지도 잊을 수 있었다.

용이가 주로 골라 읽은 책들은 역사학, 고고학 따위의 전문 서적이었다. 그건 고고학을 공부하고 싶었던 예전의 꿈 때문이었다.

상대에 진학한 뒤로는 전혀 신경을 쓰지 못했었는데 요즘 들어 그 동안 읽지 못했던 전문 서적들을 많이 읽는 편이었다. 선 채로 몇 시간 동안 읽을 때도 있었다.

하지만 오늘은 시집 코너로 가서 시집 한 권을 샀다. 현숙이 유독 문학에 관심이 많았었다는 것을 기억했기 때문이었다. 그래, 그녀는 시에 관심이 많았었지.

'만남의 알레그로'

시집의 제목이 우선 맘에 들었다.

계산을 하면서 용이는 혼자 풀썩 웃었다. 젊어서도 하지 않던 짓을 하고 있다는 멋쩍음 때문이었다.

현숙에게 참 많이도 받았는데, 그녀가 떠날 때까지 아무것도 해준 것이 없었던 것에 대한 미안감은 아직도 가슴에 남아 있었다.

활달한 성격, 때묻지 않은 티없는 마음 씀씀이. 그녀와 용이는 출생이나 환경부터 다른 부류였다.

넉넉한 집안의 막내딸, 그리고 찢어지게 가난한 지게꾼의 아들. 우선 그런 것들부터가 그녀와 어울릴 수 없는 충분한 이유가 되었다.

유난히 내성적인 용이를 그녀는 몹시 따랐다. 용이가 보기엔 그녀가 좋아할 만한 조건이 아무것도 없는데도 말이다.

"옛날에는 시집 갈 생각을 안했는데 요즘은 바뀌었어. 용이씨 같은 사람이라면 내가 성폭행이라도 해서 결혼할 것 같애."

스스럼없는 그녀의 말투 때문에 하하 웃어 넘겼지만 그녀는 정말로 용이를 좋아했다. 있는 집의 자식 티도 내지 않았다. 항상 겸손했고 명랑했다.

용이를 따라 구내 식당에서 묵은 냄새가 나는 밥을 사 먹거나 라면으로 때우는 등 최대한 용이한테 모든 것을 맞추려고 애썼다.

식사 때가 되면 누구보다 먼저 식당으로 달려가 탁자에 밥을 갖다 놓고는 용이를 기다렸다.

"아무튼 목마른 사람이 우물 판다니까. 배고파 죽겠는데 용이씨 기다리다간 숨넘어갈 것 같잖아. 나 밥 사 주기 싫으니까 일부러 늦게 나오지?"

표나지 않는 그녀의 배려가 늘 부담스러웠던 것은 사실이었다. 굶는 일이라면 이제 이골이 났는데도 그녀는 반드시 그의 밥을 먼저 챙기고는 했던 것이다. 더러는 그녀가 식당에 가 있다는 것을 알면서도 뒷동산으로 가서 시간을 보내기도 했었다.

그러나 그녀는 어떤 방법을 써서라도 용이를 식당으로 끌고 갔다.

"밥먹기 싫어도 나 생각하고 먹어 주면 좋잖아. 용이씨 오면 같이 먹으려고 기다리는 게 얼마나 힘든지 알어? 그런 식으로 나 골탕먹이면 나중에 용이씨 늙어서 구박할 거다."

은연중에 미래에 대한 말들을 꽃나무처럼 심었지만, 용이는 끝내 한 마디도 대꾸를 보내지 못했다. 우선 자신이 없었다. 그녀와 행복하게 살 수 있을까…….

와일드한 그녀 성격이 복잡하기 짝이 없는 용이 집 분위기에 어울릴 수 없으리라는 걱정이 가장 먼저였다.

그리고 무엇보다 어머니한테 현숙은 어울리지 않는 며느리였다.

그저 수더분하게 네, 네, 순종하는 여자여야 어머니와 별탈 없이 지낼 수 있다고 믿었다.

아버지가 돌아가신 뒤에 성격이 많이 바뀌기는 했지만, 만약 콧대가 센 여자가 며느리로 들어오면 어머니는 한 시도 그

꼴을 볼 것 같지가 않았던 것이다. 물론 뭐라고 말은 하지 않을 것이다. 그러나 당신이 평생을 바쳐 지켜 온 한이 그런 식으로 누군가에 의해 도둑맞는 것은 죽어도 용서하지 못할 거였다.

지저분한 물에서 살던 물고기가 맑고 깨끗한 우물로 옮겨가면 살 수 없듯, 깨끗한 우물에서 살던 물고기가 더러운 하천으로 옮겨간다면 그 또한 살 수가 없다.

결국 용이는 어머니가 원한 그런 며느릿감의 여자와 중매결혼을 했고 그리고, 그녀는 떠났다.

그 뒤로 그녀에 대한 소식은 결혼을 해서 미국으로 건너갔다는 것이 전부였다.

처음에는 가슴 어딘가가 비어 버린 것만 같아 비나 눈이 오면 넋놓고 창 밖을 응시하기도 했지만 시간이 모든 것을 해결해주리라는 믿음대로 머잖아 그녀를 잊을 수 있었다.

어쩌면 그녀를 생각하고 마음에 두는 일조차 사치스럽다고 여겼을지도 몰랐다.

서점을 나와 천천히 걸어 약속 장소로 갔다.

어떤 작은 동요나 떨림도 느껴지지 않았다. 오랜만에 그녀를 만나는 것인데도 워낙 마음이 복잡해서인지 그저 약속을 지키기 위해 그리로 가고 있다는 생각밖에 들지 않았다.

좀벌레 같은 세월이 그렇게 마음의 어떤 소중한 것까지 몽땅 슬어버리고 지금은 바스라질 것 같은 껍데기밖에 남아 있지 않는 것 같았다.

술집 안으로 들어가 보니 세계 각국의 양주와 술이 벽지처럼 벽을 빙 포장하고 있었다.

"여기예요."

저쪽 테이블에서 여자 한 명이 일어나며 용이를 반겼다.

"여태 기다렸잖아요."

그녀는 투정하듯 말했다. 그 말이 마음을 한결 누그러뜨려주었다. 마치 평생을 여기에 앉아 기다리고 있었다는 말투 같아 용이는 소리없이 웃어주었다. 그래, 그런 예쁜 구석이 많은 여자였지.

"하나도 안 변했네요."

"내가? 설마?"

용이는 멋쩍게 다시 웃었다. 자신이 보기에도 할아버지처럼 늙어버렸는데 그녀는 안 늙었다는 것이다.

"현숙이야말로 그대로야."

용이는 비로소 그녀의 얼굴을 똑바로 바라보았다. 그다지 예쁜 얼굴은 아니지만, 세월의 때가 여전히 묻지 않은 말간 얼굴을 하고 있었다. 약간 볼이 홀쭉하다는 것만 뺀다면 예전의 모습 그대로였다.

"우와, 그럼 지금도 예쁘다는 뜻이죠? 옛날에 저더러 예쁘다는 말 많이 했었잖아요."

"그래, 여전히 이뻐."

"이거 웬 횡재야. 오늘 술값은 몽땅 제 차지니까 넘겨다보지 마세요. 그런 칭찬 듣고 술을 안 살 수가 없잖아요."

그녀가 웃었다. 용이는 따라 웃었다.

이런 좋은 점들이 많은 여자였는데, 왜 그 동안 까맣게 잊고 있었는지 모르겠다. 두고두고 기억하고 떠올렸다면 세상이 훨씬 살기 편했을지도 모르는데.

"미국에서 산다고 들었는데 한국에는 언제 돌아왔어?"

아까 덕기한테 들은 말이 있었지만 딱히 할 말도 없어서 먼저 그렇게 물었다.

"좀 됐어요. 늙었나 봐요. 점점 버터 냄새가 싫어지는 거 있죠. 김치 냄새만 맡으면 이건 똥개 끙끙거리는 건 이유도 아니었다니까요. 그런 것들을 먹을 수 없다는 게 너무 화가 났어요. 왜 내가 그런 것도 못 먹고 살아, 하면서 말예요. 애들도 다 컸고, 그래서 나왔어요. 여우도 죽을 때가 되면 고향 쪽으로 고개를 둔다더니 그 말이 맞아요. 돌아오니까 이렇게 좋은 걸. 왜 진작 오지 않았나 후회스럽다니까요."

그녀가 떠드는 사이 생머리를 길게 늘어뜨린 아가씨가 다가와 술과 과일 안주를 내려놓았다.

"저번에 잡수시다 남긴 술이 아직 많길래 그걸 먼저 갖고 왔어요. 우선 과일로 입가심하시고 다른 안주를 시키세요, 선생님."

오래 알고 있었던 것처럼 아가씨는 현숙을 보며 편안하게 말하고 있었다.

"그래, 고마워. 근데 미스 김, 이 분이 누군지 알아?"

현숙은 용이를 향해 눈짓을 하며 물었다.

"글쎄, 선생님 옛애인 아니세요?"

"어머나, 어떻게 알았지?"

"눈치루요. 선생님은 여기 자주 오셨었지만 오늘처럼 예쁘게 차려 입으신 적이 없었거든요. 화장도 그렇구요."

"정말 예쁘게도 말하네. 고마워요, 미스 김."

"선생님이 밝으시니까 제 마음까지 밝아지는데요."

두 사람의 대화 내용이 쑥스러워서 용이는 앞에 놓인 물컵을 두 번이나 들었다가 놓았다. 아가씨는 우선 용이 잔에 양주를 따르고 얼음을 넣어주었다.

"즐거운 시간 되세요."

"고마워요."

아가씨가 멀어지고 현숙은 잔을 들어 용이 앞으로 불쑥 내밀었다.

"것봐요. 내가 얼마나 들떠서 여기까지 왔는지 저 아가씨도 눈치채는데, 용이 선밴 반갑다는 말 한 마디도 안했어요."

용이는 잔을 들어 그녀의 잔에 가볍게 부딪쳤다.

파카 글라스의 맑은 소리와 함께 은은한 빛깔의 양주가 불빛에 흔들렸다.

"반가워. 정말이야."

진심이었다. 절대 그냥 가는 법이 없는 세월이 늘 비겁해 보였었는데 흠 하나 없이 지켜진 것도 있었구나, 하는 생각을 하니 오히려 감사할 정도였다.

"우유를 같이 드세요. 용이 선배 속이 별로였잖아요."

아직껏 장이 안 좋은 것까지 기억하고 있는 그녀가 신기했다. 세월이 그녀는 그냥 비켜간 듯했다.

"왜 웃어요?"

"신기해서."

"뭐가요?"

"어떻게 그 많은 세월 동안 아무것도 잊어버린 것이 없지?"

"음, 그건 말이죠, 용이 선배하고의 추억을 나는 바늘 쌈지에 담아 놓는 것처럼 가슴에 담아 놓고 살았으니까요."

"미안해. 나는 많이 잊고 살았어."

"당연하죠. 내가 용이 선배를 더 좋아했으니까. 정말 성폭행해서라도 용이 선배한테 시집가고 싶었거든요."

두 사람은 다시 웃었다.

"다복하시다는 말, 덕기 선배한테 들었어요. 부인이 그렇게 현모양처라면서요? 그 말 듣고 내가 용이 선배한테 채인 이유를 또렷이 파악했다니까요. 항상 조금 억울하다는 생각을 하고 살았거든요. 내 얼굴이 조금 안 예쁘다고 생각했지만 용이 선밴 예쁘다고 했잖아요. 그럼 못생겼다고 채인 건 아닐

거고. 저 철이 조금 없어서 그렇지 마음씨도 그렇게 나쁘진 않거든요. 그래서 용이 선배가 날 놔두고 다른 여자한테 장가 간 이유를 정말 이해할 수 없었어요. 근데 덕기 선배한테 그런 말 듣고서야 아하, 그랬구나 했대니까요."

"쓸데없는 소리까지 했군."

"아뇨, 제가 물었어요. 아이는 몇이나 두었느냐, 직장은 어디냐, 지금은 살이 좀 쪘느냐, 얼굴에 주름살은 늘지 않았느냐. 너무너무 반가웠거든요. 실은 한국에 나오고 싶어 안달친 것도 용이 선배 보고 싶어서였는지도 몰라요. 항상 용이 선배는 내 마음속에 연인으로 남아 있었거든요. 덕분에 바람 한 번 안 피우고 무사히 이 나이를 먹었어요. 다른 남자들은 몽땅 용이 선배보단 못했거든요. 누가 저한테 치근덕거리면 어떻게 코웃음쳤는지 아세요? 흥, 임마 네가 용이 선배만큼 괜찮은 남자라면 또 모르겠다. 고작 그런 수준으로 날 꼬실 생각을 했단 말야?"

둘은 다시 웃었다. 그녀의 솔직함이 좋았다. 이런 식으로 아무 부담없이 이야기를 나누며 살았던 적이 있었던가. 아마 없었을 것이다. 늘 상대방을 견지하며 거리를 두고 지냈을 것이다.

"오늘은 무조건 저랑 시간을 보낸다고 약속하세요. 자, 약속!"

그녀가 새끼손가락을 내밀었다. 용이는 약간 멋쩍은 기분이 되어 그녀의 손가락에 손가락을 걸었다.

"이제야 소원성취 했네. 헤어지고 나니까 얼마나 억울했는지 몰라요. 용이 선배랑 뭔가 약속한 것이 한 가지도 없는 거 있죠? 하다못해 보름이면 아홉시쯤해서 달이라도 쳐다보자는 유치한 약속이라도 해둘 걸, 얼마나 후회했는데요."

"미국의 달과 한국의 달이 다른데 그 약속을 했다고 해도 별 소용이 없었겠는 걸."

"아무튼요, 마음 속에 그런 작은 약속이라도 남아 있었으면 훨씬 더 행복해 했을 거예요."

사랑하는 사람과 헤어져 살면서도 행복해 할 수 있는 방법을 알고 있는 그녀가 몹시 아름다워 보였다.

결혼한 이후, 아내 아닌 다른 여자를 거들떠본 적이 한 번도 없었다. 이렇게 가까운 자리에 앉아 서로의 얼굴을 들여다보며 술잔을 기울여 본 적도 물론 없었다.

하나님이 용이 자신이 너무도 힘들어 하니까 미안해서 그녀를 다시금 보내준 것 같은 착각이 일었다.

"참, 부군은?"

용이는 문득 그렇게 물었다. 그녀가 여태껏 이야기하면서 남편 이야기를 한 번도 하지 않았다는 것을 깨달았던 것이다.

"철없는 나한테 아들 둘 맡기고 하늘 나라로 가버렸대요."

그녀는 마치 남의 말을 하듯 가버렸대요, 그랬다. 그 표현이 너무 가슴이 아파서 그런 것이려니 싶어 용이는 할 말을 잃고 말았다.

"이제 많이 잊었어요. 좀 오래 됐거든요. 고속도로에서 교통사고를 당했어요. 저한테 잘 있으라는 인사 한 마디 없이 떠났다고 얼마나 미워했는지 몰라요. 지금은 용서했지만."

그녀가 다시 웃었지만, 아까처럼 밝은 웃음은 아니었다. 잠깐 그녀의 얼굴로 슬픔이 깃드는 것을 용이는 놓치지 않았다.

"한국에 오면서 무슨 생각을 했냐면요, 만약 용이 선배도 나처럼 혼자라면 좋겠다, 그런 생각을 했었어요. 물론 부인한테는 미안하지만, 그렇다면 정말 좋겠다는 생각을 했죠."

"……."

용이는 아무 대꾸도 할 수가 없었다. 그녀 가슴에 그토록 애틋하게 남아 있을 만한 일이 아무것도 없는 것 같은데, 그녀는 너무도 맑게 추억이 담긴 가슴을 드러내고 있었다.

"만약 혼자라면, 성폭행으로 안 되면 자살 소동이라도 벌여서 정말 항복시켜 버려야겠다고 다짐했으니까요."

"……."

나이 마흔 넷이 도무지 어울리지 않는 여자. 그녀의 입을 통해서 흘러나오는 말은 몽땅 맑은 물방울 같았다. 그 맑은 물방울이 차츰 용이 내면으로 스며들었다. 술기운 탓이 아니라, 정말 그녀의 물방울 같은 말이 바스러지고 말 것 같던 가슴을 촉촉히 적셔주었다.

"그런 일이 있는지 몰랐군."

용이는 그녀가 좀전에 말했던 남편 이야기를 떠올리며 빈 잔에 양주를 채워주었다.

"우리 다른 이야기해요."

그녀는 잔을 들어 입술을 적시며 말했다. 명랑하게 떠들어 대는 그녀 내면에 안개처럼 드리워진 어둠을 잠깐 본 것 같아 마음이 아팠다.

"아참, 이거."

용이는 그때서야 서점에서 샀던 시집이 생각나 그녀에게 봉투를 내밀었다.

"이게 뭐예요?"

그녀는 눈을 빛내며 봉투를 열었다. 그러고는 먼저 환호성을 질렀다.

"어머나! 어쩜 이런 생각을 다했죠? 그렇지 않아도 요즘 제가 너무 메마르게 살고 있는 것 같았는데, 정말 고마워요."

그녀는 당장이라도 용이 얼굴에 뽀뽀라도 할 기세였다. 그런 작은 선물 하나에도 그렇게 기뻐하는 사람 곁에 있다는 것이 문득 행복감을 안겨주었다.

모처럼만에 느끼는 기분이었다.

"최근 들어 가장 큰 선물을 받았네요. 나는 용이 선배한테 선물 하나 준비 못했는데."

그녀 음성에는 물기가 묻어 있었다.

"아니야, 현숙인 나한테 너무 많은 선물을 주었었어. 선물 하나 하지 못했던 것이 늘 마음 아팠었거든. 그렇게 기뻐해줘서 고맙군."

"아니요, 용이 선밴 저한테 참 많은 선물을 주었었어요. 참는 방법, 그리고 감정대로 하지 않고 이성적일 수 있는 것, 나만 생각하지 않고 남을 먼저 생각하는 마음. 그보다 더 큰 선물은 없을 거예요. 만약 그 선물을 용이 선배한테 못 받았다면 난 평생 불평 불만만 하거나 이기주의자가 되어 불행하게 살았을 걸요."

그녀 눈가로 눈물이 얼핏 고였다. 그는 그녀에게 손수건을 주었다.

그녀는 손수건을 손에 쥐고만 있었다.

그는 손을 뻗어 그녀의 손을 잡았다. 작고 아담한 손이 거기 있었다. 오랜 세월 잊고 살았던 따뜻한 살내음이 거기 있었다.

잊고 살았던 것이 아니라 애써 묻으려고만 기를 썼음을 비로소 인정하지 않을 수가 없었다.

어머니, 형제, 환경, 그 모든 것을 다 훌훌 버리고 그녀만 선택하고 싶었던 그 순간들이 저기 있다가 와락 그의 가슴으로 안겨들었다.

가슴을 에일 것 같던 그녀 향한 그리움을 자꾸만 가슴에 묻었던 자신의 삶이 너무도 가엾었다.

"가끔 저랑 술친구 해줄 수 있죠? 철없이 안 놀게요. 약속하세요?"

"……."

술이 출렁거리면서 마음 속의 격정까지 몽땅 흔들어 놓았
다. 마치 여지껏 회오리 바람 한가운데 있느라 겉에서 휘몰아
치는 거센 기운을 보지 못했던 것만 같았다.

어쩌면 그녀처럼 영원히 철들지 않고 명랑하게 떠들어대며
세상을 살고 싶었을지도 모른다. 그러나 그 모든 바람은 희망
에 불과했을 따름이었다. 어머니 때문에.

용이는 다시 술잔을 들었다.

"참 힘들게 살았어. 여기까지 올 수 있었다는 것이 믿기지
않을 정도로. 내가 한 마리 바퀴벌레 같았으니까. 아니, 바퀴
벌레에서 탈출하기 위해 열심히 살았다고 할까? 아니지, 그
것도 아니지. 그냥 바퀴벌레가 최선을 다해 아등바등 살았다
는 표현이 옳겠군. 한 번도 그 어둠침침한 환경을 벗어나려
한 적이 없었으니까. 그저 그 음침하고 칙칙한 공간에 먹을
양식을 채우고, 땔감을 챙기고……. 나는 그렇게 살아야 된다
고 생각했으니까. 그게 내가 살아야 할 운명적인 공간이라고
여겼으니까."

"……."

이제는 용이가 떠들고 그녀가 입을 다물고 있었다.

그녀는 그가 술잔을 거푸 비울 때마다 걱정하는 표정을 지
으며 안주를 챙겨주려 애를 썼다.

그러나 용이는 술 외에는 아무것도 입에 넣지 않았다. 이게 꿈이라면 영원히 깨어나지 않기를 바랐다.

이게 살아서는 못 누리지만, 죽어서는 누릴 수 있는 편안감이라면 그냥 죽어도 여한이 없을 것 같았다.

이게 꿈이라면 깨어난 뒤 다시금 어머니에게로 돌아가야 하리라. 지금 생각해보니 실업자 신세는 두려울 게 없었다. 설마 산 입에 거미줄 치랴. 어머니가 두려웠다. 어머니의 그 시궁창 같은 한이.

과연 어머니가 껴안고 있는 그 시궁창 같은 한 구덩이에는 무엇이 쌓여 있을까. 어머닌 당신이 잃어버린 것들만 거기 있다고 여길테지? 당신 자식들, 하다못해 돌아가신 아버지와 할머니의 슬픔과 저주도 거기 있다는 걸 모를테지?

그 더럽고 지저분한 구덩이에서 연꽃처럼 용이가 우뚝 솟아나 그 모든 것을 아름답게 덮어주리라 믿었겠지? 그래서 누구도 그 구덩이 근처에 얼씬만 해도 입에 거품을 물며 싸움을 걸고 길길이 날뛰었겠지? 자식들이 얼마나 많은 가슴의 피를 흘려 그곳에 뿌렸는지 담배씨만큼도 모르겠지?

아아, 어머니…….

목이 탔다. 너무도 뜨거워 금방이라도 목줄기가 타버리고 말 것만 같았다.

물…….

사막 한가운데에서 간절하게 오아시스를 찾는 꿈을 꾸었는
데 정말로 차가운 기운이 입술에 닿았다.

용이는 눈을 뜨지도 않고 물을 벌컥대며 마셨다.

"눈 좀 뜨세요."

낯선 여자의 음성이 용이의 무거운 눈까풀을 단번에 열리
게 만들었다.

"눈이나 뜨고 물을 드세요."

그때서야 용이는 그녀가 현숙이라는 걸 깨닫는다. 그리고
자신이 지금 낯선 방에 누워 있다는 것도. 그것도 실오라기
하나 걸치지 않은 채로. 그녀도 옷을 걸치지 않고 있었다.

얼굴이 화끈 달아오르면서 용이는 몸둘 바를 몰랐다.

"여긴 호텔이에요. 용이씨가 너무 취해서 갈 수가 없었어
요."

"으응……. 그랬군. 그런데……."

"후훗, 무슨 일 없었냐구요?"

그녀가 웃었다. 장밋빛 조명등 아래에서 그녀의 하얀 이가
밝게 빛났다.

"용이씨가 내 옷까지 다 벗겨버렸어요. 그러고는 내일 아
침까지 속옷 하나만 걸쳐도 죽여버리겠다구 했구요."

"내가?"

"그런 난폭한 말을 들었는데도 왜 기분이 좋죠?"

이런 상황에서도 웃을 줄 아는 그녀가 바보 같아 용이는 시

선을 외면했다.

"내 눈 피하지 마세요. 나는 용이씨가 다시 옷을 입혀 줄 때까지 꼼짝하지 않겠다고 약속했으니까요."

"그런데……."

혹시라도 그녀한테 몹쓸 짓을 했으면 어쩌나, 가슴이 덜컹 내려앉았다. 그녀가 어이없다는 표정을 지었다.

"저 용이씨 성폭행 안했어요. 가만히 옆에 누워 있기만 했어요."

용이는 그녀의 편안한 말투 때문에 다소 마음이 진정되었다. 무슨 일이 없었다니, 얼마나 다행인가.

"미안하게 됐군. 술 이길 장사 없다더니, 오랜만에 마셨더니 본바탕을 다 보이고 말았네. 미안해."

그는 일어나 옷을 찾았다. 지금이 몇 시나 됐는지 알 수가 없었다. 잠깐 바깥의 기척을 살폈지만 아무런 소음도 들려오지 않았다.

"용이씨."

나지막한 그녀의 음성이 그의 허리를 잡았다.

"……."

그는 고개를 돌려 그녀를 똑바로 볼 용기가 나질 않았다.

"후회하지 않는다면, 그냥 가지 말아요. 전 절대 후회하지 않을 자신이 있거든요."

"……."

그녀의 볼이, 따뜻한 볼이 얼굴로 와 닿았다.

“……”

그는 미동도 하지 않았다. 아니, 몸과 마음이 그대로 굳어버려 움직일 수가 없었다.

그녀는 두 팔로 그의 목을 껴안았다. 그리고 그녀의 얼굴이 그의 가슴으로 얹어졌다.

뜨거운 물기가 가슴팍으로 느껴졌다. 예전에는 안 그랬는데, 왜 이렇게 눈물이 많아졌을까. 용이는 비로소 손을 들어 그녀의 몸을 껴안았다.

작은 새 같은 그녀의 가슴이 용이의 품안으로 포근하게 다가와 안겼다.

그는 뺨을 그녀의 얼굴에 비비었다. 오랫동안 잊고 지냈던 따뜻한 사람 냄새가 그녀에게서 맡아졌다. 어머니, 아내, 그 누구에게도 느끼지 못했던 따뜻한 살 냄새.

눈물이 핑 돌았다. 그녀를 사랑했었던 머언 날의 아픔들이 사라지지 않고 그대로 어딘가에 머물러 있다가 다시금 찾아와 가슴을 난도질하는 것만 같았다.

어머니 때문에 버려야 했던 아름다운 아픔.

그녀가 입술을 더듬었다. 팽팽하게 당기는 것 같은 전율이 그 입술에서 시작되어 온몸으로 퍼져갔다.

그녀의 입맞춤은 달콤했다. 달디단 샘물이었다.

그 달콤한 샘물을 다시 잃는다면 영원히 불행해질지도 몰렸다.

자꾸만 눈물이 쏟아졌다.

용이는 그 샘물에서 말라비틀어진 육신의 뿌리를 다시 소
생시키려는 듯, 그녀의 입술을 더듬었다.

아주 오랫동안…….

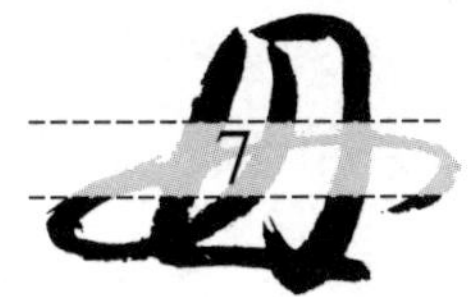

옥두는 아침 산책을 나서는 차림으로 용이 뒤를 따라갔다.

날씨가 몹시 차가웠다. 스웨터를 아무리 여미어도 가슴으로 휘몰아치는 바람은 조금도 막아지지 않았다.

옥두는 얇은 옷을 후회하며 며칠 전에 병원 의사가 했던 말을 떠올렸다.

"절대 몸을 춥게 해서는 안 됩니다. 늘 따뜻하게 하세요. 될 수 있으면 겨울 외출은 하지 마시구요. 하시려거든 옷을 두껍게 입으셔야 합니다. 제 말 꼭 명심하세요. 할머니처럼 연세 많으신 분은 젊은 사람보다 더 몸을 따뜻하게 해야 심장에 무리가 안 가거든요."

생각 같아서는 병원 출입도 그만하고 싶었지만, 혹시 무슨 일이 다시 생겨 자식들 못할 짓을 또 시키게 되면 어쩌나 하는 걱정이 앞서 먼저 병원을 찾았던 것이다.

용이는 버스 정류장을 지나쳐 가고 있었다. 그 동안 알아본 것만으로도 용이가 실직당했다는 건 확실한 일이었다.

그러나 용이는 언제나 같은 시간에 집을 나섰고, 그리고 퇴근을 했다.

달라진 것이 있다면 며칠 전부터 도시락을 서류 가방에 넣고 출근하는 것이었다.

"소화가 안돼서요. 집 밥은 찹쌀을 섞으니까 먹어도 편안하데 식당 밥은 조미료 때문인지 입맛에 맞지도 않아서요."

옥두는 용이 처에게 찹쌀을 다른 때보다 두어 주먹 더 넣으라고 일렀다. 집에서 싸간 도시락을 펼치면서 서러운 생각이 조금이라도 들지 않기를 바랐던 것이다.

며칠 전 회식이 있다고 말한 뒤 집을 나간 용이는 그 이튿날 아침에서야 집으로 돌아왔다. 술을 많이 마신 것 같지는 않았는데 술이 취해서 들어오질 못했다고 말했었다.

용이 처는 정말 술을 과음해서 못 들어왔다는 말을 믿는 듯했다.

그렇지만 옥두는 그렇게 여기지 않았다. 마음이 너무도 괴로워 어딘가 갔다가 돌아온 것이라고 믿었다.

못난 사람. 그렇게 갔으면 하루라도 더 있다 올 것이지. 집 걱정, 에미 걱정하느라 하루를 못 넘기고 돌아와 버린 자식이 너무도 안쓰러웠다.

사람만 좋았지, 제 서방이 무슨 생각을 하고, 뭔 걱정이 있는지, 그것 하나 눈치 못 채고 깔깔대고 웃거나 필요없는 옷 따위를 사 들고 들어오는 며느리가 그렇게 원망스러울 수가 없었다.

결혼한 이후 한 번도 옥두의 기분을 상하게 한 적이 없었던 며느리였다. 추우면 따뜻한 내복 챙길 줄 알았고 더우면 모시옷 챙겨 머리맡에 놓을 줄도 알았다. 그런데도 아들 마음 하나 잡아줄 줄 모르는 그 아둔함이 너무도 미웠다.

이렇게 살라고 그 갖은 고생하며 뒷바라지한 것은 결코 아니련만, 자꾸 자식의 등이 에미인 자신보다 더 휘어버린 것만 같아 눈시울이 뜨거웠다.

버스를 타면 어쩌나 걱정했는데 용이는 한참을 걸어갔다. 무슨 생각을 그렇게 골똘하게 하는지, 뒤에서 자동차 경적 소리가 요란하게 울려도 그저 묵묵히 걸을 따름이었다. 용이 뒤에서 얼씬거리는 자동차 때문에 간이 콩알만해졌다.

단박 달려가 용이 팔을 붙잡고 싶었지만, 옥두는 가만 가만 그 뒤를 따르기만 했다.

하루 종일 어디에서 시간을 보내는지 그것만이라도 알고 싶었다. 회사에 다닐 때보다 더 파김치가 되어 들어오는 용이를 볼 때마다 가슴이 아려 견딜 수가 없었고, 당장이라도 왜 그러고 다니느냐고 캐묻고 싶었다.

그러나 그러지 않았다. 무슨 생각이 있어서 그러려니 하는 생각 탓도 있었지만, 어떤 견딜 수 없는 서운함도 없잖아 있었다.

에미가 아닌가. 모든 것을 다 바쳐 키워준 에미가 아닌가. 그런데 왜 그토록 가슴에 골이 파이도록 깊은 걱정을 에미 앞에 털어놓지 못하는가.

그것이 옥두를 슬프게 했던 것이다. 명진이 보냈던 그 편지 때문이었으리라. 자식들이 뭘 힘겨워하고 절망스러워하는지 한 번이라도 알려고 한 적이 있었느냐고 따졌던 그 편지 때문에. 편지를 받은 뒤 며칠 동안은 자다가도 벌떡 일어날 지경으로 화가 났었다.

어떻게 산 세월인데, 어떻게 견뎌 온 세상인데, 지깟 게 내 뱃속으로 낳은 자식이라지만 그렇게 멋대로 까불 수 있단 말인가.

아무리 부모 자식이라지만 가슴에 깊은 설움까지야 헤아릴 수 없는 법. 그런데 그 애는 마치 에미가 세상의 모든 일을 그르친 범인이라도 되는 것처럼 주둥이를 놀리고 있었다. 그게 무엇보다 서운했고 화가 났었다.

그 편지 때문에 쉽사리 용이에게 말문을 열 수가 없었던 것이다. 정말로 용이가 마음을 털어놓지 않는 것은 에미에 대한 거리감이 아닐까 하고.

제발 아니기를 빌었다. 자신이 용이를 세상 전부라고 믿었던 것처럼, 용이도 제 에미를 그렇게 여겨주기를 간절하게 바랐던 것이다. 살아오는 동안 한 번도 옥두의 마음을 거슬리게 한 적이 없던 자식 아닌가.

다른 자식은 몰라도 용이만은 자신한테 아무런 거리감도 느끼지 않으리라고 믿었었다. 모든 것을 다 바쳐서, 심지어는 다른 자식들까지도 희생시켜 가면서 지킨 보물이니까.

누가 뭐라고 해도 용이는 옥두의 모든 것이었다. 미친년이라는 말을 들으면서 뱃속에서 키웠던 자식. 정신을 차려야 된다고 이를 악물었던 것도 용이 때문이었다. 미친년 자식으로 태어나게야 할 수 없었다.

용이가 아니었다면, 그 한 많은 세월을 견뎌낼 수도 없었을 것이고, 간혹씩 까무룩히 꺼져 가는 정신을 다잡아 온전한 사람으로 살아낼 수도 없었을 것이다. 영원히 미친년 소리를 들으며 살아야 했을지도 몰랐다.

입에 게거품을 물며 남편과 싸우다가도 용이를 보면 마음이 온순해지고는 했다. 그리고 광란처럼 굴었던 자신의 행동이 슬퍼지고는 했던 것이다.

그런데 용이는 직장을 잃었으면서도 이렇다 저렇다 말 한마디도 하질 않고 있었다. 다른 자식이 그랬다면 이렇게 서럽지는 않았을 것이다. 큰자식만 알고 산 에미한테 대한 반항으로 얼마든지 받아들일 수 있으니까.

날이 갈수록 명진이 보낸 편지가 비수가 되어 가슴을 찔러댔다. 그리고 당장이라도 심장이 멈춰버릴 것 같은 통증이 쏟아지고는 했다.

어느새 사거리 앞이었다. 거의 한 시간은 걸었으리라. 그렇게 긴 거리를 걸어 용이가 가는 곳이 어디일지, 옥두는 애가 탔다.

지금이라도 아들을 불러 세워 어딜 가든 버스라도 타지 왜 이렇게 걷기만 하냐고 버럭 소리지르고 싶을 따름이었다.

한참을 더 걸은 뒤에 용이 발걸음이 멈춘 곳은 놀랍게도 공사장이었다. 용이는 익숙한 걸음걸이로 멈칫거리지도 않고서 안으로 들어갔다.

옥두는 그 자리에 무너지듯 주저앉았다.

가엾은 것. 네가 어떻게 이런 곳까지 올 생각을 했단 말이냐. 어떻게 키운 자식인데. 어떻게 키운 내 자식인데.

가슴에서 물밀 듯 솟구친 뜨거움이 한꺼번에 눈가로 몰렸다. 뜨거운 눈물이 손을 적셨다. 그러나 옥두는 당장이라도 터질 것 같은 오열을 손바닥으로 간신히 참아냈다.

그러나 끝내 울음은 손바닥을 빠져나와 온몸을 들까불었다. 아무리 참으려 해도 헉헉거려지는 울음은 멈춰지지를 않았다.

옥두는 건물 뒤켠으로 몸을 숨겼다. 그리고 평생을 누르고 참았던 울음을 그 차가운 바닥에다 한없이 쏟아놓았다.

절망이 아니었다. 분노였다. 남편을 버리고, 자신을 버리기만 했던 세상에 대한 절규였다. 세상이 아무리 모질더라도 한 번 정도는 너그러울 때가 있으리라고 믿었었다. 남편과 자신에게 그토록 험하게만 굴던 세상이지만 이제는 미안해서라도 자식들만은 괴롭히지 않으리라고 믿었었다.

그런데, 그런데…….

어떻게 사거리까지 왔는지 생각이 나질 않았다. 울다가 마치 커다란 잘못이라도 저지른 사람처럼 미친듯이 그곳을 빠져나왔었다.

용이가 벽돌 지게를 지고 그 위험한 계단을 오르는 모습만은 보고 싶지 않았던 것이다.

그렇게밖에 할 수 없는 용이의 모습을 더는 확인하고 싶지 않았던 것이다.

몸과 손발이 따로 따로 흐느적거리는 것만 같았다. 넋이 나가 어디가 어딘지 분간을 할 수가 없었다.

울 기운도 없는데 자꾸만 눈물이 볼을 타고 흘렀다. 횡단보도에 서서 뿌옇게 흐린 시선으로 불빛을 보았다. 빨간 불 그너머로 힘겹게 지게를 진 용이 모습이 어른거렸다.

사람들이 저리로 건너가고 이리로 건너오고 있었지만 옥두는 오랫동안 그 자리에 굳은 듯이 서 있었다.

무얼 어떻게 해야 하고 어디로 가야 할지 아무것도 헤아려지지 않았다.

아무리 다리에 힘을 주려고 기를 써도 몸은 제멋대로 흐느적거렸다.

"아니, 동찬 할머니! 왜 그러십니까?"

아파트 담벼락에 스르르 기대앉는데 누군가 다가와 팔을 잡았다.

곽영감님이었다. 옥두는 입을 열어 괜찮다고, 이 팔 놓으라고 말하고 싶었지만 입이 열리지를 않았다.

간신히 손을 흔들어 보였지만 곽영감님은 등을 내밀며 한사코 업히라고 했다.

저승 사자한테 업혀 가는 건 어쩔 수 없더라도 사람 등에 업혀 가는 건 자식이라도 싫었다.

간신히 기운을 차려 몸을 추슬렀지만, 그것은 생각일 뿐이었다. 다시 축 늘어지고 말았다.

늘어지면서도 자신의 심장이 이대로 멈추는 짓은 하지 말기를 바랐다. 남편처럼 자식들 놔두고 혼자 죽는 건 절대 하지 말자고 얼마나 다짐했던가.

용이 아부지, 나 좀 집으로 데려다 줘요. 우리 자식들 오기 전까지만 나 좀 살아 있게 해줘요, 예?

눈물이 다시 볼을 타고 흘렀다. 아무리 싸우고 미워했던 남편이라도 마지막 소원만은 들어주리라는 기대가 기운을 내게 했다.

곽영감님의 부축을 받고 가까스로 집까지 올 수 있었다. 아무리 벨을 눌러도 용이 처는 나오지를 않았다.

"어이구 이런, 어딜 간 모양이네. 할머니, 열쇠 있어요?"

옥두는 떨리는 손으로 주머니를 뒤졌다. 그리고 지갑에서 열쇠를 꺼내 두 눈을 부릅뜬 채로 열쇠 구멍에 열쇠를 밀어넣었다.

저 아득한 공간에서 들려오는 소리처럼 철컥, 문 열리는 소리가 들려왔다.

그만 가 줬으면 좋으련만, 곽영감님은 옥두가 방으로 들어가 눕는 것까지 도와주었다.

"약 어딨어요?"

"……."

귀찮았다. 약도 곽영감님도 다 귀찮았다. 이제는 집으로 돌아왔으니까 가만히 있으면 나아질 것도 같았다. 조금만 있으면 자식들이 올 것이다.

"정 안 좋으시면 저랑 병원에 가시지요."

"……."

영감님은 텔레비전 위에 놓인 병원 약봉지 하나를 찢어 옥두에게 쥐어주었다. 그러고는 부리나케 밖으로 나가 물컵을 들고 왔다.

"어서 드세요. 아이고, 큰일나겠네."

옥두가 그가 시키는 대로 약봉지를 입에 털어넣고 물을 마셨다. 약 기운이 차츰 식도로 넘어가면서 가슴의 통증도 많이 덜어지는 것 같았다.

옥두는 외간 남자가 자신의 방 안에 들어와 있다는 것이 싫어서 한사코 가라는 손짓을 했다.

"사람이 이런데 어딜 갑니까요?"

그는 정말로 걱정을 하며 자식들 전화번호를 묻거나 병원에 가자는 말을 되풀이했다. 그래도 옥두는 아무 대꾸도 하지 않았다.

"정말 괜찮으세요?"

"……."

곽영감님은 당황해서 어쩔 줄을 모르고 있었다. 하지만 옥두는 감은 눈을 뜨지 않았다. 눈을 뜨면 또 눈물이 쏟아질 것만 같았다.

거친 손 하나가 이마로 얹어졌다. 순간적으로 놀라서 뿌리치려 했지만, 기운이 없어 선뜻 그러질 못했다. 간신히 팔을 들어 뿌리치려 하는데 손은 벌써 치워져 있었다.

"이거야 원, 별 일 없어야 할 텐데……. 동찬 할머니, 정말 괜찮으세요? 눈 좀 떠보세요?"

너무도 간절한 곽영감님의 목소리 때문에 다시 목이 메었다. 옥두는 눈물을 보일까봐 옆으로 돌아 누웠다.

내가 이대로 죽는다면 자식들은 더 간절한 음성으로 에미를 부르겠지.

효도를 안 해도 좋고, 불효를 해도 괜찮지만, 제발 에미 죽은 뒤에 식어버린 시신 붙들고 몸부림치지 말기를, 마음 속으로 빌고 빌었다.

아무리 모자란 부모고, 어미라도 모두 살 아파 낳은 자식이

었다. 자식들이 죽은 어미 붙들고 우는 모습을 넋이라도 본다
면, 차마 어찌 발길이 떨어지랴.

부드러운 느낌 하나가 눈가를 스쳤다. 곽영감님이 소리없
이 티슈로 눈가를 훔쳐주었다.

"울지 마세요. 울면 가슴에 더 안 좋을 거예요."

"……."

"내 동찬 할머니 심정 다 알 것 같구만요. 큰아드님이 아직
도 말을 안하고 혼자 가슴앓이를 하고 있는 모양인데, 무슨
생각이 있어서 그러려니 하세요. 늙은이들 젊은 사람한테 도
움도 안되면서 마음 고생만 시키잖아요. 그저 말하면 듣고 안
하면 가만히 기다리세요. 아마 늙은 어머니 마음 상할까봐 염
려스러워서 입다물고 있는지도 모르잖습니까."

"……."

"우리 노인들이야 병치레 하지 말고 곱게 하루하루 보내다
가 잠든 듯이 떠나야 남은 자식들 고생 덜 시키는 거지요. 자
꾸 마음 불편하게 해서 병 키우시면 자식 못할 일만 시키는
거라구요."

곽영감님은 자상하게 옥두를 타일렀다. 그런 말들이 마음
을 차분하게 해주었다.

"우리 또래 중에 그저 한평생 마음 고생 안하고 편하게만
산 사람이 몇이나 있겠어요. 힘들고, 한스러운 일이 어디 한
두 가지던가요. 내 잘은 모르겠지만 동찬 할머니 마음 다 알

고도 남을 것 같구만요."

"……."

"우리 집 사람이 동찬 할머니하고 많이 닮았어요. 그 사람
도 평생 마음 고생만 하다 심장마비로 떠났지요. 아마 그래서
내가 동찬 할머니 걱정을 더 하게 되는지도 모르지만요."

외간 남자가 머리맡에 앉아 조곤조곤 이야기하는 것이 낯
설기는 했지만 마음은 훨씬 더 많이 편안해져 있었다. 가쁜
숨결도 한결 부드러워졌다.

"제가 마음이 딴 데 있으면서 그 사람하고 혼례를 올렸는
데, 그게 평생 그 사람한테 한이 되었던가 봅디다. 한 번도 내
가 자기한테 마음을 두지 않아서 평생 외로웠었다는 말을 죽
기 며칠 전에 하더군요. 아니라고 할 수도 없었어요. 정말로
살뜰한 정 한 번 안 주고 살았으니까요. 그런데 그게 마지막
이 되어 버렸어요. 나한테 죽을 걸 암시하는 것이었나 봅디
다. 요새도 후회스러운 건 그 말을 듣고서도 내가 그 사람을
위해 아무것도 하지 않았다는 거지요. 하다못해 내 눈치 보느
라 추운 겨울에 털 옷 하나 없이 벌벌 떨면서 살았던 사람인
데. 정말 못난 남편이었어요."

곽영감님의 목소리가 물기로 젖어 있었다.

"나도 갈 때가 됐는지 요즘 부쩍 그 사람 생각이 나요. 많
이도 싸우고 미워도 했는데, 나한테 가장 소중했던 사람이 우
리 어머니 다음으로 그 사람이었더라구요. 허허……."

옥두는 자리에서 일어나 흩어진 머리카락을 가다듬었다.

"이제 괜찮으세요?"

"예……."

"불편한데 있으면 어려워허지 마시고 말씀허세요. 우리 같은 늙은이끼리 내외할 거 뭐 있겠습니까, 허허."

"저기, 우리 집 애들한테 이야기하지 마세요."

"뭘 말입니까?"

그는 잠깐 어리둥절한 표정을 짓다가 이내 표정을 바꾸고 고개를 끄덕였다.

"예, 알겠습니다. 괜찮아지셨다면 굳이 말 안하겠습니다."

"고맙습니다."

옥두는 진심으로 그렇게 말했다.

"고맙기는요. 늙을수록 친구가 좋다잖아요. 혼자 집에만 계시지 마시고 노인정에도 가시고 그러세요."

그가 모자를 들고 일어섰다.

"나오지 마세요."

그는 일어서려는 옥두를 말렸다.

"제가 오늘은 하루 종일 경비 서는 날이니까 무슨 일 있으면 인터폰 하세요. 꼭 그러셔야 됩니다. 아셨지요?"

"예, 말씀만이라도 고맙습니다."

곽영감님이 나가고, 다시 깊은 정적이 옥두를 에워쌌다. 좀 전에 죽을지도 모른다고 여겼던 통증은 사라지고 없었다.

그렇지만 마음은 걷잡을 수 없이 무거웠다. 곽영감님의 말대로 마음을 편하게 먹자고 주술처럼 되뇌어 보았지만 자꾸 공사장에서 일하고 있을 여읜 용이 얼굴이 눈앞에서 어른거렸다.

그렇게 떠오른 용이 모습을 지우려고도 하지 않았다. 차라리 그 아이의 마음 고생이 자신의 업보라면 이만한 고통쯤은 아무것도 아니었다. 그러면서도 이 에미가 짊어져야 할 짐까지 모두 짊어지고 한 발 한 발 계단을 오르고 있을 용이 생각 때문에 또 눈물이 복받쳤다.

문소리가 났다. 용이 처가 들어오는 모양이었다. 옥두는 자리를 정돈하고 똑바로 앉았다.

"어머니, 반장집서 무슨 요리 강좌를 한다길래 다녀왔어요. 끝나려면 멀었는데 어머니 돌아오셨을까봐 먼저 나왔어요. 이것 좀 잡숴보세요. 기름을 끓이지도 않고 튀긴 통닭인데 얼마나 맛있고 부드러운지 몰라요. 생각 같아서는 이번 기회에 그런 냄비 하나 장만하면 동찬이 장가 간 뒤에 물려줘도 될 것 같던데."

"그땐 지금보다 더 좋은 물건이 나올테지, 지금보다 못한 물건이 나올까."

퉁명스러운 옥두 말에 용이 처는 얼른 정색을 했다.

"아니요, 산다는 말은 아니구요."

"공연히 그런 데 몰려다니면서 필요 없는 거 사 나르지 말아라. 애비 힘든 것도 생각하고."

"조심하고 있어요, 어머니."

용이 처의 대답은 여전히 사근사근했다. 그래도 마음 속에서 도깨비뿔처럼 솟아 있는 울화는 줄어들지 않았다. 무슨 사람이 제 서방 마음 하나 헤아릴 줄 모를까.

사람 좋은 것만 뺀다면 도대체가 쓸모가 없는 사람이었다. 다른 집 여자들처럼 남편 대신 돈 한 푼 벌어 오는 능력이 있길 하나, 눈치 빠르게 남편 심중을 헤아릴 줄을 아나. 그저 남편이 얼마나 뼈빠지게 고생해서 벌어 오는 것인지도 모르고 그깟 세간에나 욕심을 내다니, 한심하기 짝이 없었다.

"저녁에 호박죽 끓일까요? 어머니 입맛 없으시죠?"

"다 산 사람 입맛이 뭐가 그렇게 중요해. 아범 먹을 만한 거 해놨다 줘라. 나는 김치 한 가지만 있어도 밥 잘 먹으니까."

아무래도 옥두의 가시 박힌 말투가 불편했던지 용이 처는 네, 짧게 대답하고는 방을 나갔다. 두루뭉실한 허리며 펑퍼짐한 엉덩이가 다시 한 번 옥두의 부아를 돋우었다.

늘 복받을 사람이라고 칭찬을 했었다. 어딜 보나 후덕해 보이는 모습이 그런 자랑을 하게 했고, 또 모습 그대로 큰며느리답게 넉넉한 사람이었다.

그러나 눈치없이 찌워 놓은 살이 무능하기 짝이 없게만 보여져 옥두는 며느리 뒷모습을 보면서 이맛살을 구겼다.

하긴 저 애한테 무슨 잘못이 있는가. 옥두는 깊은 한숨을 내쉬었다.

"어머니, 아범 몇 시에 들어오나 전화해볼까요?"

"뭐하게?"

"어머니 기운이 너무 없어 보이셔서요. 아범 일찍 들어와서 링거 주사 좀 놓아드리라고 할까 해서요."

"아서. 나 주사라면 말만 들어도 진저리가 쳐져. 바쁜 사람 오라가라 할 거 뭐 있어. 올 때 되면 어련히 안 올까. 공연한 짓 말어."

회사로 전화한다는 말에 옥두는 자신도 모르게 목청을 돋우고 말았다. 전화를 해도 어찌나 철저하게 짰는지 회의에 들어갔느니, 잠깐 손님 만나러 외출을 했다느니 빈틈없이 둘러댔지만, 그래도 전화한다는 말에 놀라지 않을 수가 없었다. 마치 아들이 제 처한테 커다란 잘못이라도 저지르고 있는 것만 같았던 것이다.

물 한 컵을 마시고 옥두는 무선 전화기를 들고 방으로 들어왔다. 그리고 명진 집으로 전화를 했다.

며칠 전 사위로부터 명진이 간밤에 들어오지 않았다는 말을 들었을 때도 별 걱정을 하지 않았다. 그러나 나중에 술에 취해 지하도에서 잠들어 있다 경찰서로 넘겨져 이튿날 돌아왔다는 말을 들었다.

그런 말을 들은 이튿날, 전화를 한 번 했지만 명진은 술에 취해 있다 전화를 받았는지 그냥 끊어요, 하고는 그만이었다.

그리고 용이 일이 너무도 커서 미처 그 애까지는 신경을 못 쓰고 있었던 것이다. 한편으로는 전화를 걸어 해야 될 말이 머릿속으로 정리되지 않았기도 했다. 정말 가슴에서 우러나는 말을 해줘야 할 텐데, 뭐라 말해서 얼어버린 그 애 마음을 녹일 수 있을지 자신이 없었던 것이다.

벨이 울리고 네, 하는 소리가 힘없이 들려왔다.

"그래, 에미다."

"예……."

에미다, 하는 것보다 엄마다, 하고 말할 걸. 옥두는 가슴을 손바닥으로 쓸었다.

"네 편지 잘 받았다."

"……."

"나는 전화로 답장을 대신하마."

"……."

"사람은 죽는 날까지 배운다더니, 그 말이 맞나보다."

"……."

"네가 말해주지 않았다면 그것도 모르고 복받은 늙은인 줄 알고 네 아버지 따라갔을 뻔했구나."

"……."

"그래, 에미가 잘못했다. 미안하구나. 정말 네 말대로 안 죽길 얼마나 잘한 일인지 모르겠다. 그대로 죽었으면 그런 줄도 모르고……."

다시 목이 메었다. 저쪽에서는 아무런 반응도 없었다.

"허지만 명진아?"

그렇게 불러놓고 옥두는 잠깐 숨을 몰아쉬었다. 이 애한테 뭐라고 설명을 할 것인가.

나도 왜 그렇게 살았는지 모르겠구나. 얼마 전까지는 알았는데 며칠 사이에 왜 이렇게 바보가 되어 버렸는지 아무것도 모르겠다.

하지만 애야. 나라고 왜 내 자식들 재롱 보면서 살고 싶지 않았겠냐. 왜 나라고 너희들 엉덩이 토닥거리며 마음 편히 살길 원하지 않았겠냐…….

그러나 입 밖으로 내보낼 말이 한 마디도 없었다. 아니, 너무도 많아 무슨 말을 해야될지 암담했다.

그 많은 세월 어떻게 다 설명하고 용서를 빌랴. 아무 탈없이 자라준 너희들은 정말이지 세상이 나한테 주는 선물인 줄 알았다.

부모, 남편한테 손수건 한 장 선물 받아 본 적 없이 살았지만, 하늘만은 내 마음을 헤아려 너희들을 선물로 주었다고 생각했다. 그래서 믿거니 함부로 욕도 하고 매도 들고…….

너희들 가슴에 그런 시퍼런 멍이 들어 있을 줄은 꿈에도 생각하지 못했구나. 미안하구나, 미안하구나…….

그러나 이 에미가 죄가 많아 그랬으니 제발 너희들 가슴에 담아두는 짓은 그만 하거라. 그래, 너희 가슴에 그런 멍이 들어 있다는 걸 알고서야 어찌 에미가 돼서 눈을 감으랴.

"명진아, 엄마가 잘못했으니 용서해다오. 그만 정신차리고 살어. 자식도 키워야 하고, 너는 아직 젊잖여. 응?"

점점 술에 절어 살고 있는 작은딸의 가슴에 그런 말 한마디가 용서와 화해의 꽃이 되어 주기를 간절히 바랐다. 저 애가 에미를 용서하지 않는다면 편지 내용대로 죽을 수도 없을 것만 같았다.

"……."

여전히 저쪽에서는 숨소리도 들려오지 않았다. 혹시 끊어 버렸을지도 모른다는 조급함이 일었다.

"내 말 듣고 있지?"

"……네."

안도의 한숨이 까닭없이 내쉬어졌다. 그 애가 어디로 사라지지 않고 자기 앞에 있었다는 것이 그렇게 다행스러울 수가 없었다.

울컥, 정말 울컥 명진에게 용이 이야기를 끄집어내고 싶었다. 여태 딸자식이라고 가슴을 열어 놓고 마음의 소리를 들려준 적도 들어본 적도 없었다.

남의 딸들이 친정에 와서 시집 식구 흉을 보며 사네, 못 사네 소란스러워도 그건 소갈머리가 없어 그러려니 했다.

그리고 우리 딸들은 아무리 속썩는 일이 있어도 그걸 친정까지 끌고 오는 짓 따위는 하지 않는다는 말을 은근히 자랑삼기도 했었다.

"저 지금 졸려요. 그만 끊어요."

명진의 말소리가 힘없이 다시 들려왔다. 가슴이 덜컹했다. 애가 또 술에 취해 있구나.

"애들은?"

"흐흥, 어제 오서방이 데리고 제 집으로 가버렸어요. 저만 놔두구요."

예감대로였다. 그 무식하기 짝이 없는 사위 놈이 너무 괘씸했다. 어떻게 이럴 수가 있는가. 제 처가 저렇게 됐으면 무슨 조치를 취할 생각을 해야지, 고작 밴댕이 소가지 자랑이나 하느라 본가로 가 버려?

"아마, 그 여자가 우리 애들 키운다고 하나봐."

이건 또 무슨 소리인가. 그러나 미처 뭐라고 묻기도 전에 전화는 끊겼다.

다시 전화를 걸었지만 송수화기를 잘못 놓았는지 계속 통화중 신호만 들려왔다.

옥두는 용이 처를 불렀다.

"왜요, 어머니?"

손에 고무장갑을 끼고 나타난 용이 처는 날카로워진 옥두 얼굴을 보고 지레 겁부터 먹었다.

"명진이한테 무슨 일이 있는 거냐?"

“……."

“오서방한테 여자가 있는 거냐? 알고 있었어?”

“어머니……."

“그래, 알았다. 내가 모르고 있는 것이 나을 것 같애서 서로 입을 다물고 있었구나. 안 물어 보마.”

“실은요……. 고모부한테 여자가 생겼다나 봐요.”

지레 겁을 먹은 용이 처는 얼른 그 동안의 모든 사실을 털어놓았다.

“아범이 어머니 신경쓰신다고 해서요.”

“그래……. 고맙구나.”

딸자식 가진 죄인이라는 말이 실감되었다. 공연히 며느리한테 볼 면목이 없었다.

“죄송해요. 속이려던 것은 절대 아녜요, 어머니.”

“그래.”

옥두는 짧게 대꾸하고 방으로 들어왔다. 그리고 장롱 서랍을 열어보았다. 맨 밑바닥에 통장과 패물이 담긴 지갑이 있었다. 그리고 얼마 전에 훈이가 주고 간 돈이 꽤 되었다.

그 날, 훈이는 퇴근해서 돌아오던 길이라며 집에 들렀었다. 그리고 손에는 이것 저것 잔뜩 들려 있었다. 한약 상자, 밍크 옷, 여러 가지 과일들.

“특별 보너스를 탔거든. 안 탄 셈치고 엄마한테 쓰기로 우리 둘이 합의했지, 뭐.”

한약 상자에는 흑염소 소주가 가득 들어 있었다.

"흑염소는 완도 어느 섬에서 방목시켜 키운 것들이 좋다대. 엄마, 병원에서 먹지 말라는 게 너무 많았잖아. 새우, 닭고기, 돼지고기, 해물, 녹용……. 근데 흑염소는 좋다고 했잖아. 그래서 옛날에 내 똘마니로 있던 놈한테 무조건 한 마리 고아 오라고 했어. 엄마 꼭 챙겨 먹어야 돼?"

특별 보너스라는 걸 얼마나 탔는지 알 수는 없었지만, 흑염소만도 꽤 되는 액수일텐데, 부득부득 밍크 옷까지 입혀 놓고 흐뭇해하는 막내가 어이없다 못해 기가 막혔다.

"이건 비싼 게 아니야, 엄마. 밍크 꼬리로 만든 거라서 비싼 스웨터 값밖에 안 돼. 그러니까 잔소리하지 마."

언제 죽을지 모를 목숨, 뭐하자고 비싼 옷을 쌓아 놓게 하는지, 돈으로 바꿔 오라고 말해도 막무가내였다.

"엄마 절대로 춥게 하면 안된다고 의사가 그랬잖아. 괜히 이 옷값 아끼다가 병원비만 더 들면 어떡해."

그래도 제 딴에는 에미한테 비싼 옷 한 벌 사 주고 흐뭇해하는 것이겠지만 방세도 없어 제 형 신세를 진 주제에 밍크라니. 옥두는 그 옷을 두 번 다시 걸칠 수가 없었다. 또 다른 생각으로는 한 번이라도 걸치면 죽은 뒤에 분명히 태울 것인데, 얼마나 아까운가. 그냥 걸어놓으면 누가 입더라도 입을지 모른다는 생각이 앞섰던 것이다.

그리고 훈이는 돌아가면서 아무도 몰래 손에 돈을 쥐어주었다.

“엄마, 입맛 당기는 거 있음 아끼지 말고 무조건 사 먹어. 입에서 당기는 음식이 보약이라고 엄마가 그랬잖아. 알았지, 엄마?”

훈이가 옥두에게 용돈을 준 것은 그것이 처음이었다. 용돈이라고 생각하기에는 꽤 큰돈이었지만, 어쨌든 막내가 철들어 처음으로 쥐어 주는 돈이라 그저 대견스러운 생각에 받아 두었던 것이다.

옥두는 돈이 될 만한 것들은 모두 지갑에 챙겨넣었다.

이 정도면 그런대로 쓸 돈이 되리라.

이보다 더 나쁜 상황은 없을 것이다. 그렇다면 오히려 지금보다는 나아질 것이다. 그런 낙관이 마음을 편하게 해주었다.

점심을 먹고 집을 나섰다. 용이 처한테는 잠깐 노인정에 다녀온다고 말해 놓았다.

금은방은 사거리를 지나면 두어 곳이 있었다. 지나다니다 눈여겨보았기 때문에 기억에 있었다.

우선 은행에 들러 통장에 있는 돈을 찾았다. 많은 금액은 아니었다. 자식들이 조금씩 준 것과 노느니 인형이나 목걸이를 꿰는 일을 해서 조금씩 벌었던 돈을 넣어둔 것이었다.

은행에서 나와 금은방으로 갔다.

“할머니, 이걸 왜 파시게요?”

남자는 옥두가 내민 금붙이와 수정 반지와 목걸이를 유심히 살피며 물었다.

"우리 아들놈이 전세 자금이 없대서……."

옥두는 남자가 더 이상 묻지 말기를 바라며 대충 얼버무렸다. 살 수 없다고 할까 봐 걱정스러웠다.

"어지간하면 그냥 갖고 계시지 그러세요. 전세금이야 벌어서 나중에 올리면 될 것인데. 요즘 금 시세가 너무 형편없어서요."

남자는 난처한 표정을 지었다. 그러나 옥두는 포기하지 않았다.

"시세대로만 주세요. 많이 달라고 하지 않을게요."

"예……. 그럼 잠깐만 기다리십시오."

한참 계산을 해보던 남자는 금값은 시세대로 쳐줄 수 있지만 수정 반지는 터무니없이 값이 약하다며 다시 돌려주었다.

"이건 갖고 계세요. 몇 푼 되지도 않은데 반지만 없어지거든요."

옥두는 하는 수 없이 수정 반지는 다시 지갑에 넣고 남자가 준 돈을 헤아렸다. 은행에서 찾은 금액과 합치면 이 정도면 아쉬운 대로 쓸 수 있을 것도 같았다.

명진 집에 오늘 갈까, 하는 생각을 잠깐 했다가 내일로 미루었다. 오늘밤에는 옥두 자신이 용이에게 모든 것을 털어놓으리하고 생각했던 것이다. 용기가 없어, 에미 마음 상할까봐 그러는 거라면 오히려 이쪽에서 먼저 선수를 치면 홀가분하질 않겠는가.

이상하게도 마음은 많이 차분했다. 다른 날처럼 가슴이 까닭없이 답답하거나 뭔가 커다란 것이 명치 끝에 매달려 있는 것 같은 거북함도 느껴지지 않았다.

가슴이 간혹 답답하기도 했지만 크게 걱정되지는 않았다. 막힌 핏줄에 고무 풍선을 달았다는데 이 정도의 통증은 한동안 어쩔 수 없을 것이다. 옥두 자신은 아무래도 좋았다. 자식들만 좋아진다면.

살아오는 동안 자식을 위해서 꼭 해야만 하는 일들이 참으로 많았을 것이다. 그러나 아무리 생각해도 자식들에게 마땅히 해주지 않으면 안 될 그 일들을 모두 외면하고 산 것만 같았다.

철이 없었던 탓이었을까, 먹을 것 하나가 있어도 자식들을 주기보다는 시집 식구를 챙겼다. 그래야 되는 줄 알았다.

거기까지 생각하다 말고 옥두는 순간적으로 바짝 긴장하는 자신을 보았다. 언젠가 명진이 했던 말이 떠올랐던 것이다. 아마, 고등학교를 포기하라는 말을 했을 때였을 것이다. 그 애는 용이 하나만 잘되면 너희들 팔자가 펴질 거라는 옥두 말에 발악을 하듯 대들었었다.

"엄마처럼 위선적이고 이기적인 사람 처음 봤어! 도대체 엄마 인간이야, 짐승이야! 엄마는 엄마 체면과 대접을 위해서 우리 모두를 희생시키고 있어. 아버지, 오빠, 언니, 훈이,

모두 엄마 들러리에 불과하다구! 엄마가 큰아버지 보면 버선 발로 뛰어나가 마당에 무릎 꿇고 머리 조아리던 모습, 얼마나 위선으로 보였는지 알어? 그렇게 교양 있고, 희생적인 사람이면 모두에게 그래야 하는 것 아냐! 우리한테 엄마는 해준 게 뭐 있지? 아버지하고 싸울 때 엄마는 악마 같았어. 입에 거품 물고 너 죽고 나 죽자며 아버지 허리춤 붙잡고 울부짖을 때 엄마는 악마 같았다구. 우리한테는 또 어떻게 했지? 우리는 굶고 있는데 쌀 퍼다 큰집 갖다 주고, 베짜고 품 팔아서 고모들 시집 다 보내고, 할머니 수의까지 베짜서 입혀 보내드리고. 그 정도면 누구나 엄마를 칭찬할 테고 착하다고 존경해 주겠지. 그러면 뭐해? 우린 굶고 있는데 그럼 뭐 하냐구! 우린 엄마를 하늘땅만큼 원망하고 미워하고 있는데 남이 엄마를 존경하고 착하다고 칭찬하면 밥이 나와, 우리들한테 따뜻한 옷이 돌아와? 왜 그렇게 아첨을 하면서 살아야 했어? 왜 남편, 자식들까지 내팽개치고 세상에 아부를 하면서 살아야 했냐구! 한 마디만 더 할까? 엄마는 우리 식구들한테 악마 노릇만 하고 살았어. 오빠만 빼고. 그랬기 때문에 남한테 잘 보이려 기를 썼던 거야. 그래서 엄마가 뭘 잘못하고 있는지 그들이 모르게끔 하려고 말야! 엄마는 아버지와 우리 알기를 아주 우습게 봤어. 그리고 그걸 변명하고 자신을 합리화시키기 위해서 우리 식구 아닌 다른 사람들한테는 간 아니라 쓸개까지도 빼 줄 수 있었던 거야. 엄마 혼자 잘난 척 하느라고."

혼자 잘난 척 하는 거였다고? 옥두는 통증이 일어날 것 같은 가슴을 손바닥으로 누르며 고개를 숙였다. 철없는 것의 발악이려니 했었다. 네가 아무리 그따위로 해도 나는 옳다고 믿었었다. 그렇게 살아야 하는 줄 알았고, 그래야만 되는 줄 알았으니까.

변명 같지만 미친년 소리를 들으며 친정으로 쫓겨갔을 때, 옥두는 시어머니, 시누이, 남편, 모두 저주스러웠었다. 정신이 날 때마다 그들을 향한 미움과 저주 때문에 견딜 수가 없었다. 내가 어쩌다 이렇게 됐는데…….

시집갔다가 미친년이 되어 쫓겨온 옥두를 서모는 마치 비루먹은 개 보듯 했고, 친정붙이들의 시선도 곱지 않았다.

누구보다 똑똑하다는 말을 듣고 살았고, 비록 서모 밑에서 자라기는 했지만 여학교도 다닐 수 있었다.

그런데 살림 잘한다는 소리 들어가며 교양있는 여자로 살리라고 다짐했던 자신이 미친년이 되어 친정으로 돌아왔다는 사실이 너무도 분하고 억울했던 것이다.

그런 생각들은 시시때때 옥두를 괴롭혔다. 남편이 옥두에게 조금만 잘못해도 마음 속에 화약고가 있어 그곳에 불이 붙는 것만 같았다.

참아야 한다거나 참지 않으면 안 된다는 마음의 통제가 전혀 되질 않았다. 정말이지 마음을 통제하는 기계 부속품이 완전히 고장난 것만 같았었다.

　남편은 옥두가 조금만 잘못해도 당장 친정으로 내쫓아버릴 기세였고 그런 것들은 옥두에게 더 악을 받치게 하는 결과만 낳게 해주었다.

　그러나 시집 식구들한테 왜 자신이 그토록 헌신적일 수밖에 없었는지, 그건 말로 설명할 수가 없었다. 분명한 것은 에미 없이 자라 배운 것 없는 여자라는 말만은 죽어도 듣기 싫었다는 사실이었다. 이상하게도 모든 것이 엉망인 세월이었다. 무엇이 옳고 무엇이 잘못되었는지, 그런 판단도 간혹 흐리멍덩해지고는 했다. 그저 가슴에 맺힌 응어리를 누군가 살짝 건드리기만 해도 불불이 일어선 머리카락처럼 온몸의 신경이 곤두설 따름이었다. 정말 견딜 수 없는 세월이었다…….

　그걸 명진이 따지고 들었을 때 그 철없는 것이 험한 가시밭길 같았던 자신의 삶을 인정사정없이 난도질하는 것이 우선 분했었다.

　그리고 잘못 살았다고 말할 때면 자신도 모르게 그 애의 머리채를 휘어잡고 말았던 것이다. 누구보다 열심히 살았고 최선을 다했기 때문에 그런 말을 들을 이유가 전혀 없다고 여겼던 것이다.

　그런데 지금 그 생각이 다시금 떠오르는 까닭이 뭔가. 옥두는 스스로에게 물었다.

　명진 말처럼 내 자신만 포장하기 위해 이기적으로 살았기 때문에?

인간에게는 누구나 바라는 것이 있고 가고 싶은 길이 있기 마련이다. 옥두를 함부로 대하는 남편을 대할 때마다 옥두는 자신이 인간 대접을 못 받고 있다고 여겼다.

누구보다 자신을 잘 이해하고 아껴주어야 옳을 남편이 아닌가. 그러나 그것은 꿈에 불과했다.

남편과의 싸움은 결국 옥두 자신에 대한 자리찾기이기도 했다. 또 미친년 취급받으며 친정으로 되돌아갈 수는 없다는, 너무도 억울한 삶을 두 번 다시 살 수야 없다는.

명진은 이런 말도 했다.

"엄마는 엄마 삶을 위해서 살았을 뿐이야. 배를 아파 낳은 자식들까지도 내팽개치고. 엄마는 엄마 자신밖에 사랑할 줄 몰랐어. 세상의 모든 어머니들이 자식들한테 보여주는 모성 본능이 엄마한테는 없었다는 말이야. 엄마 자신만 존재했을 뿐이라구! 엄마는 어머니가 해줄 수 있는 기본적인 행위도 우리들한테 보여주지 않았어!"

그 비수 같은 말들. 말같잖아서 무시해 버렸었고, 그래서 깨끗하게 잊어버린 줄 알았었다.

그런데 그 말들은 독버섯처럼 자라 옥두의 마지막 삶을 몽땅 거머쥐고 있는 것만 같았다.

그 애의 말이 맞다면 모두 실패한 것이다. 자식들은 물론 옥두 자신의 삶까지도.

옥두는 터질 것 같은 가슴을 진정시키기 위해 물을 마셨다.

후유, 가슴 안에 연기처럼 자욱하게 쌓여 있던 절망을 한숨으로 쏟아냈다.

저녁때 훈이가 집 안으로 불쑥 들어왔다.

"엄마, 이 과일 맛 좀 봐. 내가 가락 시장까지 가서 사 왔어."

들고 온 바구니 안에는 아직 철도 아닌 과일과 구경도 못해 본 과일들이 가득했다.

"도매 시장에서 사면 정말 싸니까 염려 붙들어 매. 알았지, 엄마?"

이쪽에서 뭐라 하기도 전에 훈이는 먼저 변명처럼 그렇게 말했다. 그래, 이 못난 에미한테 이런 효도를 하다니, 고맙구나. 옥두는 아무 말 하지 않고 메론 하나를 깎아 훈이가 보는 앞에서 먹었다.

"엄마, 내가 또 사 올 테니까 아끼지 말고 먹어, 알았지?"

어린아이 타이르듯, 어린것이 철없이 에미한테 응석을 피우듯, 훈이는 그렇게 떠들고 있었다.

"나는 엄마가 기분 좋아하니까 너무 기분 좋네. 이제 아프지도 말고 병원에 입원하지도 말고 건강하게 오래오래 살아, 엄마. 알았지?"

그 애는 그런 말을 떠드느라 잠깐 앉았다 일어나야 된다고 했던 것과 달리 두 시간이나 있다가 일어섰다.

훈이는 주머니에 손을 찔러넣고 룰루루, 콧노래를 부르며 엘리베이터에서 내렸다. 건들거리는 걸음걸이가 오늘따라 더 유난히 건들거렸다. 예전 주먹 세계에 있을 때 배운 걸음걸이였다. 그리고 기분이 좋을 때면 더 건들거리며 걸었다.

훈이는 가다 말고 열 번도 넘게 뒤를 돌아다보고는 했다.

"엄마, 들어 가! 춥단 말야."

그러고는 후닥닥 달려와 영차, 하면서 옥두를 엘리베이터 앞에까지 밀었다.

"넘어진다."

"엄마 넘어지려고 하면 내가 얼른 안으면 돼. 내가 있는데 엄마가 왜 넘어져."

"들어갈 테니까 어서 가."

"엄마가 보고 있으니까 발걸음이 안 떨어지잖아. 얼른 들어가, 엄마."

"네가 얼른 가야 내가 들어가지."

"엄만 내가 무슨 어린애야? 걱정을 다 하게."

어린아이처럼 들떠 떠들어대는 훈이의 눈가로 뜨거운 물기가 어리는 것을 보고 말았다.

"그래, 들어갈 테니까 어여 가. 그리고 다음에는 뭐 들고 다니지 말고 그냥 와. 돈 쓰고 다니면 내가 더 불안해."

"알았어, 엄마. 그럼 갈게?"

훈이는 그때서야 말 잘 듣는 아이처럼 등을 돌렸다. 다시 뒤를 돌아다보며 손을 흔들어대는 훈이 모습이 너무도 안쓰러웠다. 마음 안에는 막내 기질이 가득한데 그 응석 한 번 받아주지 않았다는 것이 너무도 미안했다.

훈이가 돌아간 뒤, 옥두는 방 안에서 염주를 돌리며 시간을 보냈다. 살아온 세월이 눈앞으로 다가왔다가 속절없이 멀어지기를 거듭했다. 힘겨웠어도 모두 소중했다고 여겼던 것들이었다. 그러나 지금은 아니었다. 모두 부질없었다.

그리고 저절로 자라 주었다고 고마워했던 자식들의 눈망울이 가슴으로 가득히 들어섰다. 눈망울이 텅 비어 있었다.

그러나 그 텅 빈 눈 속에 에미가 채워줄 수 있는 것이 무엇인지, 마음만 조급했다.

"나무아미타불, 나무아미타불……."

옥두는 입속말로 중얼거렸다. 그러나 아무리 되뇌어도 자식들의 텅 빈 눈동자는 눈앞에서 사라지지 않았다. 에미만을 향해 간절하게 열려 있는 눈. 그 눈을 왜 한 번도 바라보지 않고 살았을까. 왜 느끼지 못했을까.

그러나 이제라도 그 텅 빈 눈, 가슴 속에 뭔가를 심어줘야 될 것이다. 죽기 전에.

용이는 오늘도 몹시 늦은 시간에 들어왔다.

"손님 접대가 있었어요, 어머니."

용이는 그 말만을 남기고 방으로 들어갔다. 옥두는 아들이 자신에게 무슨 말이든 해주기를 간절히 바랐다. 아니, 옥두 자신이 무슨 말이든 건넬 수 있는 기회를 주기를 바랐다.

“술을 좀 했더니 취하네요, 어머니. 주무세요.”

용이는 끝내 옥두가 말을 할 기회를 주지 않았다.

자신에게 주어진 마지막 기회까지 그렇게 빼앗아 가는 것만 같았다. 너무도 허망했다.

옥두는 안방 문을 열어 보았다. 용이는 양복만을 간신히 벗고 그대로 침대에 쓰러져 잠들어 있었다.

“저, 용아……”

옥두는 가만히 오랫동안 잊었던 이름을 작은 소리로 입에 올렸다. 너무도 간절하게. 그러나 용이는 미동도 하지 않았다.

“용아……”

다시 한 번 불러보아도 용이는 영원히 깨어나지 않을 사람처럼 굳게 눈을 감고 있었다. 그 감긴 눈이 에미를 끝내 용서하지 않겠다는 것처럼 보여졌다. 손을 뻗어 잠깐 용이를 흔들어 보다 그만두었다.

“어머니, 무슨 할 말씀 있으세요?”

용이 처가 방으로 들어서다 아쉬운 표정으로 안방을 나서는 옥두를 보며 물었다.

“아니다……”

옥두는 용이 처 곁을 지나쳤다. 다리가 후들거려 한 발짝도 걸을 수가 없었다. 금방이라도 그 자리에 주저앉아 버릴 것만 같았다.

옥두는 안간힘으로 버텼다.

여기서 주저앉는다면 자신은 자식들에게 영원히 용서받을 수 없는 어미로 남을 것만 같았다.

죽더라도 자식들에게 해야 될 일이 꼭 한 가지가 있었다. 그 일을 하기 전에는 염라대왕이 직접 와서 끌고 간다고 해도 끌려가지 않으리라.

젊은 시절, 무슨 일이든 마음을 먹으면 끝까지 포기하지 않았던 것처럼, 옥두는 이를 악물었다.

8

의사는 언제나처럼 굳은 표정으로 옥두를 맞았다.

"좀 어떠세요?"

"괜찮네요."

"운동도 슬슬 하시고 그러세요. 가만히 계시면 안되니까요."

그는 그런 말을 하면서 가슴을 체크했다. 의사에게 뭔가 들켜버릴 것만 같아 옥두는 애써 차분하게 호흡을 들이마시고 내쉬었다.

한동안 진찰을 하던 의사가 옥두를 쳐다보았다.

"혼자 오셨어요?"

"예……."

"그러면 안되죠. 할머니 혼자 다니시다 무슨 일 생기면 어쩌시려구요?"

의사는 걱정하는 표정을 하고 있었다. 옥두는 직감적으로 상태가 안 좋다는 것을 느꼈다.

"많이 안 좋은가요?"

"수술은 성공이었지만 할머니가 어떻게 하시느냐에 따라서 영영 안 좋은 상태로 치닿을 수도 있어요."

"안 좋은 상태……."

안 좋은 상태는 죽음을 의미하는 것일 테지, 옥두는 마른침을 가까스로 삼켰다. 가슴에 점점 커다랗게 매달리기 시작하던 무게는 어느새 어른 주먹 두 개 무게 정도가 될 만큼 커져 있었다. 시간이 지나면 오히려 덜어질 줄 알았는데 아니었다. 오히려 점점 무거워지고 있었다. 어쩌면 그 무게가 온통 몸을 짓누르게 되면 숨이 끊어지리라.

"이번이 마지막 기회라고 말씀드렸잖아요. 만약 저번 같은 사태가 벌어져서 한 쪽 혈관까지 막혀 버리면 우리도 어떻게 해 볼 도리가 없게 돼요. 그건 수술로도 안 된다구요."

의사는 진심으로 걱정하는 표정을 짓고 있었다.

"그리고 여기까지 오면서 혼자 오시면 어떡해요?"

"애들이 따라 올까봐 몰래 나왔어요. 모두 바쁜데 나 때문에……."

"아무튼 다음에는 절대 혼자 어디 다니시지 마세요. 저도 책임질 수가 없습니다."

자식들을 공연히 욕먹이는 것만 같아 옥두는 안절부절 못했다.

"혼자 다니는 게 아니고……. 내가 몰래 나왔다니까……."

아무리 봐도 용이 나이보다 어려 보이는 의사한테 자식을 몽땅 욕먹히는 것이 불쾌했지만 옥두는 더 이상 말대꾸를 하지 않았다.

"할머니, 자식들 걱정하는 것도 알겠어요. 그렇지만 할머니가 알고 계시는 것보다 상태가 훨씬 더 나빠졌다니까요. 이런 날씨에 혼자 다니시다가 큰일난다니까요. 이 상태로 발전되었다가는 어떻게 손 쓸 틈도 없이 사고가 날 수도 있어요."

아무리 의사가 사고, 사고 해도 옥두 귀에는 아무렇지 않게 들려왔다. 그건 옥두 자신에 대한 믿음이었다.

살아오는 동안 겪어야 했던 수많은 고난들. 그 고난들을 헤쳐나오지 못한 경우는 한 번도 없었다. 힘이 들기는 해도 모두 견딜 수 있을 만큼 고통스럽고 절망스러웠었다.

그리고 자식들에게 뭔가 해주기 전에는 절대 눈을 감지 않을 것이다. 저 세상으로 가는 사람이야 뭐가 힘들겠는가.

세상에 남아 살아야 하는 날이 많은 자식들에게 그 힘든 것들을 남겨주고 갈 수는 없었다. 뼈가 가루가 되는 한이 있더라도 젊어 못한 어미 노릇을 이제는 해야만 했다.

자신의 한에 희생이 되어버린 네 자식들에게.

약을 타고 밖으로 나왔을 때는 벌써 두 시간이 훌쩍 지나 있었다.

전화 부스로 들어가 명진에게 전화를 걸어보았다.

명진은 힘없는 목소리로 여보세요, 하고 응답을 보내왔다.

"에미다. 뭐 좀 먹었어?"

"아뇨."

명진의 대답은 짧았다. 그러나 그 짧은 대답 속에서 옥두는 몹시 불안해하는 명진의 목소리를 듣고 말았다.

"지금도 술먹고 있는 거여?"

"상관하지 마세요. 마시라고 있는 술이잖아요."

"에미가 그리루 가마. 내 금방 가마."

"와요? 엄마가? 흐흥, 관두세요."

명진은 코웃음을 치고 있었다. 그러나 그 코웃음까지도 옥두의 마음을 아리게 했다. 아무 무게도 느껴지지 않는 빈 웃음. 검불같은 웃음이었다.

"애들은?"

"지네 아빠가 데리고 할머니 집에 가버렸다니까요. 전화해서 오라고, 얼굴이 너무 보고 싶다고 했더니, 엄마 죽어! 그러잖아요. 엄마한테 가자고 그러면 막 울면서 싫다고 버틴다고 하네요. 싫으면 관두라지."

얼마나 외로웠으면, 옥두는 더 이상 말을 건네지 못하고 전화를 끊었다. 그 외로움을 술로 채우려 하는 그 애에게 해 줄 말이 한 마디도 없었다.

어쩌면 옥두가 생각하고 있는 것보다 명진은 훨씬 더 심각한 상태에 빠져 있는지도 몰랐다.

그러나 그 애가 어떤 불리한 상황에 놓여 있더라도 걱정하진 않았다. 그건 뭐라고 표현할 수는 없지만, 그것도 일종의 믿음이었다. 부모와 자식간의 어떤 믿음.

정확한 기억은 아니지만, 명진이 아주 어렸을 때였다. 아마 초등 학교에 갓 입학한 때가 아니었을까.

학교에서 받아쓰기 시험을 봤는데, 명진은 세 개나 틀려 있었다. 그리고 다시 시험을 봤을 때도 똑같은 문제가 그대로 틀렸다.

나중에 안 일이지만, 옥두가 가르쳐준 맞춤법이 틀렸었는데, 그 애는 담임이 아무리 말을 해도 자신의 믿음을 바꾸지 않았던 것이다. 제 에미의 말이 아니면 세상 누구의 말도 믿지 않았던 아이.

그런데 지금 그 애는 그 에미를 가장 많이 원망하고 있는 것이다.

예상대로 명진은 몹시 술에 취해 있었다. 활짝 열려 있는 대문, 엉망이 된 마당과 거실, 그리고 발 딛을 틈 없이 지저분한 방. 그 안에서 명진은 술을 마시고 있었던 것이다.

"웬일이세요?"

그 애는 술취한 정신에도 옥두의 등장을 몹시 의아해 했다. 금방이라도 바스러질 것처럼 위태로운 모습을 똑바로 바라볼 수가 없었다.

“별 일이네. 우리 위대한 엄마가 손수 딸년 집까지 오구. 흐흥.”

숫자를 헤아릴 수 없을 정도로 널려 있는 술병과 옷가지들. 그리고 아이들 장난감. 그 사이에서 명진은 초라하게 앉아 있었다. 불안정한 눈빛을 한 채로. 옥두는 너무도 기가 막혀 할 말을 잃고 말았다. 이렇게 되도록 누구 하나 찾아온 사람도 없었으니.

옥두는 명진 주변의 술병을 한쪽으로 치웠다. 뭔가 상한 냄새가 맡아졌다.

술병 뒤쪽으로 냄비가 하나 있었다.

옥두는 그것을 열어보았다가 그대로 뚜껑을 닫았다. 먹다 남은 생선찌개였다. 그 찌개 위로 하얀 곰팡이가 잔뜩 피어 있었다. 도대체 며칠이나 이렇게 지냈단 말인가.

“언제부터 이렇게 마셔댄거여?”

“밤새.”

“무슨 술을 이렇게 사 왔어?”

“아니야, 난 일곱 병씩밖에 안 사 왔어요.”

“일곱 병이 작어?”

“어떡해요, 우리 식구가 일곱 명인걸. 더는 줄일 수가 없는 걸. 누군 그렇게 많이 사 들고 다니고 싶어서 그랬는 줄 알아요? 우리 식구가 일곱이라니까.”

우리 식구? 옥두는 잠깐 명진을 쳐다보았다. 그리고 시어머니까지 합쳐 식구가 일곱이었다는 것을 비로소 깨닫는다. 자식 중에 할머니를 가장 많이 따르고 좋아했던 것은 명진이었다.

일곱 식구에 일곱 병의 술.

옥두는 명진 가슴에 장막처럼 드리워진 그리움을 비로소 보았다. 끊임없이 갈구하는 목마름 같은 그리움.

전혀 낯선 외로움은 아니었다. 남편이 보여주었던 그 외로움도 저런 성격의 것이었으리라. 남편은 거동을 할 수 없을 무렵부터 정신이 들면 언제나 창틀에 고개를 빼고 밖을 응시했다. 바람에 대문짝이 삐거덕대는 소리만 들어도 눈을 커다랗게 뜨고 그쪽을 바라보았다. 기대가 잔뜩 서린 눈빛으로.

그러나 늘 빈 바람이 지나가는 기척이었고 그때마다 남편은 가느다랗게 한숨을 내쉬고는 했다. 그러나 아무리 누가 보고 싶냐고 해도 입을 열지 않았었다.

누구에게 말을 열어 그립다는 말을 할 수도 없는 그리움. 뼈 마디 마디에 서리 서리 스며 있는 슬픈 그리움.

그리고 숨을 거두기 직전, 어머니! 포효하듯 외쳤던 소리. 남편이 불렀던 어머니와 남편 얼굴에서 물그림자처럼 어른대던 그 그리움이 어떤 관계가 있는지 옥두는 이해하지 못했었다. 하지만 너무도 간절해 영원히 뇌리 속에서 떠나지 않는 부르짖음이었다.

남편이 지어보였던 그 그리움의 눈빛을 명진이 해보이고

있었던 것이다. 남편이 죽으면서도 지워내지 못했던 그 그리움을 말이다.

그 까닭없는 그리움은 남편이 죽으면서 저 세상으로 갖고 갔다고 여겼었다. 그래서 잊을 수 있었다. 그런데 어디 가지 않고 명진 눈 속에 고스란히 담겨 있을 줄이야.

"그러고 밤새 가겟집에서 집으로 들락날락한 거여?"

옥두는 명진 곁에 주저앉으며 물었다. 명진이 잠깐 고개를 들어 옥두를 보았다. 불안에 떨고 있었지만 아득한 눈 속이었다. 옥두가 먼저 고개를 돌려 그 눈을 피했다.

"어."

명진은 술기운에 고개도 제대로 들지 못하고 어, 하고 싱겁게 대답했다.

"다니다가 보니까 내가 시지프스 같던 걸. 엄마, 시지프스가 누군지 모르지? 누구냐면 매일 무거운 바위를 산까지 밀고 올라갔다가 떨어지면 다시 밀고 올라가고. 그러느라 죽지도 않은 신이야. 물론 나도 본 적이 없지만. 내가 시지프스 같았지. 이게 마지막이야. 이것만 마시고 그만 먹을 거야, 그러면서 술을 사 날랐지. 그러다 가겟집 문을 닫으면 택시 타고 사거리까지 가서 24시간 편의점에서 사 갖고 오고. 정말 말하다 보니 내가 시지프스네. 흐흥."

명진은 누구랄 것도 없이 혼자서 주절거리다 다시 빈 웃음을 날렸다.

"이제 그만 다녀. 에미가 사다 줄 테니까."

옥두는 명진 앞에 놓인 잔에 맥주를 가득 부었다. 하얀 거품이 가득 컵을 채웠다. 그 맥주를 입에 대었다.

옥두는 술이라면 냄새만 맡아도 취하는 체질이었다. 그래서 평생 술 한 잔 비워 본 적이 없었다. 그러나 오늘은 잔에 든 술을 조금씩 입 안으로 흘려 보내 잔을 비웠다. 그렇게라도 에미가 명진을 이해하고 있다는 것을 보여주고 싶어서였다. 그럴수만 있다면.

명진은 무표정으로 옥두를 바라볼 따름이었다. 그러다 옥두가 다시 잔을 채우자 화들짝 놀라며 재빨리 잔을 집어들었다. 그러고는 단숨에 잔을 비웠다. 옥두가 놀랄 정도로 빠른 손놀림이었다.

옥두는 떨리는 손으로 명진의 얼굴을 쓰다듬었다.

"에미가 너무 늦었지?"

명진이 옥두를 다시 보았다. 그리고 경멸하는 듯한 웃음이 입술로 묻어났다.

"내가 언제 엄마한테 우리 집 오라고 했어요?"

"……"

옥두는 아무 말도 할 수 없었다. 명진이 다시 입을 열었다.

"나는 엄마한테 와달란 말을 한 적이 없다니까요?"

"…… 그래, 안다. 알고 말고. 에미가 네 속을 모르고 있었구나. 미안허다."

옥두는 진심으로 말했다.

사위를 탓할 마음은 하나도 없었다. 친정붙이들도 이 지경이 되도록 누구 하나 얼굴 한 번 못 내밀었는데, 누굴 탓하겠는가.

하긴 아무리 아파도 아프다는 말을 하지 않는 명진이었다. 그랬기에 누구도 명진이 저 지경으로 술 귀신한테 잡혀 있으리라고는 상상도 하지 못했었다. 그저 마음 고생을 하고 있으려니, 그 정도로만 추측하고 있었을 것이다. 하다못해 명옥까지도.

에미가 무관심하고 있었는데 누굴 탓하랴.

옥두는 명진의 손을 잡았다. 그러나 명진은 옥두 손아귀에 잡힌 손을 슬그머니 빼내 무릎을 감쌌다. 옥두는 눈물을 보이지 않으려 고개를 숙였다. 그러나 가슴을 뚫고 터져나오는 말 한 마디는 기어코 참지 못하고 말았다.

"정신 좀 차려라, 응? 에미가 잘못했다. 살이라도 깎아 네 마음이 풀어진다면 그렇게 하마, 명진아."

옥두의 말이 채 끝나기도 전에 명진은 거칠게 방문을 걷어차고 밖으로 나가버렸다. 그리고 화장실로 들어가 내장에 있는 것들을 몽땅 게워냈다. 술만 마신 탓에 노란 물밖에 토해내는 것이 없었다. 노란 물에서는 맥주 냄새가 맡아졌다.

옥두는 명진의 등을 두들겨 주었다. 작고 마른 등짝이었다.

"웩, 웩!"

명진은 그 자리에 털썩 주저앉아 토하기 시작했다. 바지, 양말, 스웨터로 끈끈한 액체가 묻었다.

"아, 죽어버릴 것 같애."

명진은 욕조를 붙들고 늘어지며 신음처럼 중얼거렸다. 그러다가 다시 털썩 주저앉으며 토하기 시작했다. 여태껏 혼자 있느라 못 토했던 사람처럼 옥두 손에 매달려 한없이 토해내고 또 토해냈다.

아무래도 목욕을 시켜야 할 것 같았다.

옥두는 명진을 한쪽으로 앉혀 놓고 욕조에 물을 받으면서 아무것도 묻지 말자고 다짐했다. 지금까지의 모든 일은 자신의 탓으로 돌리고, 아무것도 묻지 말고 곁에 있어주기만 하자고 타일렀다.

명진이 다시 토하기 시작했다.

힘이 없어서 축 늘어져 있으면서도 오장육부를 다 토해내버릴 것처럼 심한 토악질이었다.

토하다가 똥물까지 게워내던 명진은 화장실 바닥에 그대로 널브러지고 말았다.

"명진아? 명진아?"

옥두는 명진의 얼굴을 찬물로 닦아주며 이름을 불렀다. 너무도 간절한 이름이었다. 얼마나 오랜만에 불러보는 이름인가. 그러나 목이 메어 다음 말이 나오질 않았다.

어느 부모가 배아파 낳은 자식을 미워하겠는가. 세상이, 그리고 세월이 부모와 자식간의 거리를 멀게 만들었을 뿐이었다. 세월이 마음에 얹혀 놓은 먹구름. 그 어둠을 견딜 수가 없어 저질렀던 어리석음. 그런 것들이 이렇게 자식 가슴을 멍들게 했을 줄은 정말 몰랐었다.

옥두는 다시 한 번 어리석은 자신을 탓했다. 자식이 이렇게 폐인이 되도록 나는 무엇을 하였던가. 살아온 날만 기억하느라 남은 자식들이 어떻게 긴 세월을 헤쳐나가야 하는지, 한 번도 생각하지 못했었다.

"명진아? 명진아?"

간절한 옥두의 부름 소리를 들었을까. 명진이 힘없이 눈을 뜨고 이쪽을 바라보았다. 그렇지만 여전히 무표정한 눈빛이었다.

"움직일 수 있거든 움직여 보자. 그럴 수 있겠냐?"

가만히 물었지만 명진은 알아들은 모양이었다. 표정이, 돌처럼 굳어져 있던 표정으로 짧은 순간 희미한 빛이 어리다가 사라진 것을 옥두는 보았다.

"우리 목욕하자. 깨끗하게 씻고 나면 기분이 좋아질 거야."

"……."

명진은 잠깐 옥두를 쳐다보았다.

옥두는 명진의 겉옷을 벗기고 속옷도 벗겼다. 본능적으로 명진은 두 손으로 가슴을 껴안고 구석으로 물러앉았다.

그 순간 옥두는 너무도 깜짝 놀라 비명을 지를 뻔했다. 그렇게 가슴을 껴안고 두려운 눈빛으로 주춤대는 그 모습은, 옛날, 남편 손에 수없이 맞으며 방죽으로 끌려갈 때의 자신의 모습과 너무도 흡사했다. 어떤 거대한 힘을 이기지 못하고 그저 간절한 눈빛만 보냈던 그 모습.

"명진아……."

목이 메었다. 옥두는 입술을 깨물었다.

어떻게 이럴 수가 있는가. 모두 잊혀지고 사라졌다고 믿었던 것들이 어떻게 한 치도 물러나지 않은 채 여기 고스란히 남아 있단 말인가.

"네가 어쩌다 이 지경까지 되었어? 응? 아무리 에미가 네 말대로 천하에 둘도 없는 나쁜 에미라고 해도 에미 때문에 사는 건 아니잖어? 네 팔자 네가 단도리 잘 하면 얼마든지 잘 살 수 있을 텐데, 이게 뭔 꼴이여, 응?"

옥두는 명진을 욕조 안에 앉혀 놓고 씻기기 시작했다. 옥두가 시키는 대로 명진은 가만히 앉아 있었다. 마치 갓난아기 때처럼.

"네가 어려서 유난히 물을 좋아했었다. 한 번도 울지도 않았어. 허긴 넌 울음을 모르는 아이 같았지만. 겨울이면 품을 팔 곳도 없으니까 도시로 보따리 장사를 떠났는데, 이태를 널 업고 장사를 다녔었어. 장날 버스를 타면 왜 그렇게 사람이 많은지. 너는 등에 업혀 그 많은 사람들 틈에 끼어 있으면서도 우는 소리 한 번도 안했지. 에민 네가 그렇게 질식해 죽어

버린 건 아닐까, 두려워 차에서 내리면 허겁지겁 너를 내려 품에 안았어. 젖이 없어서 죽을 얻어 먹였더니 그게 안 좋았던지 옷에 설사를 잔뜩 해놓고도 너는 우는 소리 한 번 안 했던 거야. 동그란 얼굴에 눈이 초롱초롱해서 누구나 널 보면 욕심을 냈어. 아마 모두 내가 남편도 없이 사는 과부인 줄 알았던 모양이더라. 어느 부잣집에선 널 양딸로 달라는 말을 한 적도 있었지. 예쁘게 키워 학교도 다 보내주고 시집도 잘 보낼 테니 달라고. 데리고 다니면서 엄마 고생, 애기 고생, 이게 할 짓이냐며. 그땐 마음이 흔들리기는 했었다. 여러 번 다녔던 집이라 그 집 사람들 인품도 그만하면 나무랄 데 없다는 것도 알겠고, 말대로 너를 잘 키워 시집 잘 보내준다는데 에미 등에 업혀 짐짝처럼 고생하는 것보다는 백배 천배 나을 것 같고. 몸살 감기가 갑자기 생겨 이틀 그 집에 머무르면서 참 많이 고민했었다. 에미 따라가 본들 가난한 집구석에 무서운 남편에. 아무리 생각해도 이 집에 주는 것이 낫겠다는 생각이 들었다. 그렇지만 그 다음 날, 나는 그 집 아주머니한테 몇 자 적어 놓고 새벽에 그 집을 도망치듯 나오고 말았지. 아무리 가난하고 고생하고 살아도 내 자식 내가 키워야겠다고, 마음은 고맙지만 죄송하게 됐다고, 그렇게 써 놓았지. 그 뒤로 두 번 다시 그 집에 가질 않았다. 혹시 또 그런 말을 하면 넘어갈까봐 그랬지. 하지만 잘 먹이지도 못하고 옷 한 벌로 빨아서 밤새 말려 다음 날 입히고, 월사금도 못 줘서 학교에서 쫓겨

오고 그럴 때마다 그 집 생각을 하긴 했었다. 그냥 그 집 딸이 됐으면 이 고생 안하고 살 텐데……."

수증기 때문일 테지만 명진의 눈가로 이슬이 맺히는 것을 보았다.

옥두는 명진의 얼굴을 물로 닦아주었다.

"그래도 후회한 적은 없었다. 아무리 지지고 볶아도 내 자식 내 곁에 두고 있다고 생각하면 든든하고 좋았으니까."

명진은 미동도 하지 않았다. 그러나 옥두는 자신이 하는 소리를 가슴으로 듣고 있다고 믿었다. 어린아이처럼. 불안해하던 표정이 다소 가라앉고 있었다.

만약 어린 시절부터 잘못되어 있다면, 지금이라도 그때로 돌아가면 되리라. 그래서 늦었더라도 조금씩 조금씩 저 애 가슴에 훈기를 불어넣는다면, 메마른 가슴에 다시 꽃이 피어나리라. 그 꽃이 피기 전에, 나는 절대 너를 포기하지 않을 것이다. 옥두는 젖은 명진 머리카락을 가만히 쓸어올렸다.

옥두가 수건을 손에 들자 명진은 희미하게 내가 해요, 그랬다. 이제 정신이 돌아오는 모양이었다.

"가만 있거라. 에미가 하마."

옥두는 명진의 몸을 닦아주고 머리카락을 감겨주었다.

목욕을 한 명진은 아까보다 훨씬 생기 있는 모습이었다.

옥두는 부엌으로 나가 보았다. 오랫동안 사람 손이 닿지 않았던 탓인지 부엌은 난장판이었다. 싱크대 위로 음식물 찌꺼

기가 묻은 그릇이 수북했다.

그러나 그것만 뺀다면 다른 세간들은 먼지 하나 없이 깨끗했다. 그 때묻지 않은 깨끗함이 다시 옥두의 마음을 무겁게 했다. 살려는 몸부림으로 보였던 것이다.

그 옛날, 온힘을 다해 방죽으로 밀어넣으려는 남편 앞에서 미친 정신에도 잘못했다고 정신없이 빌어댔던 자신의 모습이 떠올랐다.

그렇게 무조건 잘못했다고 빌었던 것처럼 명진 또한 세상을 향해 무엇을 잘못했는지도 모르면서 손바닥을 비벼대고 있다고 여겨졌다.

여기로 오면서 사 들고 온 콩나물로 국을 끓이고 압력솥에 밥을 하기까지는 긴 시간이 걸리지 않았다. 조개를 넣어 끓인 콩나물국에 고춧가루를 약간 넣었다.

옥두가 밥상을 들고 방으로 들어갔을 때, 명진은 새우처럼 등을 동그랗게 말고 잠이 들어 있었다. 왜 그 모습까지도 마음을 무겁게 하는지.

옥두는 조심스럽게 명진의 어깨를 흔들었다.

"명진아, 명진아?"

그러나 그 순간 명진은 뭐에 깜짝 놀란 사람처럼 화들짝 눈을 뜨고 두려움으로 옥두를 보았다. 오랫동안 버림받고 지친 얼굴이었다.

"밥 먹자. 에미랑 밥 먹고 기운을 좀 차리자."

옥두는 명진 손에 수저를 들려주었다. 명진은 수저를 힘없이 잡았다. 아무런 힘도 느껴지지 않는 손놀림이었다. 수저를 놀릴 힘도 없어 보였다.

옥두는 밥에 국을 말아 명진의 입에 떠넣어 주었다. 자꾸만 싫다고 도리질을 쳤지만, 그래도 떠 주는 밥은 받아 먹었다.

서너 수저를 받아 먹은 뒤에 명진은 그 자리에 무너지듯 스르르 누웠다. 그러나 잠든 것 같지는 않았다.

옥두는 명진 몸 위에 이불을 덮어주고 다독거려 주었다. 베개도 편하게 고여 주었다.

"한숨 자고 나면 개운해질 거야. 아무 걱정하지 말고 푹 자거라. 에미가 깨워줄 테니까."

명진이 눈을 뜨고 옥두를 보았다. 그 눈은 옥두에게 왜 이러느냐고 묻고 있었다.

"너한테 잘못한 것이 참 많다는 걸 이제야 알았다. 사람은 늙어서도 배운다고 네가 나한테 그걸 말해주지 않았다면 죽어 무덤으로까지 그 죄를 갖고 갔겠지. 고맙다, 명진아."

그러나 옥두의 말이 채 끝나기도 전에 명진은 벌떡 일어나 벽에 등을 기대고 섰다.

"왜 왔어! 누가 오라고 했어! 누구 허락받고 여기까지 왔냐구! 빨리 가! 빨리 가란 말야!"

명진은 광적으로 소리지르고 있었다.

"누가 그런다고 감격할 줄 알았어! 엄마 노릇은 아무나 하는 줄 알어! 당장 가! 당장 가란 말야!"

명진은 자신의 머리카락을 쥐어뜯기 시작했다. 옥두는 명진을 두 팔로 껴안아주려 기를 썼다.

"아가, 그러지 마라. 제발 그러지 마라. 에미가 잘못했다, 잘못했어."

"뭘 잘못해! 엄마가 뭘 잘못하고 사는 사람이야! 당장 나가, 나가란 말야……. 엄마같이 엄마 자신만 사랑할 줄 아는 사람이 그따위 소리를 하면 누가 감동할 것 같애! 우스워라, 으흐흐흑."

기어코 명진의 웃음소리는 흐느낌으로 이어졌다. 명진은 무릎을 두 팔로 안고 그 안에 고개를 깊숙이 파묻은 채 심하게 어깨를 떨어댔다.

옥두는 우는 명진을 넋놓고 바라보았다. 아무리 눈물을 보이지 말자고 다짐해도 가슴을 찢고 흘러나오는 눈물을 막을 수는 없었다. 울더라도 자신이 그렇게 명진 대신 울어야 했다. 그럴 수만 있다면 얼마든지.

그러나 그것마저도 너무 늦었다. 옥두가 할 수 있는 것이란 아무것도 없었다. 슬퍼서 울고 있는, 술에 절어 무거운 세상을 잊으려고 애를 쓰는 자식 곁에 있어 주는 것밖에는.

옥두는 휴지를 빼내 명진 얼굴을 닦아주었다.

흐느낌이 가라앉기까지는 한참을 더 기다려야 했다. 명진은 무릎에서 고개를 들었다. 그리고 술잔을 다시 집어들었다.

옥두는 술잔을 빼앗지 않았다.

하고 싶은 대로 허거라. 나쁜 일은 모두 에미가 떠 안고 갈 테니 네 가슴이 풀릴 수 있다면 하고 싶은 대로 해라.

명진은 술잔을 단숨에 목 안으로 털어넣었다. 떨고 있던 어깨가 차츰 내려앉고 있었다. 그리고 다시 잔에 술을 채우고 옥두를 향해 고개를 들었다.

"오지 말라고 했잖아요. 뭐하게 와서 이런 꼴을 봐요."

"병원에 갔다가 이리로 왔다."

"……."

옥두는 다시 입을 다무는 명진을 보고서야 공연한 소리를 했구나, 후회했다.

"괜찮다고 해요?"

"괜찮아."

"……."

"안 좋다고 안해요?"

"왜 그런 생각을 했냐?"

"그럴 것 같아서요."

"괜찮다고 걱정하지 말라고 하더라."

"……."

"나한테 신경쓸 것 없다. 절대 신경쓸 거 없다."

"……."

"밥도 잘 먹고 잠도 잘 오고. 하나 불편한 곳이 없어."

“……”

명진은 다시 무릎에 고개를 묻었다. 마지막 힘을 다해 소리를 지르고 그리고 조금 더 남은 힘으로 몇 마디를 던졌던 사람처럼 힘없이 고개를 떨구었다.

고른 숨소리가 들렸다. 아마 잠이 든 모양이었다. 늘 이런 불편한 자세로 잠이 드는 걸까, 옥두는 이불을 끌어다 명진 등을 덮어주었다. 일어나 편한 자세로 자라고 말하고 싶었지만 그럴 수도 없었다.

옥두는 집으로 전화를 걸었다. 벨이 울리자 용이 처 목소리가 바쁘게 들려왔다.

“어머, 어머니! 어디세요? 한참 찾았잖아요.”

아침에 나올 때 노인정에 간다고 했었다. 병원에 간다고 하면 같이 간다고 고집을 피울 것이고, 그러면 명진네 오기도 힘들 일이었다.

병원에 가기로 되어 있는 날이 아직 남았기 때문에 용이 처도 옥두가 혼자서 병원에 갔으리라고는 상상 못한 모양이었다. 옥두는 용이 처를 안심시켰다.

“여기 명진네다. 여기서 며칠 있다가 가마.”

“어머, 어머니. 그러시면 안돼요.”

“걱정할 것 없다. 약도 갖고 왔으니까 며칠은 괜찮아. 약 떨어지면 명진이한테 병원에 같이 가자고 하마.”

“안돼요. 아범한테 뭐라고 말하라구요. 그렇지 않아도 요즘 어머니 때문에 많이 상심해 있던데."

제 서방 걱정하는 것까지는 나무랄 것 없겠지만 이래저래 자식들 짐만 되는구나, 하는 생각이 절로 들었다.

전화를 끊고 이번에는 작은사위 회사로 전화를 걸었다.

"여보세요?"

사위 목소리는 점잖았다. 그러나 옥두가 가장 미워했던 것도 그 목소리였다. 점잖으면 뭐하는가. 남에게 점잖다는 칭찬을 제아무리 들어도 그건 빛좋은 개살구였다. 옥두 눈에는 아무리 보아도 무능해 보이기만 하는 사위였다.

무엇이 중요하고, 무엇을 버려야 할지 그것도 모르는 위인. 그러나 사위를 탓할 마음은 손톱만큼도 없었다. 내 자식의 흠이 열 개인데 남의 자식을 탓할 수는 없는 노릇이었다.

"자네 집에 와 있네."

"아, 그러세요?"

잘못 들은 것이 아니라면, 사위는 어쩐 일이세요, 하는 투의 질문을 던지고 있었다.

"애가 저 지경이 되도록 놔두다니, 자네도 어지간하네."

"죄송합니다."

"죄송할 건 없네. 저 지경이 되도록 모르고 있었던 나도 있으니까."

"타일러도 소용이 없어요."

그렇게 무관심하고 있다가 왜 이제서야 관심을 쏟느냐는

말투는 여전히 날아오고 있었다. 결혼을 반대했었다는 단순한 이유만으로 작은사위는 옥두를 못마땅해 하고 있었다. 그걸 알고 있었지만, 어차피 그건 흘러간 일이고 어떻게든 둘이 화목하게 잘 살기만을 바랐는데.

"병원은 데리고 가 봤나?"

"예."

"언제?"

"어머니 병원에 누워 계실 때, 그때 병원에 있었어요."

옥두는 할 말을 잃고 말았다. 그래서 그렇게 나타나지 않았었구나.

"제 능력으로는 어쩔 수가 없어요, 어머니. 에미라면 자식을 봐서라도 술을 안 먹어야지요. 그런데 안돼요. 허구헌날 술독이에요. 저도 지쳤습니다."

"할 말이 없네. 그 정도일 줄 꿈에도 생각 못하고 있었는데……."

"그 사람이 아무한테도 말하지 말라고 했거든요. 실은 저희 집에서도 아직 모르고 있어요."

"마음 써줘서 고맙네."

"자기 발로 병원 찾아가 입원했던 사람이 다시 술을 마시다니. 술에 취하면 아무 것이든 부수고 때리고. 정말 지쳤습니다."

옥두는 더 이상 뭐라 해줄 말을 찾지 못하고 가만히 있었

다. 왜 연락을 안했느냐고 따질 수도 없는 노릇이었다. 아무
에게도 말하지 않고 둘이서 해결하려고 했던 마음이 우선 고
맙고 미안할 따름이었다.

"집에 안 올 텐가?"

"죄송합니다. 우린 안되겠어요. 애들도 제 엄마라면 무서
워서 벌벌 떨고."

"내가 어떻게든 고쳐 놓을 테니……."

"어머니 능력 갖고도 안돼요. 그 사람 스스로 해결하기 전
에는."

절대로 명진 혼자서는 해결할 수 없다는 말을 하려다 입을
다물었다. 명진 편지 내용대로라면 옥두의 잘못이 가장 많았
다. 에미가 에미 노릇을 제대로 못했으니 그보다 더 큰 잘못
이 세상에 어딨겠는가.

"연락드릴까 했지만 그 사람이 절대 하지 말라고 부탁해서
요."

"여러 가지로 신경 써줘서 고맙네. 이 은혜 안 잊겠네."

딸자식 가진 죄인이었다. 만약 사위가 끝내 명진을 버린다
면 저 애 팔자는 어떻게 되겠는가. 옥두는 어떻게든 사위의
마음을 돌려놓으려 애를 썼다.

그러나 소용이 없었다. 사위는 애걸하는 옥두에게 버럭 화
를 내고 말았다.

"그런 식으로 사정만 하시면 제가 나쁜 사람이 되잖아요.

저도 노력했단 말입니다!"

"그럼 자네는 저 애를 이런 식으로 버릴 작정인가?"

"어머니는 저한테 서운하다고 하시겠죠. 당연히 그러실 거예요. 그렇지만 제가 오죽하면 애들을 데리고 집을 나왔겠어요. 제가 그러면 뭔가 반성하고 고치려고 노력할 줄 알았어요. 그런데 엊그제 가봤는데 더 엉망으로 취해 있더군요. 사람도 제대로 못 알아볼 지경이었어요."

"사람도 못 알아보는 아일 놔두고 가버리는 사람이 어디 있나?"

사위의 말에 이번에는 옥두가 고함을 질렀다.

"저를 보고 그 사람이 어떻게 했는데요? 눈이 뒤집혀서 죽이겠다고 덤비더군요. 정말 지쳤어요, 지쳤다구요! 애들은 제 엄마 이야기만 끄집어내도 울어버립니다. 제가 얼마나 더 불행하게 살기를 바라세요?"

"애들 낳은 에미가 아닌가? 왜 그렇게 함부로 말을 하는가?"

"어머니 자식이기도 하지만 지금은 제 아내입니다. 아이들 엄마구요. 저는 지금 그 사람 남편으로서 말씀드리는 겁니다."

"……."

사위의 큰소리가 발악처럼 들려왔다. 옥두는 더는 입을 열지 못했다. 사위라고 왜 마음이 아프지 않았겠는가.

“미안하네. 정말 자네 볼 낯이 없네. 내가 저 애 책임지고 사람 만들어 놓을 테니, 그러면 돌아오겠나?”

“그 사람은 누구의 도움도 필요없습니다. 혼자 스스로 헤어나지 않으면 영원히 알코올 중독자로 살아갈 거예요. 저는 그게 무섭습니다. 저도 정말 노력했습니다.”

사위는 노력했다는 말을 다시 한번 강조했다.

“그러니까 내가 자네한테 부탁하질 않나. 나를 봐서라도 자네 이러면 안돼.”

옥두는 매달리듯 말했다. 사위는 대답을 하지 않았다. 짧게 한숨 소리가 들렸다.

“죄송합니다. 회의가 금방 시작이라서 그만 끊겠습니다.”

전화는 거기서 끊겼다.

사위는 절대 돌아설 것 같지 않았다. 적어도 이런 상태로는 절대로.

“그래……. 당연히 그럴 수밖에 없겠지.”

옥두는 혼잣말로 중얼거렸다. 방법은 없었다. 이제라도 명진을 제대로 사람 꼴 만들어 놓는 것밖에는.

아무도 원망하지 않기로 했다. 원망을 할 자격도 없는 죄많은 에미였다.

“명진아, 명진아?”

옥두는 명진을 흔들어 깨웠다. 명진이 힘없이 눈을 뜨고 옥두를 응시했다. 그러고는 믿어지지 않는다는 표정으로 한동안 가만 있었다. 옥두가 여기에 온 사실을 까맣게 잊어버린 모양이었다.

"나하고 병원에 가자."

"싫어! 내가 왜 병원에 가!"

"제발 이것아, 이러지 말고 에미 말 듣자, 응?"

옥두는 명진의 팔을 붙들고 놓지 않았다.

"싫다니까!"

길길이 날뛰는 명진을 붙들고 한동안 실랑이를 벌였다. 명진은 옥두를 억지로 밖으로 몰아내고 문을 잠가버렸다.

"병원? 엄마나 가. 내가 거길 왜 가? 한 번 간 것도 끔찍한데 또 가라구?"

"엄마가 옆에 있어준다잖어."

"싫어, 절대 안 가!"

문이 망가져 있었던 탓에 쉽게 열렸다. 그러나 어디서 그런 힘이 솟구치는지 명진은 옥두가 한 발짝도 못 다가오게 밀쳐냈다.

"여기는 우리 집이야, 우리 집! 왜 엄마 마음대로 이래라 저래라 해! 꺼져, 꺼지란 말야!"

옥두는 미친 듯이 소리치는 명진의 울부짖음을 고스란히 들었다. 그렇게라도 발악을 하고 억지 소리를 해서 뭉친 가슴이 풀린다면, 얼마든지 견딜 수 있었다.

명진은 되는 대로 집어던지기 시작했다. 옥두 몸으로 많은 것들이 날아와 부딪쳤다. 아이들 장난감이, 의자가, 빈 병이, 옷가지가…….

그러나 옥두는 피하지 않았다. 꼼짝하지 않고 그대로 서서 명진이 던지는 것을 고스란히 맞았다. 명진의 손놀림이 너무도 허무해 보였다.

소동은 금방 끝이 났다. 피하지 않는 옥두가 두려웠던지, 차츰 팔을 떨어뜨리더니 가쁜 숨을 몰아쉬고 울기 시작했다.

"정말 왜 이러는 거야……."

어디서 그런 질긴 울음이 쏟아지는지, 명진은 목을 놓아 울어댔다. 땅이 꺼질 듯 깊은 울음이었다.

옥두는 명진의 손을 잡고 가만히 기다렸다. 그래, 네가 정상으로 돌아온다면 언제까지라도 기다리마. 이 세상이 다 하는 날까지라도 기다리마.

가슴으로 명진을 안아주었다. 명진의 울음이 차츰 잦아들고 있었다. 어깨를 떨어가며 울어대는 명진이 너무도 가엾고 딱했다.

가엾은 내 자식아, 못난 에미 때문에 네 한이 이렇게 많을 줄 정말 몰랐구나. 못난 에미 때문에……. 이제 내가 너를 지켜주마.

옥두는 명진의 얼굴을 두 손으로 움켜쥐었다.

"엄마 말 듣자. 우리 병원에 가서 치료 받고 그리고 다 고쳐서 재미있게 살자. 응?"

명진은 대답하지 않았다.

명진은 옥두가 시키는 대로 옷을 입었다. 비틀거리면서도 스웨터에 팔을 끼고 바지에 발을 밀어넣었다.

바람이 다시 차가워지고 있었다. 차가운 바람이 얼굴을 훑고 지나가자 명진은 부르르 진저리를 쳤다. 옥두는 목에 감았던 스카프를 풀어 명진의 머리를 감싸주었다.

금방이라도 쓰러질 것 같아 조바심을 내며 택시를 기다렸다. 술에 덜미가 잡힌 명진의 몸은 검불보다 더 가벼웠다. 너무도 가벼워 바람 한줄기에도 온몸이 흐느적대는 것만 같았다. 옥두는 다가오는 택시를 두 팔을 벌리고 가로막았다.

병원에 도착하자 명진은 다시 뒷걸음을 쳤다.

"가자."

옥두는 뒷걸음치는 명진을 부축해 병원 문을 밀었다.

흐느적대며 걷는 명진과 옥두를 사람들이 호기심으로 바라보았다.

남편을 데리고 병원으로 갈 때, 택시를 잡지 못해 이리 뛰고 저리 뛰다 돌아와 보면 많은 사람들이 남편을 거지 쳐다보듯 하며 지나치고는 했다.

그때는 까닭없이 화가 났었지만 이제는 아니었다. 내 자식 살리자는 일인데, 누가 뭐란들 어떠랴. 어떤 수모, 어떤 눈총도 다 감수할 수 있었다. 자식만 정신을 차린다면.

명진은 진찰실 앞에서 차례를 기다리면서 연신 두려움으로 사방을 두리번거렸다. 혹시 도망이라도 칠까봐 옥두는 명진의 손을 꽉 잡고 있었다. 만약 이곳에서 일이 어긋난다면 명진은 영원히 폐인이 되고 말 것이다.

간호사가 명진의 이름을 불렀다.

"명진아, 무서워하지 말고 참아야 한다. 엄마가 옆에 있을 테니까 절대 무서워허지 말고. 알았지? 너는 괜찮아질 거다. 이 에미 자식이 아니냐? 에미가 여기 있는데 뭐가 무서워. 엄마 말 믿지? 무슨 말인지 알겠지?"

옥두는 안타깝게 물었다. 명진은 풀린 눈빛으로 가만히 서 있기만 했다. 아무 말도 듣는 것 같지 않았다. 옥두는 명진의 옷매무새를 단정하게 매만져주고 진찰실 안으로 들어갔다.

옥두는 쭈볏대며 불안하게 떠는 명진의 손을 꼬옥 잡아주었다.

9

훈이는 엘리베이터 문을 발길로 걷어챘다.

왜 그렇게 느리게 문이 열리는지 참을 수가 없었던 것이다. 아니, 문이 열리기 전에 자신의 가슴이 터져버릴 것만 같았던 것이다.

어머니가 어디 정상인인가. 그런데 작은누나 집으로 간 지 벌써 며칠인데 누구 하나 걱정도 하지 않고 있었다.

그래도 오늘은 와 계시려니 했었다. 오늘 낮에 전화 통화를 할 때 어머니는 분명히 형 집으로 간다고 했었으니까.

그래서 어머니가 좋아하실 것 몇 가지를 사 들고 휘파람 불며 찾아 왔는데 어머니는 아직도 돌아오지 않았다.

"작은아가씨가 많이 아픈가 봐요. 제가 가 본다고 해도 절대 못 오게 하시고. 내일은 오실 모양인데."

형수는 마치 큰 죄인이라도 된 것처럼 조심스럽게 말을 했지만 형은 대꾸도 하지 않았다. 그게 화가 났었다.

어머니가 형을 어떻게 키웠는데, 이제는 병들고 힘없는 노인이 되었다고 저렇게 푸대접해도 되는가, 하는 생각이 울컥 들었던 것이다.

혹시 병원비 드는 것이 아까워서 저러나 싶어 주머니에 든 돈 전부를 꺼내 형수 손에 넘겨주었다. 거래처에서 수금한 돈 전부였다.

"이 돈으로 엄마 잡수시고 싶어하는 것 모두 사 드리세요. 병원비도 하시구요. 또 갖다 드릴 게요."

그러고는 그 집을 나와 버렸다. 화가 나서 견딜 수가 없었던 것이다.

누구보다 어머니한테 효도를 해야 마땅한 형이 아닌가. 그런데 어떻게 그토록 무관심할 수 있는지 너무도 기가 막혔던 것이다.

돌아가시기 전에 해드릴 수 있는 것이 있다면 하늘의 별이라도 따다가 어머니한테 드리고 싶었다.

그 동안 철없이 굴었던 것이 너무도 후회스러웠고 그대로 돌아가신다면 평생 어머니 그림자가 눈앞에서 어른거려 살 수가 없을 것만 같았다.

그러나 정작 어머니가 필요로 하는 것은 터무니없이 적었다. 좋아하는 음식은 별로 없고, 구경이나 놀이는 워낙 좋아하질 않았다. 몇 푼 돈을 드리면 쓸 줄을 모르는 것도 아닐 텐데 주머니에 두었다가 필요한 다른 자식에게 주어버리고 말 았다.

노인정에 가면 노인들끼리 십원내기 화투도 즐겨 하던데 어머니는 화투짝 맞추는 것도 할 줄 몰랐다.

어머니가 아는 건 일밖에 없었다. 옛날에는 왜 다른 어머니 들처럼 자상하지도 못하고 화만 잘 내나 이해할 수 없었지만 이제는 알 수 있을 것도 같았다.

어머니는 세상이 너무도 힘들었던 것이다.

그런데 이제 그 힘든 무게를 허리에서 내려놓을 때쯤 되니 까 병에 걸리신 것이다. 고생하고 산 노인일수록 살만 하면 운명을 달리하는 까닭을 이제는 알 것도 같았다. 긴장감이 풀 리면서 그 동안 가슴에 쌓아 두었던 병들이 한꺼번에 쏟아진 탓일 것이다. 호강하고 사는 사람들처럼 병원 한 번 간 적이 없었을 것이고, 그러다 육신이 편하면 덜컥 드러눕게 되는 것 이 아닐까.

어머니가 병원에 입원해 있는 동안 놀라운 일이 한 가지 있 었다. 폐 한쪽이 거의 없다는 것이었다. 엑스레이 사진을 보 여주며 의사는 아마 옛날에 심하게 폐병을 앓았는데 그걸 미 처 깨닫지 못하고 그냥 지나간 것 같다고 했다.

어머니는 당신이 폐를 앓았었다는 걸 조금도 모르고 있었 다. 그러나 훈이가 보기에도 어머니의 폐 한쪽은 형편없이 망 가져 있었던 것이다.

죽음까지도 거부하면서 살았던 어머니의 삶이 너무도 불쌍해서 화장실에 들어가 손수건을 적셔가며 울었었다.

훈이는 차를 집 쪽으로 몰지 않고 반대 방향으로 몰았다. 이제부터 할 일이 있었다. 일종의 부업이었다.

어머니의 치료비, 그리고 이것저것 사 들인 물건 값, 생활비, 모두 만만찮은 금액이었다.

훈이가 주류 도매상에서 일을 해주고 받는 금액으로는 어림도 없었다.

결국 로터리에서 양주집을 하는 신마담의 일을 돕기로 하였다. 외상 술값을 한 사람들을 찾아가 주먹을 앞세워 외상값을 받아내는 것이었다.

워낙 주먹 세계에 있었던 터라 누구나 훈이의 큰 몸집만 보고도 기가 질려 며칠 내에 갚겠다고 사정을 해왔다. 다행히 골치 썩히는 사람은 몇 없었다.

그 돈을 받아내면 그런대로 괜찮은 액수가 훈이 손에 떨어지고는 했다. 더러는 받은 액수를 속여 더 많은 금액을 주머니에 챙겨 넣을 수가 있었다.

오늘은 카센터를 하는 박사장을 만나야 했다. 신마담의 말로는 삼백 단위가 넘는 외상 술을 마셔 놓고 그 뒤로는 발걸음도 안한다는 것이었다.

물론 사정이 있어서 잠시 발을 끊고 있는 손님은 척 보면 알 수 있었다. 그러나 박사장은 아니었다. 그 뒤로 다른 양주

집을 단골로 삼은 모양이었다.

이래저래 인정사정 봐줄 일이 아니었다.

몇 번 찾아가 신사적으로 말을 하기는 했었다. 언제까지 주겠느냐, 이 돈 받아 신마담 집에서 일하는 사람들 봉급이라도 줘야 된다…….

처음에는 다음 주까지는 해주겠다고 고분고분 약속을 했었다. 그러나 약속은 지켜지지 않았다.

다시 사흘이 흘렀지만 그는 여전히 주면 될 것 아냐, 하는 식이었다. 이러면 손을 봐줘야 하는 때가 된 것이다.

훈이는 카센터 앞에다 차를 주차시켰다. 그리고 다짜고짜 안으로 들어갔다.

"어서 오세요."

짧은 미니 스커트 차림의 여자가 훈이를 보지도 않고 인사를 했다. 여자는 가방에 커피 포트와 잔을 챙기고 있는 것으로 보아 인근 다방에서 온 것 같았다.

"사장 어딨어?"

훈이는 대뜸 반말을 하고 여자를 밀쳤다.

"어머!"

여자가 비명을 지르며 소파에 주저앉았다.

훈이는 사장실이라고 쓰여진 사무실 문을 와락 열었다. 그리고 그 안에서 어떤 남자들과 이야기를 하고 있던 박사장 앞으로 터억 다가가 앉았다.

"사람 놀리는 거요? 나만 누님한테 실없는 사람되는데, 이래도 되는 거냐구요, 박사장님?"

약간 얽은 얼굴인 박사장은 몹시 화가 난 듯 훈이를 노려보았다.

"당신 남의 사업장에 이렇게 무례하게 들어와도 되는 거여? 우리 장사 망치면 책임질 거냐구?"

"피장파장 아니오? 내가 목 달아나면 박사장님이 먹여 살려줄 거요? 우리 신사적으로 타협합시다. 예?"

"나가지 못해!"

"돈을 주면 나가지. 당신 말야, 오늘 네 시까지는 통장에 입금시킨다고 철썩 같이 약속 안했나?"

"이 자식이 어디다 대고 반말 찍찍 갈겨! 임마, 너는 애비도 없고 에미도 없어!"

"이 자식이!"

"어쭈, 때리겠다, 이거야?"

"이 자식이, 술 처먹었으면 곱게 술값만 내면 될 일이지 왜 내 애비, 에미는 찾고 지랄이야? 그래, 나는 애비도 없고 에미도 없다, 네 애비, 에미 대신 줄 테냐?"

훈이는 박사장의 멱살을 잡고 벽으로 밀어붙였다.

옆에 앉았던 사람들이 잔뜩 겁에 질려 뒷걸음질을 쳤다. 그 중 한 명이 다가와 훈이를 말렸다.

"이봐 젊은이, 말로 해. 이러다 사람 패면 서로 망신이잖아."

"넌 뭐냐, 자식아! 저리 꺼져! 술값 대신 내줄 거야!"

그 순간이었다. 박사장의 주먹이 훈이의 배를 사정없이 갈겼다.

뒤로 벌렁 넘어지면서 훈이는 의자 모서리에 머리를 박고 말았다. 손바닥으로 피가 묻어났다.

"이 새끼가 사람을 치네. 야, 너 오늘 잘 만났다."

훈이는 다짜고짜 일어나 박사장의 면상을 향해 주먹을 날렸다.

"아이구!"

박사장은 얼굴을 감싸며 뒤로 넘어졌다.

의자가 넘어지고 책상 위에 있던 컵이며 서류들이 온통 바닥으로 내팽개쳐졌다.

순식간에 사무실은 난장판이 되고, 사장은 찢어진 입을 손으로 감싸며 경찰, 경찰, 하고 외쳐댔다.

밖에 있던 젊은이들이 우루루 몰려 들어온 것도 그 순간이었다. 모두 기름때가 묻은 점퍼를 걸치고 있는 건장한 청년들이었다.

청년들은 한꺼번에 훈이를 향해 달려들었다.

"덤벼, 자식들아! 뒈지고 싶지 않거든 저리 꺼져!"

훈이는 필사적으로 그 청년들을 향해 주먹을 날리고 손에 잡히는 것들을 날렸다.

대빗자루를 들고 덤비던 청년이 뒤로 넘어지면서 화분을 쓰러뜨렸다. 그리고 훈이 발길에 턱을 맞은 청년이 넘어지면서 훈이의 발을 잡았다.

훈이는 재빨리 발을 빼내며 다시 한 번 그 청년의 턱을 향해 발을 날렸다.

"억!"

청년은 저만큼 나가 떨어졌다. 그 청년의 입에서도 피가 흘렀다.

한때 내로라 하는 패들하고 어울렸던 실력이었다. 훈이 일당이 지나가는 기척만 보여도 그 부근의 똘마니들은 일렬 종대로 서 있다가 90도 각도로 허리를 꺾었다.

만약 어머니의 눈물겨운 호소만 아니었다면 지금쯤 별 몇 개쯤은 훈장처럼 달고 있을 것이다. 그러나 그 바닥에서 손을 뗀 뒤 두 번 다시 고개도 돌리지 않고 지냈었다. 어머니의 간곡한 부탁 때문이었다. 당신 살아 생전에는 감옥으로 면회 가지 않도록 해 달라던.

솔직히 이번 일도 별로 내키지 않았던 것이 사실이었다. 떳떳하지 않은 어둠의 돈을 욕심 내다 보면 또 그 바닥으로 발을 들여놓을 수도 있기 때문이었다. 하지만 어머니한테 자신이 해줄 수 있는 것이라면 뭐든 해드리고 싶었다. 그러자면 돈이 필요했던 것이다.

물론 형이 있고, 누이들도 있었다. 그들이 아주 못 사는 것

도 아니고 얼마든지 어머니 한 몸 보살펴 드리기란 어려운 일
이 아니었다.

그러나 훈이 생각은 달랐다. 형제들과 상관없이 어머니한
테 효도를 하고 싶었던 것이다.

효도.

예전에는 효도가 뭔지를 몰랐었다. 부모는 자식이 효도하
기를 기다리지 않는다는 말 따위들을 전혀 관심에 두지 않았
었다.

그러나 어머니가 병원에 입원을 하고 수술을 하고, 어쩌면
돌아가실지도 모른다는 의사의 말을 듣고서 정말이지 뒤통수
를 망치로 얻어 맞는 기분이었다. 그리고 이대로 어머니를 보
내면 죽어서도 눈을 못 감을 것만 같았다.

아버지는 철없을 때 돌아가셨으니 어쩔 수 없지만 어머니
만은 이렇게 보낼 수는 없었다.

언제나 당당하고 큰소리만 치던 어머니는 어디에도 없었
다. 이제는 힘없고 병든 어머니가 자신 앞에 누워 있을 따름
이었다.

기세 등등하던 모습 대신에 죽음의 그림자가 가득 드리워
진 어머니 얼굴을 보면서 얼마나 아득했었는지 모른다.

그런 어머니를 보면서 다짐을 했었다. 돌아가시기 전에 원
없이 효도를 하겠다고. 그것이 비록 돌아가신 뒤에 후회하지
않겠다는 나름대로의 위안일 수도 있겠지만, 이상하게도 그

렇게 힘없이 누워 있는 어머니를 보면서 이제야 어머니를 만나는 기분이었던 것이다.

예전에는 그저 잔소리만 하고 귀찮게만 여겼던 어머니였다. 왜 그렇게 멀게만 느껴지던 어머니였는지, 지금도 알 수 없었다.

어머니와 함께 앉아 있는 것도 싫어서 밖으로만 돌았고 그러다 주먹 세계에 발을 들여놓기도 했었다. 그래도 어머니는 자신에게 아무런 관심도 없는 줄로만 알았다.

하지만 어머니가 자신을 찾아와 살아 생전에 감옥으로 아들 만나러 가는 일은 없게 해달라는 말 한마디에 깨끗하게 손을 털었었다. 그래야만 할 것 같았다.

어머니가 수술을 할 무렵 훈이는 어머니 곁을 한시도 떠나지 않았었다. 그렇게라도 어머니 곁에 있고 싶었던 것이다. 어리광을 피우는 철부지처럼.

멀리서 경찰 사이렌 소리가 들려오고 있었다. 훈이는 마지막으로 버티는 놈을 한 방 주먹으로 날리고 그 자리를 떴다.

실수했다는 것을 깨달은 것은 급히 차를 빼내 그 자리를 도망치면서였다.

두 번 다시 주먹질을 하지 않겠다고 다짐했었는데. 하지만 형 집을 나오면서부터 뒤틀려 있던 심사였다.

모르긴해도 바위 같은 훈이 주먹을 맞은 사람 모두 성하기는 어려울 것이다. 만약 어머니가 이 사실을 알면 어떻게 될

까, 더럭 겁이 났다. 병원에서 충격이나 걱정은 심장에 독이
된다고 하질 않았던가.

훈이는 한참 달리다 전화부스 앞에서 차를 세웠다. 그리고
신마담에게 전화를 걸었다.

"사고가 났어요. 몇 놈 손을 좀 봐줬거든요. 경찰이 날 찾
아도 절대 모른다고 해야 해요, 알았죠?"

신마담이 길길이 날뛰며 무슨 일을 그따위로 하느냐고 소
리쳤지만 훈이는 아랑곳하지 않고 전화를 끊었다. 신마담만
입을 다물면 경찰이 자신을 찾아내기는 어려울 터였다. 술집
의 다른 직원들도 훈이 얼굴은 알고 있지만 이름은 모르고 있
었다. 모두 이부장 정도로만 알고 있었다.

그래, 크게 걱정하지 말자. 시간이 지나면 모든 일이 해결
될 테니까.

훈이는 평상시 무슨 일이든 걱정하지 않는 버릇대로 금방
마음을 놓았다. 이보다 더한 위기도 얼마든지 있었다. 그러나
한 번도 걸려들지 않았었다. 오늘도 그 운을 믿었던 것이다.

훈이는 유유히 자동차를 몰며 어머니가 건네준 부적을 만
지작거렸다.

마음이 훨씬 더 편안해졌다.

용이는 밖에 서서 현숙이 나오기를 기다렸다.

웨딩드레스를 입은 마네킹이 화사한 미소를 띠고 길거리를 지나다니는 사람들을 유혹하고 있었다.

'현숙 웨딩숍'

미국에서 다녔던 회사에서 웨딩 파트에 있었던 탓에 그 경험을 살려 이곳에 가게를 낼 수 있었다고 했다.

"오래 기다리셨죠?"

미국에서 살았던 탓인지 현숙은 다른 사람들의 이목을 그다지 신경쓰지 않았다. 대뜸 용이의 팔짱을 끼고 마치 연인처럼 굴었다. 오히려 얼굴이 화끈해지면서 누가 보는 건 아닐까, 더럭 겁을 낸 쪽은 용이였다.

"내 심정은 내가 용이씨 애인됐다고 신문에 대문짝만하게 광고하고 싶은 걸요."

용이의 심중을 읽었던지 현숙이 웃었다.

"용이씨가 아무리 거북해 해도 어쩔 수 없어요. 이렇게 있다가 헤어져 남의 사람이 된다 생각하면 얼마나 아쉬운데. 옛날에 나 버리고 다른 여자한테 장가 가버릴 땐, 흥, 그래? 어디 나만한 여자 있나 살아봐라, 그랬는데 지금은 아니에요."

"지금은 어떤데?"

"음, 지금은 반대예요. 용이씨만한 사람 없다는 걸 알았으니까요."

용이는 가볍게 웃었다. 그녀의 맑은 얼굴만큼이나 상큼한 수다가 싫지만은 않았다.

그녀에게는 참 묘한 매력이 있었다.

아무리 유치하고 저속한 이야기라도 그녀 입을 통해 흘러나오면 재치있는 말이 되고 농담이 된다는 사실이었다.

용이가 우울해 하면 그녀는 특히 컴퓨터에서 청소년들이 쳐놓은 장난말을 끄집어내어 용이를 웃겼다.

"어떤 임금이 하루는 너무너무 심심했대. 그래서 궁녀랑 놀까, 하고 나가봤는데 아무도 없더라는 거야. 그래서 잠이나 자야지, 하고 자리에 누웠는데 자꾸만 잡생각만 나고 잠도 안 오더라는 거지. 그래서 자기도 모르게 마스터베이션을 하기 시작했어. 그런데 영의정이 드르륵 방문을 열고 들어온 거 있죠. 영의정이 놀라서 말도 못하고 있는데 그 임금이 말하길, 너도 해봐, 재밌어, 그랬다는 거예요. 영의정이 집으로 돌아와 아무리 생각해도 임금을 이해할 수가 없어서 뒤치락엎치락하고 있다가 너도 해봐, 했던 말이 떠올라서 슬슬 손장난을 했나봐요. 그런데 안방 마님이 들어온 거야. 얼마나 놀랐겠어. 아니, 대감 저를 놔두고 어찌 이럴 수가 있사오이까? 그랬나봐. 그랬더니 그 영의정이 뭐라고 했는 줄 알아요?"

대답은 전혀 황당무계한 것일 테지만 용이가 고작 하는 대답이란 임금이 영의정에게 했다는 말, 너두 해봐, 하는 정도였다.

현숙은 그 말을 듣고 뭐가 우스운지 더 까르르 웃어댔다.

"어명이요! 그랬대요."

자신이 한 말이 더 우스워서 깔깔대는 현숙의 모습은 그야말로 대학 다닐 때의 그 발랄함 그대로였다. 그녀가 긴 웃음을 그칠 때까지 용이는 언제나 그렇듯 멀뚱한 표정으로 서 있을 수밖에 없었다.

직업 탓이기도 했지만 젊은 감각을 놓치지 않으려고 틈만 나면 인터넷을 즐겨 찾는다는 그녀를 보면 용이는 나이보다 훨씬 더 늙어버린 자신을 확인하고는 했다.

"오늘은 영화 한 편 볼까요?'

현숙이 용이 의향을 물었다. 자주 만나는 것은 아니지만 그녀는 용이를 만나면 자신을 내세우기보다 먼저 용이의 의중을 먼저 읽으려고 애를 썼다. 그게 편하면서도 부담스러운 것도 사실이었다.

"글쎄, 영화를 볼 마음이 없네. 술이나 한 잔 할까?"

"저번처럼 취해서 인사불성되면 어쩌죠?"

"그러지 않도록 허지."

"어머, 싫어라. 취하는 건 오히려 내가 바라던 바였잖아요."

그녀는 그렇게 말하면서도 술집 쪽으로 걸음을 옮겼다. 그녀는 용이 팔을 붙잡고 걸었다. 발짝을 떼어놓을 때마다 그녀의 통통한 젖가슴이 팔뚝으로 느껴졌다.

오랫동안 잊고 있었던 여자의 냄새였다. 그 냄새를 용이는 민망스러워하면서도 맘껏 호흡했다. 그녀 곁에만 있으면 걱정이 봄눈처럼 사라졌다. 실업자가 되었다는 걱정, 어머니에 대한 걱정, 동생들에 대한 근심. 모두 잊을 수 있었다.

하지만 자주 만날 수는 없었다. 그래서는 안될 것 같았던 것이다. 아무리 그녀가 혼자 사는 여자라고 해도 여기는 한국이었다.

평생 여자라고는 아내밖에 몰랐던 용이에게 그 날 호텔에서의 하룻밤은 적잖이 충격이었던 것도 사실이었다.

다음 날, 세상이 온통 자신의 옳지 못한 행동을 눈치챈 것 같아 얼굴을 똑바로 들 수가 없었다. 제일 당혹스러웠던 것은 와이셔츠에 묻은 화운데이션이었다.

"으응, 만원 버스 안에서 묻었나 봐."

용이의 변명에 아내는 별 의심을 하지 않았다. 다만 만원 버스에 시달리지 말고 택시를 타거나 좌석 버스를 타라는 말을 덧붙였을 뿐이었다.

그리고 한동안 현숙과의 연락을 끊고 지냈었다. 그리고 모든 것을 잊기 위해 공사장에 가서 일을 하기도 했다.

공사장에서의 일은 솔직히 용이의 힘으로는 역부족이었다. 고작 하는 것이 나무에 박힌 못을 빼거나 떨어진 못을 줍는 것 정도였는데도 힘에 부쳤던 것이다. 같이 그 일을 하던 늙수그레한 노인들한테도 힘이 밀렸다.

하루해를 보내기에는 거기보다 더 좋은 곳은 없었다. 첫날은 죽을힘을 다 써서 하루를 보냈지만 차츰 이골이 났다. 나중에는 힘이 딸리면 막걸리 힘을 빌리기도 했다.

텔레비전에서 직장 잃은 가장들이 가족들을 속이기 위해 그런 공사판에 가서 등짐을 지고 망치질을 하는 것을 보았었는데, 자신이 그 처지가 되고 말았던 것이다. 하지만 공사장은 사람 사는 세상 같아서 그런대로 재미는 있었다. 휘파람처럼 날아다니는 음담패설, 아무 악의도 느껴지지 않는 욕들.

용이가 살아오는 동안 어디선가 잃어버린 그 무엇을 그런 음담패설이나 욕을 통해 찾는 듯한 묘한 환상은 어깨힘을 덜어주기에 충분했었다.

그러나 요즘은 나가지 않고 있었다. 겨울이라 일이 없었던 것이다.

다시 덕기 사무실로 나가 죽치는 날이 계속되었고, 그러다

보니 자연히 다시 현숙과 연락이 되었던 것이다.

현숙은 매일 전화를 걸어 만나자고 했지만 용이는 이 핑계 저 핑계를 대고 그녀를 피했다. 만약 그녀 말대로 매일 만난다면 무슨 일이 일어날지 두려웠다.

단 한 번도 가정을 파괴한다는 생각은 한 적이 없었다. 아버지와 어머니가 그렇게 원수처럼 싸우고 살았어도 헤어지지 않고 살았는데, 아내와 헤어질 이유가 없었던 것이다. 아내는 나무랄 데 없이 인자한 여자였다. 중매로 만나 결혼했지만 그렇게 후덕한 여자가 복잡하기 짝이 없는 집안의 큰며느리로 들어온 것이 못내 고맙기만 했었다.

그러나 현숙의 등장으로 내면에 죽순처럼 고개를 쳐드는 어떤 상념은 용이를 아득하게 만들고는 했다. 사랑하는 여인과 한울타리 안에서 살아 본 사람은 얼마나 행복할까, 하는.

술집 안으로 들어가자 예전의 그 아가씨가 먼저 다가와 인사를 했다.

"선생님께서 안 오시길래 내일쯤은 전화라도 한 통 할까 했었어요."

"나한테?"

현숙이 눈을 동그랗게 뜨고 기쁜 표정을 지었다. 그 표정이 귀엽고 예뻤다.

"그럼요. 안 뵈면 이상하게 선생님 생각이 자꾸 나거든요. 안녕하세요?"

아가씨는 이번에는 머리를 숙여 용이에게 인사를 했다.

"나 기억해요?"

"그럼요. 우리 선생님 애인이시잖아요."

아가씨는 활달하게 대답했다. 저런 나이 어린 아가씨들도 프로 근성으로 일에 종사하는데 나는 뭔가, 하는 생각 때문에 용이는 잠시 우울해졌다.

그러나 여기에서라도 모든 걱정을 지워버리고 싶었다. 취해서 잊을 수 있다면 진탕만탕 마실 수 있었다.

홀 안은 한적했다. 저쪽 피아노 앞에 두 남자가 앉아 있는 것을 빼고는 용이와 현숙밖에 없었다. 실내에는 음악이 잔잔하게 흐르고 있었다.

잠시 그런 생각을 하고 있는데 그녀가 대뜸 달려들어 그의 볼에 입술을 찍었다. 너무 얼결에 벌어진 일이라 용이는 얼굴만 빨개지고 말았다.

"그렇게 얼굴이 빨개지니까 자꾸 내가 장난하고 싶어져요. 무슨 사람이 그렇게 쑥맥이에요?"

현숙이 곱게 눈을 흘겼다.

술이 날라져 오고, 현숙은 끊임없이 떠들어대며 술잔을 채우고 비워냈다. 그녀는 용이보다 훨씬 술이 강했다. 용이는 두어 잔에 벌써 정신이 어지러운데 그녀의 눈은 더욱 맑아지고 있었다.

"내가 이런 말 한다고 기분 나쁘게 생각하지 않기로 해요."

그녀는 다짜고짜 그렇게 말하고 새끼손가락을 내밀었다.

"손가락은 저번에 걸었잖아."

그녀가 무슨 말을 할지 궁금하면서도 바짝 긴장이 되어 용이는 대충 얼버무렸다.

"빨리 약속해요. 화 안내기!"

용이는 그녀 뜻대로 새끼손가락을 걸어 화 안낸다고 약속을 했다. 그녀가 입을 열었다.

"미국에 지사를 하나 낼까 해요. 그걸 용이씨가 맡아주면 안돼요?"

너무 뜻밖이었다. 용이는 그녀의 말을 듣고 가만히 있었다.

"어려울 건 없어요. 우리 교포들이 워낙 많기 때문에 시장성은 충분해요. 일은 젊은 직원들이 할 것이고, 용이씨는 관리만 해주면 돼요."

"왜 그걸 나한테 맡기지?"

그렇게 묻지 않을 수가 없었다. 만약 그녀가 백수건달이 되어버린 자신의 처지를 딱하게 여겨 동정심으로 그런 생각을 했다면 두번 다시 만나지 않으리라.

그녀가 다시 웃었다.

"용이씨가 지금 무슨 생각을 하고 있는지 다 알아요. 동정하는 줄 알고 있죠? 당연해요. 어쨌건 지금은 백수건달이니까."

그녀는 양주를 마시고 다시 우유를 한 모금 마신 뒤에 다시 용이를 응시했다.

"제 욕심 때문이에요. 용이씨를 내 것으로 만들고 싶은. 미국에 있음 여기보단 더 자유스럽게 용이씨를 만날 수 있을 것 같거든요."

그녀는 그렇게 말해 놓고 시선을 술잔에 떨어뜨렸다.

"무리한 부탁이에요?"

한동안의 침묵이 흐르고 먼저 입을 연 것도 그녀였다. 용이는 여전히 아무 말도 하지 않았다. 아니, 할 수가 없었다.

그녀 말대로 하면 나쁠 것도 없겠다는 생각이 먼저 들었던 것이다.

용이도 그녀가 좋았다. 옛날엔 미처 느끼지 못했던 끈끈한 정이 한꺼번에 쏟아지는 것만 같았다. 그리고 무엇보다 여기서 일자리를 찾아 헤매는 것보다 차라리 미국에 가서 막일이라도 하면 그게 나을 것 같았던 것이다. 우선 직업에 대한 편견을 갖을 필요가 없겠고, 세인들의 눈초리를 염려하지 않아도 좋을 듯 싶었다.

그러나 상념은 길지 못했다. 어머니가 떠올랐던 것이다. 어머니가 살아 계시는 동안은 자신은 그야말로 새장 안의 새에 불과했다. 날고 싶어도 절대 창공으로 날 수 없는 새.

그녀를 만나기 전에는 자신의 어깻죽지에 붙은 날개가 영원히 퇴화되어 버린 줄 알았었다. 그러나 그녀 덕분에 아직도 거기 그대로 여전히 건재하고 있는 날갯죽지를 보았던 것이다. 그 날갯죽지를 확인한 순간부터 날고 싶다는 욕망은 더욱 용이를 심하게 괴롭히고 있었다. 그런데 그녀가 미국으로 가지 않겠냐고 말한 것이다.

"무리예요?"

"고맙군. 나같은 사람을 그렇게 생각해줘서."

"어머, 용이씨 무슨 말을 그렇게 해요? 용이씨가 어때서 그런 나약한 소릴 함부로 하는 거예요? 다시 그랬다간 가만 안 있을 거예요?"

그녀가 가볍게 꼬집는 시늉을 했다. 용이도 아프다는 시늉을 해주었다. 그렇게해서 어색했던 분위기는 금방 지워낼 수 있었다.

그런 어색한 분위기를 절대 오래 끌지 않는 것도 그녀만의 독특한 특기였다. 아무것도 아닐 일에 환호성을 지르거나 기뻐하는 표정으로 상대방의 기분을 단박 바꿔놓는 것이었다.

"생각해 보도록 할게."

그녀가 흡족한 표정으로 그의 잔에 다시 술을 채웠다.

세상일이란 늘 그렇게 되리라고 예상하면서도 아닐지 모른다는 막연한 기대를 갖게 마련이었다.

그녀의 가게를 찾아가고, 그리고 팔짱을 낀 채 술집으로 들어가면서 용이는 막연하게 예감을 했었다. 오늘도 어쩌면 그녀 앞에서 정신을 잃을지 모른다는.

그리고 그의 예감처럼 정신을 차리고 눈을 떴을 때는 저번처럼 호텔 방이었다. 그러나 용이는 눈을 뜨지 않은 채 후회하지 말자고 자신을 타일렀다.

어머니가 가르쳐 준 백점짜리 정답으로 채운 세상에 대해서는 도리를 할 만큼은 다 했다. 그 다람쥐 쳇바퀴 같은, 정답 밖에 없는 세상에서 이제는 탈출하고 싶었던 것이다. 비록 탈출을 꿈꾸는 세계가 헛점투성이에다 빵점짜리 일색이라도 그곳에서 자유롭게 비행하고 싶었다. 모두 다 잊고.

그 세계에서 탈출할 수 있도록 도와줄 수 있는 사람은 현숙밖에 없다고 믿었다. 용기 없고 깡다귀 없는 자신에게는 현숙 같은 여자가 꼭 필요했다. 그러나 늘 그렇듯이 어머니의 얼굴이 떠오르고 그런 꿈 같은 생각은 이내 머릿속에서 사라져 버렸다.

"많이 불편하세요?"

그녀가 입술을 꾹 다물고 있는 용이의 얼굴을 근심스럽게 보았다.

"아니, 괜찮아."

"바보같이 무조건 괜찮다고만 하지 말고 불편한 데가 있음 불편하다고 말하고 싫음 싫다고 말해요. 왜 그렇게 모범 답안지 같은 소리만 하죠?"

그녀는 약간 화난 어투로 말했다.

"내가?"

"그래요. 용이씨는 세상을 몽땅 남의 손에 맡기고 거기서
연금 타듯이 조금씩 타먹고 사는 사람 같단 말예요. 왜 그래
야 해요?"

연금 받듯 사는 삶. 용이는 허허, 빈 웃음을 날렸다.

"왜 웃어요?"

"너무 적절한 표현을 해주어서. 그래, 제대로 봤어. 뭐든
내 의지보다 누군가의 조종으로 살았던 것도 사실이니까. 어
려서는 아버지, 나중에는 어머니, 그리고 지금은 아내나 자
식. 아니지, 지금도 어머니 지배권을 못 벗어났다는 말이 옳
아."

너무도 자조적인 말투여서 그랬는지 현숙은 뭐라 할 말을
잃고 용이를 응시했다.

"이젠 벗어나고 싶어. 거기를 탈출하면 빈깡통을 차고 비
럭질을 하게 된다고 해도 어머니 그늘을 벗어나고 싶어."

현숙은 여전히 입을 다물고 있었다.

"솔직한 말을 좀 할까? 요즘 어머니가 여동생 집에 가 계시
는데 그렇게 편할 수가 없어. 우선 얼굴을 보고 뭔가 변명하
지 않아도 된다는 것이 좋아. 어머니는 내가 말하지 않아도
모든 것을 알고 있는 것만 같거든."

"그건 어머니가 그만큼 용이씨한테 자상해서 그럴 거예요.
대충 넘어가는 어머니라면 용이씨 심중을 그렇게 자세하게
꿰뚫어보진 못하죠."

그녀가 위로처럼 그렇게 말했지만 한 번 봇물이 터진 불만
은 계속 입 밖으로 튀어나갔다.

"천만에! 우리 어머닌 나한테 덫이었어. 지금도 그렇고. 당
신 삶을 나한테 저당잡히고 지금 그 이자로 살아간다고 여기
시는 분이시지. 천만에! 반대야. 내 삶을 어머니 손에 저당잡
히고 나야말로 한 마리 강아지처럼 당신이 던져주는 먹이나
받아먹고 살고 있으니까."

"무슨 일인지 몰라도 비약이 심해요. 용이씨 어머닌 위대
하신 분이라고 저는 생각해요. 없는 살림에 용이씨를……."

용이는 그녀 말이 끝나기도 전에 벌떡 몸을 일으켰다. 어머
니가 당신 한에 대해 누군가 이러쿵저러쿵 떠들어대면 길길
이 날뛰며 게거품을 품었던 것처럼 자신에게 누군가 그런 식
으로 어머니가 위대하다는 말을 하면 화가 나서 견딜 수가 없
었던 것이다.

"미, 미안해요. 그 말이 언짢았으면 용서하세요."

그녀는 용이의 목을 잡고 간절하게 말을 했다.

"저번에 어머니가 대수술을 받으셨었지. 병원에서는 아주
위험한 수술이라 잘못될 확률이 많다며 포기 각서를 쓰라고
하더군. 그 각서를 쓰면서 얼마나 손이 떨렸는지 아나? 우리
집 사람은 내가 어머니가 돌아가실지 모른다는 충격 때문에
그러는 줄 알더구만. 아녔어, 희열이었지. 야, 드디어 어머니
한테서 벗어나는구나! 아무도 보는 사람 없고, 체념, 도리,

그런 거지발싸개 같은 것만 없다면 두 손을 높이 쳐들고 환호성이라도 지르고 싶었지. 만세! 나는 자유다! 만약 그렇게 한 것 때문에 어머니가 돌아가시고 내가 남은 세월을 사는 동안 죄책감에 시달린다고 해도 그깟 것 아무렇지 않았어. 나는 자유롭고 싶었으니까. 이제라도 어머니한테서 고스란히 벗어나 내 삶을 살고 싶었으니까. 현숙이는 내 심정 이해 못해."

"잘은 몰라도 이해할 수 있어요. 옛날에 용이씨가 날 버리고 다른 여자한테 장가갈 때 어렴풋 눈치채고 있었어요."

"나는 어머니 손아귀에서 한 치도 물러서질 못하고 살았어. 동생들에 대한 부채까지 내 어깨 위에 얹어 놓으신 분이시지. 어머닌 그들의 꼬막만한 보석을 몽땅 빼앗아 내 것으로 만들어 버렸어. 그리고 나는 지금 그 이자에 이자를 붙인 액수를 그들에게 갚아야 하는 부채를 안고 있는 셈이지."

용이는 잠시 입을 다물었다. 그리고 다시 덧붙였다.

"어머니가 돌아가버리셨으면, 정말, 이제 정말……아버지가 나를 조금이라도 가엾게 여기신다면 어머니를 당신 곁으로 불러갔으면 좋겠어."

그렇게 말해 놓고 용이는 두 손으로 얼굴을 감쌌다. 그녀에게 눈물을 보이고 싶지 않았다. 가슴에 있는 모든 것을 그녀 앞에 털어놓을 망정 눈물만은 보이고 싶지 않았다.

"우후후, 웃기는 세상살이야. 우후후후……."

웃음을 억지로 만들어 보았지만 입 밖으로 튀어나간 소리는 기어코 울음소리로 변해 있었다.

"울고 싶음 그냥 큰소리로 울어요. 안으로 삼키지 말고."

그녀가 그의 머리를 가슴으로 끌어당겼다. 넓고 따뜻한 가슴이었다. 오랫동안 자신이 찾아 헤맨 그 가슴이 여기 있는 것처럼, 그는 그녀의 가슴에 얼굴을 묻고 한동안 울었다.

"괜찮아요, 괜찮아. 그래, 그래요."

그녀는 그의 얼굴을 가슴에 껴안은 채로 가볍게 몸을 움직여 주었다.

그런 흔들림이 마음 속의 격정을 다소 잠재워주었다.

"이젠 염려하지 말아요. 다른 사람은 몰라도 나는 용이씨 곁에 있을 거니까. 만약 세상이 다시 우릴 떨어뜨린다 해도 나는 이제 그리워하지 않을 거예요. 용이씨는 이제 내 가슴에 이렇게 묻어 있으니까요. 보고 싶으면 언제나 사진 꺼내 보듯이 볼 수 있으니까요. 아무 걱정하지 말아요. 다른 사람은 몰라도 나는 영원히 용이씨 편이니까."

그녀는 그렇게 말하고 용이의 입술을 가볍게 더듬었다. 울음으로 가득 찬 가슴을 식혀줄 만큼 향기롭고 신선한 입맞춤이었다.

　옥두가 훈이 소식을 받은 것은 명진을 면회하기 위해 병원
으로 가기 직전이었다.

　훈이 처는 울음 섞인 목소리로 전화를 걸어왔던 것이다. 그
애는 무조건 작은사위를 찾았다. 그 동안의 일을 일절 말하지
않았기 때문에 훈이 처는 명진이 병원에 입원한 것도 작은사
위가 친가로 가버린 것도 전혀 모르고 있었던 것이다.

　"무슨 일인데 그래?"

　뭔가 안 좋은 일이 생겼구나, 싶어 가슴부터 철렁 내려앉았
지만 옥두는 울기부터 하는 며느리를 다독이느라 천천히 물
었다.

　"고모부 친구 분이 검찰청에 계신다고 했잖아요. 당장 손
을 안 쓰면 아범이 구속될 거예요."

　이건 또 무슨 소린가. 옥두는 영문을 몰라 어리둥절하면서

도 먼저 쿵쿵 뛰는 가슴을 간신히 진정시켰다.

"무슨 소린지 자세히 말해 봐."

"아이고 어머니, 어떡해요. 그이가 새벽에 끌려갔어요. 자다가 파자마 바람으로 간신히 점퍼 하나 걸치고 끌려갔단 말예요!"

"무슨 말인지 앞뒤를 가려서 말을 해야 알아 듣지!"

버럭 고함을 지르고 말았다. 무조건 거두절미하고 수선을 피워대는 며느리가 너무도 천치 같았다.

"며칠 전에 패싸움을 해서 다른 사람 이빨을 세 개나 부러뜨렸대요."

"패싸움?"

"예, 어머니. 어쩌면 좋아요."

"왜 싸웠는데?"

"다른 건 몰라요. 여지껏 경찰서 찾아가서 자초지종을 알아봤지만 싸웠다는 것밖에 모르겠어요."

"알았다."

옥두는 짧게 대꾸하고 전화를 끊었다. 그리고 찬물을 들이키고 화닥거리는 가슴을 눌렀다. 심장이 금방이라도 터져 버릴 것만 같았다.

"이러면 안되지. 이러면 안돼. 정신 안 차리면 큰일이지."

옥두는 자신을 타일렀다. 아직은 죽어서는 안되었다. 할 일이 이렇게 많이 터졌는데 어떻게 편하게 눈을 감을 수 있겠는

가. 절대 안될 일이었다.

사위에게 전화를 걸까 생각하다 그만두었다. 아들 일 때문에 사돈 식구들한테 명진 흉을 잡힐 수야 없었다. 아무리 흉허물없이 지내는 사돈지간이라도 그런 불상사가 일어나면 겉으로야 걱정하는 척하지만 속으로는 죄없는 며느리한테 곱지 않는 시선을 던지기 마련이었다. 다른 데는 몰라도 작은딸 시집은 그러고도 남을 사람들이었다. 제멋대로 살면서 남의 흉허물은 잘도 끄집어내어 개껌 씹듯이 씹어대는 사람들.

사위가 명진과 이혼하겠다는 어떤 작은 명분이라도 보태주어서는 안될 일이었다.

용이가 필요했다. 그러나 지금 용이는 집에 있을 리가 없었다. 어디로도 연락할 방법이 없다는 사실이 옥두를 더 암담하게 만들었다.

한편으로는 이 상황에서 일을 크게 벌려 본들 아무 도움이 되지 않는다는 판단도 있었다. 명진의 병원 감금 사실을 아무도 모르고 있는 것처럼.

명진은 옥두와 병원에 갔던 그 이튿날 입원을 했다. 그리고 옥두는 매일 한 번씩 찾아가 명진을 면회했다. 의사의 말로는 많이 나아졌다고 했다.

"낫겠다는 의지가 남달라서 효과가 빠르군요."

의사의 말이었다. 그 말이 고마워서 열 번도 넘게 고맙다는 인사를 했었다.

병원 안에도 공중 전화가 있으니까 전화를 해 올 수도 있을 텐데, 명진은 단 한 번도 전화를 걸어오지 않았다.

그러면서도 빠지지 않고 면회를 가는 옥두를 기다리는 눈빛이었다. 그 애가 자신을 기다리고 있었다는 것을 옥두는 직감으로 느낄 수 있었다. 뭔가 쫓기는 것처럼 불안정한 눈빛도 차츰 사라지고 있었다. 그 애가 어려서 누구든 부러워했던 맑은 눈동자를 다시금 찾아내는 것 같아서 우선 고마울 따름이었다.

며칠 전 그러니까 그 애가 입원을 한 사흘 뒤였으리라. 의사는 옥두에게 그림 한 장을 보여주었다.

"여기선 글을 읽고 토론도 할 수 있고, 음악 감상도 할 수 있어요. 이렇게 그림을 그리면서 마음을 나타내기도 하구요."

의사가 보여준 그림은 뭔가 모르게 불안한 색채로 가득했다. 노란색과 보라색이 어지럽게 펼쳐 있고, 그리고 그 위쪽으로 새인지, 나비인지 알 수 없는 물체가 하나 그려져 있었다. 의사가 말했다.

"이 환자는 뭔가에 강하게 구속을 받고 있어요. 이 새는 날고 싶어하는 욕구를 나타낸 것이구요. 혹시 어린 시절의 이야기를 해줄 수 있을까요? 다른 뜻은 아니고 이 환자와는 경우가 다릅니다만 모든 정신질환을 앓는 환자 대부분이 유년 시절에 문제점이 있는 경우가 많거든요."

옥두는 젊은 의사의 얼굴을 똑바로 볼 수가 없었다. 자식을 이렇게 정신적으로 병들게 할 정도로 내버려두었느냐고 탓하고 있는 듯만 싶었던 것이다.

의사와의 면담이 끝나고 명진을 만났을 때, 옥두는 터지려는 오열을 참느라 자신의 허벅지를 꼬집어야 했다.

이런 것들을 해결하기 전에는 죽을 수도 없었던 목숨. 명진의 말대로 에미의 몫을 다하지 못해 죽음조차 용서받을 수 없었다는 죄책감 때문에 가슴이 터질 것만 같았다.

"어디 아프세요?"

명진은 걱정스레 물었지만 그것마저도 불편했다. 이제 세상 다 살은 에미 뭐가 걱정인가. 그래도 자식이라고 에미 걱정을 해주는 명진이 너무도 가엾고 딱했다. 왜 진작 저 애를 안아주지 못했을까. 저 애가 저토록 정신적인 빈곤에 시달리도록 그 가슴에 넣어준 것이 무엇이었던가.

세상에서 가장 소중한 것이 무엇이고 가장 귀한 것이 무엇인지, 다 죽을 때가 되어서야 깨닫다니.

옥두는 명진에게 눈물을 보이지 않으려 화장실로 갔다. 그리고 쏟아지는 물줄기에 눈물을 씻으며 참으로 오랜만에 남편을 찾았었다. 죽어서 이제 진토가 됐을 남편을.

"용이 아부지, 내 부탁 한 가지만 들어주시오. 살아 생전 나한테 해준 것이 아무것도 없어 미안한 마음이 있다면 그 빚 갚는 셈치고 내 소원 한 가지만 들어 주시오. 제발이지 우리 자식들 탄탄하게 세상에 뿌리 내릴 수 있을 때까지만, 그래요, 내가 뭔 힘이 있을까만 그래도 저것들 더는 갈대처럼 살지 않고 탄탄하게 살 수 있을 때까지만 나를 데려가지 말아요. 용이 아부지처럼 말솜씨 없는 사람이 염라대왕을 만난들 똑 부러지는 소리 한 마디도 어려울 테지만, 사정 좀 한 번 해봐요. 우리 자식들 제대로 살 수 있을 때까지만 나 좀 데려가지 말아 달라고. 더 살고 싶어 욕심내는 거 아니라는 거 누구보다 더 잘 알지요? 더 산 죗값으로 지옥으로 떨어져야 된다면 그리 하리다. 그러니까 제발 아무것도 해결되지 않았는데 날 데려가는 일은 하지 않게 해줘요. 당신이 못했던 일, 내가 다 마저 하고 가리다. 우리 둘이 버려놨던 자식들 당신 없더라도 내가 올곧게 해놓을 테니 내 목숨만 어떻게 좀 해주시오.”

세수를 하고 휴지로 눈을 꾹꾹 눌러 눈물을 빼내고 들어왔는데도 명진은 옥두의 얼굴에서 눈을 떼지 않았다.

“나 때문에 울었어요?”

그 한 마디가 왜 그렇게 슬프게만 들렸던지, 기어이 두 손에 얼굴을 묻고 꺽꺽 울고 말았다. 죽기 전에는 절대 자식들 앞에서 눈물 보이지 말자고 천 번 만 번 약속하고 다짐했으련만 주책없이 쏟아지는 눈물은 걷잡을 수가 없었다.

“엄마……”

명진이 다가와 옥두의 손을 잡았다. 차고 깡마른 손이었다.

그 손이 더 옥두의 눈물을 쏟아내게 만들었다.

"죄송해요, 엄마. 울지 마세요. 이제 저 괜찮아요. 고치려고 노력하고 있으니까, 걱정하지 마세요."

"그래, 미안하다. 왜 이렇게 눈물이 많아졌는지 모르겠다……."

그러면서 더 울었다. 젊어서는 제아무리 험한 일을 당해도 이 악물면 눈물 따위는 흘릴 필요도 없었으련만. 늙으면 눈물샘도 마른다는데 아닌 모양이었다. 다른 일도 아닌 자식들 문제 때문에 이렇게 눈물을 뿌리면 혹여라도 자식들 신세가 곤곤해질까봐 두려우면서도 걷잡을 수 없는 눈물을 식힐 방법이 없었다.

명진은 옥두의 손만 잡고 있었을 뿐이었다. 그것도 잠깐. 그리고는 우는 어미가 낯설었던지 다시금 불안한 시선으로 창 밖을 응시했다.

입원할 때보다 훨씬 더 평온해졌던 명진의 시선이 우는 에미 때문에 다시금 흔들리는 것을 발견한 옥두는 어쩔 줄을 모르고 당황했다.

"미, 미안하다. 왜 이렇게 너한테 사과할 일이 많은지 모르겠다."

명진이 내밀어 준 휴지에 눈물과 콧물을 닦으며 옥두는 진심으로 사과했다.

이제 저것들 가슴 속에 실꾸리처럼 뭉쳐져 있는 응어리들을 풀어주고 들어주는 것만으로도 시간이 부족한데 왜 자꾸만 감정을 드러내는지 모르겠다.

"이제 안 우마. 네가 그러고 있으니까 그냥 눈물이 나와서. 미안하다……."

천 번 만 번 미안하다고 사과를 해도 부족한 죗값.

그때, 보따리 장사를 할 때 명진을 양딸로 삼겠다고 했던 그 부잣집에 그냥 줄 걸, 하는 생각을 다시 했다. 그랬다면 부모를 그리워하며 살기야 하겠지만 부모 때문에 깊은 상처를 받는 일은 없었을 것이 아닌가.

명진은 아이들은 물론이고, 친정 식구 누구의 안부도 묻지 않았다. 차라리 다행스러웠다. 너덜너덜 찢어진 가슴을 혼자 꿰매고 있다고 여겨졌던 것이다. 자신이 똑바로 서지 않으면 누구 곁에도 갈 수 없다는 것을 그 애는 잘 알고 있는 듯했다.

옥두는 명진의 흩어진 머리카락을 쓸어 올려 주었다.

"아무 걱정하지 말고 마음 편하게 있어라. 아무 걱정하지 말고. 이제 엄마가 네 옆에 꼭 있을 거니까 절대 불안해하지 말고, 너를 미워하지도 말고. 네 잘못은 하나도 없다. 그저 이 에미가 못나 널 이 지경으로 만들었어. 왜 그걸 진작 몰랐는지……. 이제라도 알았다는 것이 얼마나 고마운 일이냐. 명진아, 이 에미가 죽더라도 널 지켜줄 테니까 절대 마음 약하게 먹어선 안 된다. 절대로."

명진은 한 마디도 대꾸를 보내지 않았다. 옥두는 그 애의 얼굴을 보지 않았다. 울고 있을까봐…….

옥두는 명진을 면회하러 병원으로 가려던 걸음을 경찰서로 옮겼다. 경찰서로 가면서 옥두는 두근거리는 가슴을 손바닥으로 눌렀다. 의사 말에 이러면 안된다고 했는데, 더럭 겁이 났다.

훈이가 사준 청심환 생각이 나서 가방을 뒤져보았다. 다행히 한 알이 있었다. 끼니를 잊어버려도 약 먹는 것만큼은 지극 정성으로 챙겨 먹었다. 약을 먹어 효과가 있을 수도 있겠지만 약을 먹었으니 이제 괜찮다는 위안도 적잖이 도움이 되었던 것이다.

물 없이 청심환을 씹어 목 안으로 넘겼다. 금방이라도 토악질이 나올 것 같았지만 눈을 꾹 감고 참아냈다.

어렵게 경찰서를 찾아갔지만 훈이를 만나지는 못했다. 면회가 안 된다는 것이다. 옥두 생각에는 안 되는 게 아니라 훈이가 에미를 만나지 않으려 하는 것 같았다.

훈이 생각이 그렇다면 굳이 만나려 애쓰지 말자고 자신을 타일렀다. 그 속인들 오죽하랴. 에미를 본들 속시원하게 해결되는 것도 없이 오히려 속만 더 탈 텐데.

"합의를 보시면 풀려날 수 있어요."

담당 순경은 옥두에게 그런 설명을 해주었다. 저쪽에서 요구하는 돈이 얼마인지 그것은 말하지 않았다. 아직 모른다고 했다.

훈이가 어쩌다 그 사람들과 싸움을 벌이게 됐는지 그 순경
은 자세히 알고 있었다.

"술집에서 그런 식으로 주먹 꽤나 쓰는 친구들을 고용해서
외상을 받아내기도 해요. 아마 할머니 아드님도 그런 모양이
에요."

늙은이가 좌불안석인 것이 안됐던지 순경은 의자까지 내어
주고 음료수도 한 잔 주었다. 옥두는 고맙다는 말만 했다.

피해자 주소와 전화번호를 수첩에 적고 경찰서를 나왔다.
먼저 전화를 걸까 생각하다가 직접 찾아가기로 했다.

늙은이를 보면 그 사람도 마음이 어느 정도는 풀어지지 않
을까 하는 바람이었다. 또한 전화를 하면 만나지 않으려고 자
리를 피할 수도 있겠다는 염려 때문이기도 했다.

별 고생없이 카센터를 찾을 수 있었다. 그러나 그 사람은
만날 수가 없었다.

"병원에 입원했어요."

기름때 묻은 점퍼를 걸친 청년이 퉁명스럽게 말했다. 그 청
년도 눈 아래 부분이 퍼렇게 멍들어 있었다. 옥두는 청년의
얼굴을 똑바로 볼 수가 없었다.

"저기, 어느 병원에 입원했는지, 그걸 좀 알 수 없을까요?"

"모른다니까요."

청년은 모른다는 말만 되풀이했다. 아마 옥두가 누구인지
다 알고 있는 듯했다.

아무 소득도 없었다. 옥두는 공중전화를 찾았다. 그리고 훈이네로 전화를 걸었다. 훈이 처의 목소리는 아침보다 더 힘이 없었다. 만삭인데 무슨 일이라도 생길까봐 오히려 옥두가 더 조바심이 났다.

"그쪽에서 요구하는 돈이 너무 커요. 천만원을 내놓기 전엔 절대 합의 안 해준다고 해요."

천만원?

옥두는 헉, 숨을 몰아쉬었다. 천만원이라는 큰돈을 만져 본 적도 없었는데, 그걸 어떻게 구한단 말인가.

"다만 절반이라도 들고 가서 사정을 하면 될지도 모른다고 사람들이 그러는데 그 돈은 또 작나요? 집에 한 푼도 없는데……"

통장에 돈 한 푼 없이 지내면서 무슨 돈으로 그 많은 것들을 사 날랐는지, 옥두는 며느리 볼 낯이 없어 자꾸만 말을 더듬었다.

"네가 마음 고생이 많겠구나. 너무 걱정하지 말어. 몸 다치니까."

그저 미안할 따름이었다. 에미한테 효도한답시고 저지른 일이었다.

죽을 수도 살 수도 없는 목숨, 모든 것이 한탄스럽기만 했다. 어쩌자고 이런 사고들이 기다린 것처럼 펑펑 터지고 있단 말인가.

공원에서 한동안 서서 저녁놀이 앉기 시작하는 하늘을 바라보았다. 볼을 쓰다듬고 지나가는 바람 속에 고양이 발톱 같은 겨울 바람이 숨어 있었다.

지난 긴 세월, 을씨년스러운 자신의 삶을 더 춥게만 하던 많은 겨울을 머리에 떠올려 보았다.

그러나 이상하리만큼 명확하게 머리에 떠오르는 것이란 딱 한 가지밖에 없었다. 남편 무덤 가에 피어 한겨울에도 마른 대궁을 흔들어대던 갈대.

그 갈대를 볼 때마다 옥두는 남편의 넋이 심심해 그렇게 세상에 구경 나와 있다고 믿었었다. 그래서 자식들이 뽑으려고 하면 기겁을 하고 막았었다. 그렇게 미워하고 원망스럽던 사람이 왜 이렇게 자꾸만 떠오르는가.

자꾸 생각하면 꿈에 나타날 것이고, 꿈에 보이면 좋은 징조가 아니라고 믿었기 때문에 될 수 있으면 생각하지 않으려 하지만 소용이 없었다.

아무리 싸우고 미워한 사이였어도, 그래도 지금 생각하니 그 남편의 품이 가장 편안하고 넉넉했던 것만 같았다.

남편이 떠난 뒤에 마음을 어디에 둘지 몰라 틈만 나면 빈 하늘을 쳐다보게 되던 까닭을 이해하지 못했었다.

그런데 이제서야 철이 드는 것일까. 그 사람이 밉건 곱건 네 자식들의 아비였고, 남편이었다는 것만으로도 가장 소중한 사람이었음을 이제는 알 것 같았다. 그 사람이 하늘이었다는 것을.

노을진 하늘을 향해 날아가는 새의 날갯짓이 몹시 평화스러워 보였다. 어쩌면 자신도 죽으면 저렇게 훨훨 날아 하늘로 가겠지.

남편의 숨이 끊어진 뒤, 염을 해주러 왔던 노인은 쌀 한 됫박을 갖고 오게 했다. 그리고 그 쌀을 바가지로 덮었다. 그런 뒤에 뭐라 한참 중얼거린 뒤에 바가지를 열었다.

"이 양반은 황새가 되어 날아가네요."

노인의 말이었다. 그리고 놀랍게도, 정말 놀랍게도 그 쌀 위에는 또렷한 새 발자국이 그려져 있었다. 그것도 하나가 아닌 세 개나.

그 뒤로 옥두는 황새만 보면 남편인가, 하면서 유심히 보는 버릇이 있었다. 지금 생각해 보면 유난히 긴 다리에 껑충한 등허리, 남편은 영락없이 황새걸음을 걸었었다는 것이 떠올랐다.

새, 노을, 하늘, 구름, 그런 것들을 아무런 생각없이 한동안 바라보았더니 마음이 한결 편안해졌다.

아마 인간이 죽으면 자연으로 돌아간다는 말은 이래서 나온 모양이었다. 이런 식으로 한참 자연을 바라보면 옥두 자신이 그 일부분이 되어 가는 기분이 되고는 했다. 점점 키가 작아져 땅에 엎드려 한 떨기 풀로, 물로, 바람으로 녹아드는 듯한 느낌.

　인간이 죽음을 두려워하지 않고 의연하게 받아들일 수 있는 것은 자연으로 돌아간다는 믿음 때문이 아닐까.

　공원을 나오면서 용이를 만나 훈이 이야기를 해야겠다는 생각을 해두었다. 그러나 그 생각은 길지 못했다. 용이에게 훈이 이야기를 어떻게 시작하여야 할지, 막막할 따름이었다.

　에미 털옷 사 주고, 용돈 주고, 맛난 과일이니 음식 사 들고 다니느라 돈이 필요했던 모양이다……. 그렇게 말해야 하는가. 옥두는 고개를 가로저었다.

　돈을 달라고 한 적도 없고, 털옷 사 달라고 한 적도 없고, 귀한 과일 먹고 싶다는 말을 한 적도 없건만, 훈이는 왜 그럴 수밖에 없었는지…….

　실업자 신세가 되어 눈에 띄게 늙어 가는 용이에게 차마 그 이야기를 할 수는 없었다. 퇴직금이야 있겠지. 그러나 그 돈 헐어 동생 합의금 해주자는 말을 어떻게 할 수 있으랴.

　가게에 들어가 과자 몇 봉지와 귤을 조금 산 뒤에 명옥이 집으로 가는 버스에 몸을 실었다.

　용이보다는 명옥에게 말을 해서 빚을 좀 얻는 것이 나을 것 같았다. 날이 따뜻해지면 몸도 어지간해질 것이고 그러면 험한 일은 아니더라도 계란 깨는 일이라도 해서 돈을 벌 수 있을 것이다. 그 일은 힘들 것도 없고 해서 동네 노인들 몇이 모여 그 공장에 소일 삼아 다니는 모양이었다.

　봄이 되면 수술한 심장도 별 탈 없을 것이 아닌가. 그럼 그 노인들 따라 공장에 다니면 되겠다는 생각이 옥두를 기운나게 했다.

명옥은 집에 없었다.

"어머니 시장에 가셨어요. 금방 오실 거예요."

문을 열어 준 수경이가 예의바르게 말했다. 옥두는 사 들고 온 먹을 것을 그 애 손에 넘겨주었다.

"고맙습니다."

수경은 깍듯이 인사를 하고 그걸 들고 부엌으로 들어갔다. 제 오빠 수민은 하루가 멀다 하고 학교를 결석하고 말썽을 피우는 모양이었지만, 수경은 아니었다. 남의 자식이라도 탐낼 정도로 반듯한 아이였다.

그러나 이상하게도 덥석 안아 궁둥이 토닥토닥 두들겨 줄 수 있는 그런 정이 가질 않았다. 그 애가 너무 이성적이어서가 아니었다. 남의 자식이라는, 나하고는 피 한 방울 나누지 않았다는 명백한 사실이 언제나 옥두를 한 발짝 물러서게 만들고는 했던 것이다. 그래서 피는 물보다 진하다는 말이 있나보다.

옥두가 이런 생각을 하는데 명옥은 오죽하랴.

그러나 명옥은 그런 것에 대한 불편함을 단 한 번도 털어놓지 않았다. 워낙 무슨 일이건 밖으로 내뱉기보다는 혼자 끙끙대다 꿀꺽 삼켜버리는 성격이었다. 순진한 것은 또 어떻고.

모르긴 해도 공장에 다니다 몸파는 짓거리까지 하게 된 경위도 그런 순진해 터진 성격 때문인 모양이었다. 친구 따라 강남간다고 친구 꼬임에 넘어갔다가 이러지도 저러지도 못할 곤경에 빠진 듯했다.

그걸 사위가 빼내주었고, 그리고 애들 새엄마로 들여 앉혔던 것이다.

수경이 틀어놓은 텔레비전을 아무 생각없이 들여다보고 있는데 명옥이 들어왔다.

"어머, 엄마!"

너무도 뜻밖이었는지 명옥은 시장 바구니를 든 채로 부엉이눈을 해보였다.

"어, 시장에 갔었구나?"

"예, 수민이가 감기 기운이 있어서 입맛이 없나봐요. 소꼬리 좀 사왔어요. 잠깐만요, 엄마도 오셨으니까 얼른 끓일게요."

명옥은 옥두가 말릴 겨를도 없이 부엌으로 들어갔다.

수경은 얼굴도 내밀지 않았다. 옥두는 일어나 수경의 방으로 가 보았다.

귀에 이어폰을 꽂고 공부를 하고 있던 수경은 옥두가 들어가 어깨에 손을 얹었을 때서야 고개를 들었다.

"아, 할머니?"

수경은 귀에서 이어폰을 빼고 방긋 웃었다. 잇속이 반듯해 웃으면 더 예쁠 텐데도, 그 웃음까지도 이상하게 억지로 만들어진 웃음 같은 느낌을 갖게 했다. 아마도 내 피가 섞이지 않았다는 서먹함 때문에 느끼는 거리감일 것이다.

"공부하느라 힘들겠구나."

"아니요. 힘 안들어요."

다시 말이 끊겼다. 외할머니라고 부르기보다는 그저 동네 할머니를 부르듯 하는 것도 편치 않기는 매일반이었다. 언제나 명옥을 엄마라고 부르기보다 어머니, 라고 부르는 것도 그랬다.

그래도 명옥이 이 집에 사는 이상 외할머니라는 생각을 갖게 해주려 될 수 있으면 가까이 하려고 간혹 전화를 하기도 하지만 지금처럼 두어 마디 말이 오고가면 더 할 말이 없고는 했다.

"오빠는?"

"네……."

수경은 잠시 말을 더듬었다. 또 무슨 사고라도 저질렀나 보다 싶어 명옥 걱정부터 되었다. 그 동안 수민은 걸핏하면 사고를 쳐서 명옥의 애간장을 다 녹이는 듯했다. 명옥 성품으로 보아 무조건 자기 잘못이라며 자책감에 빠질 것은 뻔한 일이었다.

"왜 또?"

또, 라는 말을 하지 말아야 하는데, 자신도 모르게 내뱉고 옥두는 아차 했다. 수경도 그 말이 싫었던 모양이었다. 표정이 약간 굳어지고 있었다.

"엄마한테 갔어요. 엄마가 서울로 이사를 왔다고 해서요."

엄마라니? 그때서야 옥두는 수경이 말한 엄마란 친엄마를 두고 하는 말임을 깨달았다. 피가 당기는 부모 자식간인데 가지 말라 말릴 수야 없는 노릇이지만, 왠지 모르게 불안했다.

"부산에 있다더니, 이사를 했구나?"

"예."

그럼 사위도 그 집에 드나들지도 모른다는 생각이 들었다. 그래서는 안되는데…….

이 집으로 들어와 명옥이 적응하기까지는 긴 세월이 필요했었다. 워낙 선하고 계산할 줄 모르는 순박한 성격 탓에 별 마찰없이 버텼지만, 언제나 혼자라는 외로움에 시달렸을 것이다.

"엄마, 수경이 공부해야 해요. 이리로 오세요."

명옥이 문 앞에서 불렀다. 옥두는 수경에게 공부하라는 말을 하기 위해 고개를 돌렸다. 그러나 그 애는 벌써 이어폰을 귀에 꽂고 책을 보고 있었다.

"수민이는 자주 친엄마한테 간다니?"

궁금하기보다 걱정이 되어 묻지 않을 수가 없었다.

"말을 안 해서 잘은 모르지만 아마 그럴 거예요."

"그럼 쟤들 아버진?"

"……."

명옥은 대답하지 않았다. 그 침묵이 옥두의 가슴을 다시 철렁 내려앉게 만들었다.

"왜?"

"자식이 있는데 어떻게 왕래를 끊을 수 있겠어요."

"그 여자도 뻔뻔하다. 자식들 다 내팽개치고 바람나서 나갈 때는 언제고 고생고생해서 살림 일구고 자식들 번듯하게 키워놨더니……."

"수경이 들어요, 엄마. 그런데 웬일이세요?"

"에미가 오면 안 되냐?"

그렇게 대꾸는 했지만, 불편하다는 이유로 발걸음도 잘 하지 않다가 부탁하자고 왔다는 것이 여간 켕기지를 않았다.

"엄마가 하도 오랜만에 우리 집에 오니까 신기해서 그래. 그런데 왜 명진이 집에 가서 계시는 거예요? 몸도 안 좋으시면서."

"명진이 그것이 너무 힘들어 하길래 옆에 좀 있어 주려고."

"엊그제 전화가 왔는데 내가 바빠서 오래 통화를 못했어요."

"다른 말은 않고?"

"네. 그냥 목소리 듣고 싶어서 했다나요."

옥두는 입을 다물었다. 명옥은 명진이 병원에 입원한 사실을 눈치채지 못한 것 같았다. 알아도 상관이야 없겠지만, 아무리 부모 형제라도 몰라도 되는 것은 모르게 하는 것이 낫다는 생각이 들었다. 그 애가 퇴원을 하고 정상인으로 산다고 해도 옆에 있는 사람은 더러 그 사실을 기억할 것이고, 그러다 보면 명진이 부당한 대접을 받을 수 있는 일도 생길 것이 아닌가.

더 염려스러운 것은 며느리들이 명진의 일을 아는 것이 싫었던 것이다. 모두 반듯하게 열심히 살고 있는 며느리들이 딸의 흉허물을 알게 되면 뭐라 말은 않겠지만, 아무튼 싫었다. 그래서 아무리 잘해도 시어머니고 며느리인 모양이었다.

"사람 오래 살고 볼 일이대. 명진이 그 깍쟁이 입에서 목소리 듣고 싶었다는 말이 다 나오고. 내가 당황해서 헛소리를 할 뻔했다니까."

명옥은 사과를 깎아 수경 방에 들여다 놓고 다시 옥두 앞에 앉으며 웃었다. 옥두는 사과 한 쪽을 포크로 찍어 입에 넣었다. 사과 맛이 소태였다.

얼마 전까지만 해도 옥두도 명진을 이성적이고 차가운 성격으로 보았었다. 간혹 저 애가 내 뱃속에서 나왔나, 하고 반문할 정도로 그 애는 빈자리를 주지 않았었다.

하지만 이제는 알 것 같았다. 그 애는 자기 안의 슬픔이 너무 컸기 때문에 울음으로 가득 찬 가슴을 남에게 들켜 버릴까 봐 그토록 차갑게 굴었던 것임을.

의사와 상담을 할 때 그 의사는 옥두에게 말했었다.

"굉장히 정적이고 가슴이 따뜻한 성격이에요. 그런데 그걸 밖으로 내보이질 않는 거죠. 두려워서 그런 것 같습니다.”

제 눈도 아닌 남의 눈을 통해 자식의 마음을 읽는다는 것이 얼마나 미안하고 죄스러운 기분인지 말로 설명할 수가 없었다. 저절로 얼굴이 후끈거렸다.

“이런 사람일수록 쉽게 가슴을 다쳐요. 너무도 깨끗하기 때문이죠. 누가 말 한 마디만 해도 상처를 입고 쩔쩔매는 스타일이죠. 저런 사람은 누군가 따뜻하게 감싸주면 쉽게 치유될 수 있어요. 우선 자기 자신이 더 중요하기도 하지만요.”

의사는 그런 것도 모르면서 어떻게 어머니라고 할 수 있느냐고 나무라는 것만 같았다. 그래서 더욱 얼굴을 들 수가 없었던 것이다.

“실은, 부탁이 있어서 왔다.”

옥두는 더 이상 망설이다가는 그냥 일어서고 말 것 같아 얼른 입을 열었다. 명옥이 옥두를 쳐다보았다.

“실은, 돈이 좀 필요하다. 내년에 내가 어떻게든 갚아줄 테니, 빌려줄 수 없겠냐?”

“엄마가 무슨 돈이 필요해서요?”

“으응, 저기 훈이가 사고를 쳤댄다. 이제 마음 잡고 잘 사나 보다 했는데 누굴 두들겨 패서 이빨이 부러졌나 보더라.”

“훈이는요?”

“지금 경찰서에 있다. 합의금을 해줘야 풀려난단다.”

“아니, 아직도 주먹질이래요? 나이가 몇인데 아직도 싸움질이나 하고 다닌단 말예요?"

주먹질, 싸움질, 하는 소리가 너무 듣기 싫었다. 모두 내 자식이지만 이 자식이 저 자식 흉보는 것 싫고, 저 자식이 이 자식 흉보는 것 싫은 것이 부모 마음 아닌가.

"아직도 정신 못차렸으면 정신 좀 차리게 놔두세요. 그렇게 속을 썩이고 그것도 모자라서 또 사고를 쳐요?"

그 애 때문에 속 썩고 산 것이 별로 없다는 말을 하려다 옥두는 입을 다물었다. 모두 어디서 잘못되었는지 가슴만 답답하지만, 이제는 돌이킬 수 없을 정도로 어긋나 있었다. 그걸 누가 잘못이고 옳았다고 따진들 무슨 소용인가.

"돈 없어요, 엄마. 그리고 오빠는 뭐하고 엄마가 이런 아쉬운 소리를 하고 다녀야 해요? 몸도 성치 않은 노인네가?"

"오빤 모른다. 공연히 마음쓰게 할 것 같애서."

또 공연한 말을 했구나, 후회했지만 이미 늦어 있었다. 명옥의 얼굴이 잠깐 일그러지고 있었다.

"엄마 마음은 알겠지만 이제 오빠가 나서야 할 일은 나서게 하세요. 이제 어린애가 아니잖아요."

아직도 제 오래비만 감싸고 도는 것으로 알았는지 명옥의 목소리가 약간 떨렸다. 그렇게 많은 것들을 빼앗아 큰아들한테 다 주고 아직도 모자라느냐고 묻고 있는 것만 같았다. 그러나 네 오빠가 실직을 했단다, 하는 말을 할 수는 없었다.

아무래도 괜한 걸음을 한 것 같았다. 큰딸이라 무슨 말이든 그래도 털어 놓고 하는 편이었는데, 오늘 일은 정말이지 경솔했던 것만 같았다.

그렇지만 그 많은 돈을 어디서 구한단 말인가. 차가운 방에서 한숨이나 푹푹 쉬고 있을 훈이 생각에 옥두는 다시금 말을 잃고 말았다.

"실은……, 집에 돈이 없기도 해요. 다른 데서 빌린다고 해도 그래요. 엄마가 무슨 힘이 있어서 내년 봄에 갚아요?"

"훈이가 벌어서 갚겠지."

날 따뜻해지면 계란 깨는 일을 다닐 거라고 말을 하려다 옥두는 얼른 훈이 핑계를 댔다.

그냥 가겠다는 옥두를 명옥은 부득부득 붙잡아 앉혔다.

"그냥 가면 어떻게 해요."

명옥은 이내 압력솥에 푹 고아 낸 꼬리곰탕을 한 사발 들고 들어왔다.

"먼저 드세요. 저는 애들이랑 먹을래요."

명옥은 자신이 했던 말이 후회스러웠던지 자꾸만 옥두에게 말을 붙였다.

"병원에서 곰탕 먹지 말라고 했지만, 제가 알아보니까 조금씩은 괜찮대요. 기름기 너무 안 먹으면 오히려 힘 떨어져서 큰일이잖아요."

그러면서 국물에 소금, 후추, 파, 마늘을 듬뿍 넣어주었다.

"여기다 김을 찢어서 넣어 먹으면 별미예요."

아무리 됐다고 해도 명옥은 국에 김까지 찢어 넣고서야 물러앉았다. 입맛이 없기는 해도 오랜만에 속이 후련하게 뜨거운 국물을 훌훌 불어가며 먹었다. 김을 넣어서인지 맛이 그런대로 좋았다.

이런 상황에서도 목에 국이 넘어가고 밥이 넘어간다는 것이 여간 민망스럽지가 않았다. 그러나 옥두는 한 그릇을 다 비우고 조금 더 먹었다. 명옥 말대로 많이 먹어 기운을 내야 살아 있을 힘이 생길 것이고, 자식들 일도 해결할 수 있지 않겠는가.

버스 정류장까지 배웅을 하면서 명옥은 다시 한 번 미안하다는 말을 덧붙였다.

"엄마 마음 편하게 해주고 싶지만 사정이 안 좋아요. 실은, 애들 엄마한테 식당을 차려준 모양이에요."

"누가?"

"누구긴요. 어머니 사위죠."

명옥은 그렇게 말해 놓고 속도 좋게 웃었다.

"저한테 말은 안하는데 돌아가는 눈치가 그래요. 애들 엄마가 잘 살아야 저도 마음이 편할 것 같애 모르는 척하고 있어요."

"그럼 그 사람도 거길 드나든단 말이야?"

뭔가 모르게 불안했다.

"잘은 몰라요."

이야기는 거기서 끊겼다. 옥두가 탈 버스가 저리로 오고 있었다.

"곰탕 아주 맛있게 잘 먹었다."

"엄마가 우리 집에 와서 음식 맛있게 잡수시고 간 적이 없었는데, 내 기분이 다 좋으네."

명옥이 깔깔 웃었다.

그래, 그렇게 속없이 웃기라도 하면서 살면 되는 것 아니겠니. 어디 세상이 웃을 일이 많아야 말이지. 울 일도 눈물 꾹 참고, 속없다는 말 듣더라도 빈 웃음 짓고. 그러면서 살다 보면 세월이 갈 것이고 마음 괴롭히는 일도 해결될 것이고.

말을 안하고 있어서 별 탈없이 사는 줄로만 알았었다. 그런데 옥두가 모르고 있는 고민을 명옥 혼자 안고 있다는 사실이 한동안 마음을 어지럽혔다.

자식들 모두 제 앞감당도 못 가리고 쩔쩔매며 살고 있는데, 혼자 복받은 삶인줄 알았던 병원에서의 일이 떠올랐다.

부모가 되어 자식들이 어려움에 빠져 있어도 아무런 도움을 줄 수 없다는 것이 너무도 서글펐다. 이래서 부모 노릇은 아무나 할 수 있는 게 아니라고들 말하나 보다.

버스에서 내려 한동안 그 자리에 서서 어쩌면 좋을지, 방법을 이리저리 생각해 보았다. 도리가 없어 보였다. 용이 도움을 받는 것밖에는.

반지를 팔아 마련한 돈이 그런대로 있었지만, 그걸로는 턱도 없었다. 그리고 그 돈은 명진 입원비로 써야 할 것이었다.

의사는 이 상태로는 보름 정도면 퇴원해도 된다고 했지만, 만약 그 애가 원한다면 더 있게 할 작정이었다.

다른 환자들은 어떻게든 그곳을 탈출할 꿈에 보호자가 나타나면 비굴할 정도로 사정하기도 하던데, 명진은 아니었다.

너무도 편안한 표정이었다. 오히려 밖에서 있을 때보다 살도 올랐고 곧잘 웃기도 했다. 그리고 그곳이 편하다고 했다.

다른 방의 짓궂은 남자들이 자기를 괴롭혀서 간호사한테 일러버렸다는 말도 했다.

"간호사가 그러지 마세요, 한 마디만 해도 그 사람들은 꼼짝 못해요. 굉장히 무서워하거든요. 일단 여기가 사회로부터 격리된 곳이라고 여겨서 그런지 그렇게 우락부락한 남자들도 약한 간호사 앞에서는 이빨 빠진 호랑이 같다니까."

그리고 웃었다. 그 애가 그렇게 맑은 웃음을 터뜨리는 것이 기특해 옥두는 자꾸만 말을 시켰었다.

"여기서도 연애 편지가 오고 가기도 해요. 나한테도 왔는데 내가 뭐란 줄 아세요? 이봐, 내가 빨리 시집갔음 너 같은 아들이 있어. 알겠어? 오호호호."

하루에 한 번씩 산책을 나가기는 해도 그 병실 어디에도 저런 웃음을 심어 줄 수 있는 것은 없어보였다. 모두 겉은 멀쩡한데 뭔가 모르게 불안해 보이는 눈동자들, 그리고 대책없이 횡포를 부리다가도 의사와 간호사만 보면 비굴한 웃음을 흘리는 사람들.

그러나 명진은 별로 우습지 않은 이야기를 하면서도 견딜 수 없다는 듯, 맑게 웃어대는 것이었다.

비타민 같은 알약을 주는 것 외에 바깥 세상과 격리를 시킨다는 것밖에 별다른 치료법도 없었지만 명진은 좋은 보약을 써서 빠르게 치유되는 사람처럼 나날이 좋아지고 있었던 것이다.

훈이 일 때문에 마음이 무겁기는 하지만 차츰 밝아지는 명진의 얼굴을 생각하니 마음이 흡족했다.

이제라도 그 애한테 에미 노릇을 할 수 있게 되었다는 것은 얼마나 다행스러운 일인가.

밤바람이 차가웠다. 옥두는 파란불이 켜지기를 기다렸다가 횡단보도를 건넜다. 날씨가 더 추워지기 전에 훈이를 빼내야만 했다.

조금만 있으면 남편의 제삿날이었다. 그 날만은 자식들 모두 앞세우고 남편의 무덤을 찾아갈 생각이었다.

나중에 자식들 앞장세우고 무덤에 꼭 찾아가겠다고 했던 약속을 잊고 있었는데, 이제야말로 자식들을 모두 한자리에 모이도록 해야 하는 분명한 이유가 있었다.

이런 식으로 자식의 일들을 하나씩 하나씩 해결할 수 있을 때까지만이라도 제발 눈을 감는 일은 없기를, 옥두는 마음 속으로 다시 한 번 빌었다.

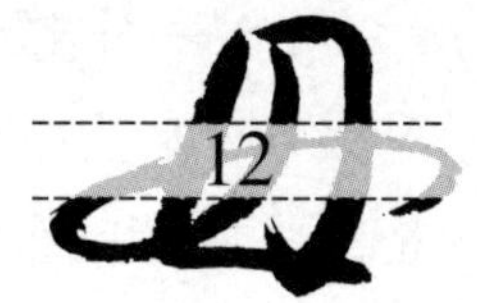

오늘 어머니는 오지 못하는 모양이었다.

명진은 자꾸만 창 밖으로 시선을 돌리는 자신을 발견하고 피식 웃는다.

마치 장에 간 어머니를 끊임없이 기다리느라 딴 짓을 못하는 꼴이었다. 친구들과도 어울리지 않고, 공부도 하지 못하고……

오후에 있을 그림 그리기 모임에도 참석하지 않았다. 주로 어머니가 다녀가신 뒤로 그 프로그램이 시작되는데, 오늘은 마음이 잡히지를 않아 참석하지 않았던 것이다.

명진은 창틀에 고개를 묻고 밖을 내다보았다. 많은 사람들이 오가고 있었다. 그들은 이곳에 감금되어 있는 사람들과 전혀 다른 부류의 사람들 같았다. 바쁘고, 분주하고, 슬프고, 고달프고.

여기 있는 사람들의 생각들은 거의가 단순한 편이었다. 한정된 공간에 갇혀 있다는 것 때문이기도 하겠지만, 아침이면 눈을 뜨고, 저녁이면 잠을 자고. 때때로 독서 토론을 하거나, 음악 감상을 하거나, 그림 그리기도 하지만 그런 것들도 지극히 정상적으로 단순해지기 위한 준비 과정으로 보여지고는 했다.

마음 속의 번민이 사람들로 하여금 술을 마시게 하고, 정신 질환을 앓게 하는 것이 아닐까. 이 폐쇄된 공간은 마술을 부리는 것처럼 사람들의 모양 꼴을 갖춰 놓는 것이다.

간호사, 의사 모두 정신적으로 불안정한 사람들을 상대하기에는 너무도 연약해 보일 정도로 곱상한 모습들이었다. 그러나 이곳에 갇힌 사람 모두 그들을 무서워하지 않는 사람은 없었다.

엊그제만 해도 그랬다. 얼마 전에 입원한 어떤 남자가 간호사에게 행패를 부리기 시작했다. 약을 먹지 않고 혓바닥 밑에 감추었다가 들켰던 것이다.

이상하게 그 약을 먹으면 졸립고 기운이 없어서 종일 비몽사몽 잠들어 있게 되는 모양이었다. 그 남자는 그 약을 먹지 않고 몇 번 그런 식으로 혓바닥 밑에 감추었다가 이상하게 여긴 간호사에게 들통이 나버린 것이다.

"씨벌, 내가 싫다는데 왜 지랄들이야, 지랄이. 여긴 자유 민주주의 국가라구!"

험상궂은 남자는 당장이라도 간호사에게 폭력을 쓸 것처럼 인상을 구겼다. 그리고 잠깐의 난동이 있었고, 건장한 남자 네 명이 달려와 그 남자를 붙들었다. 그리고 그는 주사를 한 대 맞아야 했다. 그리고 아주 깊은 잠에 빠졌다가 그 다음 날에서야 깨어났다.

"안녕하세요?"

그 남자는 이제 그 간호사만 보면 허리부터 굽실거렸다. 한 대의 주사, 그리고 네댓 명의 건장한 남자.

아무리 구제 불능의 환자라도 이곳에서는 순진해질 수밖에 없는 것이다.

그래도 마음은 편안해서 좋았다. 특히 매일 누군가 자신을 면회 온다는 것이 은근히 기다려지는 즐거움이 되었다. 그것도 어머니가 오는 것이다.

처음에는 어머니의 돌변한 태도가 도무지 믿어지지 않았다. 낯설기까지 했다.

어머니가 누군가. 평생 당신의 한밖에 사랑할 줄 모르는 사람이었다. 큰오빠에 대한 사랑마저도 당신의 한풀이에 대한 대가로 삼았을 정도이니까.

그러나 요즘의 어머니는 너무도 변해 있었다.

명진은 비로소 얼굴을 들어 어머니를 볼 수 있었고, 그 표정 안에 숨겨진 은은한 미소를 발견할 수 있었다. 예전에도 그곳에 있었는데, 미처 발견하지 못했었는지, 아니면 어머니가 대수술을 받은 후에 정신적인 변화를 일으켰는지, 그건 알 수 없었다.

하루도 거르지 않고 명진을 찾아오는 어머니를 뵐 때마다 이번에는 반드시 알코올 중독자라는 불명예스러운 훈장을 떼고 새 출발 하리라는 각오를 새롭게 다질 수가 있었다.

그게 이상했다. 어머니가 자신을 찾아오는 횟수가 더해질수록 더더욱 어머니가 그리웠다. 그리고 은근히 장난질을 치고 싶어지는 마음도 생기는 것이었다. 어제 그린 그림만 해도 그랬다.

종이에 먼저 날갯짓이 힘찬 새 한 마리를 그렸다. 그리고 그 주변은 온통 쪽빛의 바다 색깔로 덧칠했다. 그런 뒤에 그 쪽빛보다 조금 연한 색으로 그 새를 감추었다. 마치 보물을 감춰 놓는 것처럼.

만약 의사가 그 그림을 어머니한테 보여준다면 어머니는 슬그머니 웃음을 깨물 거라고 여겼던 것이다. 그 연한 쪽빛 속에 감춰진 새를 발견하고서 말이다.

그리고 어머니가 그 새를 발견한 순간 그 새는 훨훨 날갯짓으로 창공을 향해 날아갈 것이라는 상념은 명진의 기분을 아주 즐겁게 만들어 주었었다.

그런데 오늘 어머니는 오지 않았다. 며칠 전부터 무슨 걱정이 있는지, 간혹 말문을 잃고 멍하니 밖을 내다보고 있었기 때문에 여간 신경이 쓰이는 것이 아니었다. 무엇보다 어머니 건강이 나빠진 것은 아닐까, 걱정이 되었던 것이다.

어머니는 괜찮다고 했지만, 심장이 안 좋은 사람에게 추운 날씨는 치명적이 될 수도 있다는데, 어머니가 여간 걱정스러운 것이 아니었다.

명진은 이번에 나가면 어머니의 털옷을 한 벌 사야겠다는 생각을 해두었다.

늘 이런 식이기는 했었다. 어머니가 입으면 예뻐보일 만한 옷이나 따뜻하고 편해 보이는 신발이 있으면 만지작거리고는 했었다. 그러나 정작 사지는 않았다.

아무리 기쁜 마음으로 사다 드려도 어머니는 조금도 기뻐하지 않고 반가워하지도 않을 것이라는 체념 때문이었다. 오히려 이런 걸 왜 사 왔느냐고 타박을 할 것만 같았던 것이다.

별로 마음에 안 들더라도 자식이 사다준 물건은 그 마음까지 헤아려 고마워하고 기뻐할 줄 아는 어머니.

그건 명진이 가장 바라고 그리워하던 어머니였다.

남편과의 사이는 이제 돌이킬 수 없을 정도로 심각해져 있었지만 어머니한테는 말하지 않았다. 심각한 상황이 어디 이번뿐인가.

며칠 후면 있을 시아버지 생신이 걱정되었다. 저번 추석에도 다른 형제들은 아무도 오지 않아 시부모와 명진 식구만 차례를 지냈었다. 이유가 어디에 있건, 그런 대명절에 형제들이 한 명도 모이지 않았다는 것만으로도 명진을 지치게 만들어

버렸다.

　어머니가 결혼을 반대했던 까닭을 이제서야 이해할 수 있었으면서도 원망은 사라지지 않았다. 그런 식으로 자신을 사면초가로 만들지 않았다면 절대 그런 결혼을 하지 않았을 것이라는.

　생신이 되기 전에 퇴원을 해야 하고, 퇴원을 하면 남편이 만나고 다니는 여자의 일도 정리하도록 해야 하고.

　엄마만 보면 무조건 엄마 죽어! 악을 쓰는 자식들에게는 또 어떻게 해야 하는가.

　갑자기 머릿속이 혼미해지면서 손이 후들거렸다. 명진은 먹구름처럼 다가오는 그 많은 얼굴들을 지워내려고 도리질을 쳤다.

　또다시 예감되는 불길함. 그들과는 아무리 노력해도 불가능하다는 두려움 때문에 명진은 후들거리는 가슴을 진정시킬 수가 없었다.

　늘 이런 식이었다. 그들은 욕설을 퍼붓고 제멋대로 행동을 하고서도 이내 잊었다. 하지만 명진은 잊을 수가 없었다. 송곳으로 가슴을 찔러 하나 하나 심어 놓은 것처럼, 그들의 얼굴만 봐도 사색이 되고 가슴이 뛰었다.

　그런 지옥 같은 상황에서 명진 자신을 구출해주는 것은 단 한 가지, 술밖에 없었던 것이다.

　어머니가 옳든 그르든, 어머니는 시집 식구에게만은 각별

했다. 너무도 각별했기 때문에 자식들에게는 무관심할 수밖에 없었으리라.

명진도 그래야 되는 줄 알았었다. 큰며느리는 더더욱 그래야 하는 줄 알았다. 그러나 알고 있다는 것과 행동으로 옮기는 것에는 너무도 큰 거리감이 있었다. 그들은 명진에게 무조건적인 희생과 이해만을 요구하고 있었고, 남편은 아내와 형제, 부모 사이에서 무능하리만큼 수수방관하고 있었다.

그걸 헤쳐나갈 능력을 배우지 못한 명진에게는 그들의 말 한 마디, 행동 한 가지 모두 비수가 될 수밖에 없었다.

시어머니는 텔레비전 연속극에서 등장한 큰며느리를 보고 배우라는 말을 했다. 그저 해바라기 같은 웃음을 짓고 아무리 속이 썩어도 괜찮아요, 자신을 감출 줄 아는 그런 며느리.

그런 텔레비전 연속극의 횡포를 명진은 용납할 수 없었다. 어떻게 인간이기를 포기하고 그런 맹목적인 희생만을 하면서 살 수 있는지, 이해할 수 없었던 것이다.

원인은 언제나 그들에게 있었다. 그리고 결과는 명진에게 있었다. 원인이 무시된 결과만이 그들이 따지는 잘잘못이 되는 셈이었다.

무엇보다 그들과 어울릴 수 없는 것은 명진의 심한 낯가림이나, 까닭없는 피해의식이기는 했다. 결국 명진이 인정할 수밖에 없는 것은, 자신의 헝클어진 내면이 정돈되지 않는 한, 절대 그들과 어울려 살 수 없으리라는 예감이었다.

여기를 나간다고 해도 해결될 수 있는 것은 아무것도 없었다. 그러나 한 줄기 바람처럼 신선하게 마음으로 다가오는 것이 한 가지 있었다. 어머니였다.

이제는 어머니가 절대 낯설지도 않았고, 멀게만 느껴지는 거리감도 많이 줄어들었다. 어머니와의 관계가 이토록 쉽게 변화할 수 있으리라고는 짐작도 못한 일이었다. 기계 톱니바퀴 사이에 낀 것 같은 작은 먼지 하나를 제거했을 뿐인데…….

세상 일은 그렇게 복잡하지도 머리 아플 일도 없을지 몰랐다. 마음 먹기에 따라서 훨씬 더 간단하고 쉽게 풀릴 수도 있지 않을까.

어쩌면 어머니는 지금 그 쉬운 답을 명진에게 알려 주기 위해 매일 이곳에 오는지도 몰랐다. 병든 몸으로.

시집 식구들과의 문제도 어머니의 그 답 안에 다 들어 있을 것만 같았다. 기름처럼 둥둥 떠 있지만 않고 함께 섞일 수 있는 그 어떤 것.

노크 소리가 났다.

"네."

명진은 창틀에서 몸을 돌리며 대답했다. 어머니일지 모른다는 생각이 우선 들었다.

그러나 뜻밖에도 언니였다.

"어?"

어머니 말로는 아무에게도 말하지 않았다는데, 명진은 일순간 당황하고 말았다.

저번에는 어머니 병원 문제 때문에 자신이 입원한 사실을 알릴 수밖에 없었다. 그러나 이번만은 어머니와 둘이서만 알고 지나가기를 바랐었다.

하다 못해 남편까지도 모르길 바랐던 것이다. 그래야 자신이 새 출발하는데 도움이 될 것 같아서였다.

"얼굴 좀 보고 싶어서."

명옥이 가볍게 농담을 던지며 다가왔다. 저번에 전화를 해서 목소리 좀 듣고 싶어서, 했던 말 때문이리라.

"어떻게 알았어?"

"네 집에 갔더니 아무도 없잖아. 엄마한테 물었더니 솔직히 말씀해주셨어."

"내가 말하지 말라고 했거든."

"미안하구나. 언니가 되어 도움 하나 못 되어 주고."

"그런 소리 하려고 왔어?"

언니라고 하지만 오래 떨어져 살았던 탓인지 살갑게 다가갈 수가 없었다. 늘 뭔가 불편했다. 아무리 어머니가 학대를 해도 바보처럼 고분고분하기만 하던 언니가 어떻게 해서 몸파는 일까지 하게 되었는지 알려고 하지도 않았지만 그것마저 어머니 탓으로 보여져 까닭없이 화만 났었다.

왜 그렇게 만사가 뒤틀려 있기만 했는지, 쓴웃음이 나왔다.

"괜찮니?"

명옥은 엉거주춤한 자세로 서 있었다. 손에는 가방 하나가 들려 있었다.

"어딜 가?"

명옥은 의아해서 물었다.

"아니."

"근데 그 가방은?"

"으응, 남대문 시장에 가서 옷 좀 샀어. 애들 겨울옷이야."

명진이 웃었다.

"언닌 신기해. 어떻게 뱃속으로 낳은 자식도 아닌데 그렇게 잘 할 수 있지?"

"기른 정도 있으니까. 얼마나 예쁘게 컸는데."

그렇게 말하는 명옥의 눈빛은 너무도 맑았다. 명진은 깜짝 놀라고 말았다. 명옥의 터무니없는 맑은 눈빛 때문이었다.

"난 그 애들을 보면 너무 기쁘고 좋아. 세상이 그 애들을 나한테 선물로 주었다고 여길 정도로."

아이들 이야기를 하면서 너무도 환해지는 명옥의 얼굴을 똑바로 바라볼 수가 없었다. 그런데 나는 뭔가. 아이들 생각이 났다.

"너한테 많이 미안해. 여기 오면서 후회 엄청 했어."

"왜? 언니가 뭘 잘못했다고 미안해?"

"너한테 참 무심했거든. 어쩜 네가 이렇게 힘들어 하는 건

내 탓이 클지도 몰라. 너한테는 엄마나 내가 거울이 될 테니까. 내가 정상적으로 살지 않았던 것, 그리고 엄마, 모두 너한테 상처가 됐겠구나 생각했어. 그래서 윗사람 노릇하기가 힘들다고 하나 봐.”

무슨 말을 하고 있는 것일까, 명진은 명옥의 말을 애써 듣지 않으려고 했다. 자신의 삶과 그들과는 이제 관계가 없다고 여기고 싶었으므로. 그렇지 않으면 자신은 영영 남의 탓, 원망이나 하면서 살게 될지도 몰랐다. 이제는 모든 잘못을 남에게 돌리기보다 스스로에게 있다고 여기자고 다짐했는데.

“네가 마음을 어디에도 못 붙이고 살 수밖에 없었던 까닭을 이젠 알겠어.”

자라면서 형제지간이라고 해도 싸움 한 번 한적이 없었다. 그건 우애가 좋아서가 아니었다. 무관심이었다. 있어도 그만, 없어도 그만인 관계.

그랬다. 그랬기에 병원에 입원을 하고 있으면서도 언니가 찾아오리라고는 꿈에도 생각하지 않았던 것이다. 세상의 모든 것들은 뭔가 크게 어긋난 것 때문에 전부 다 잘못되어 가고 있는 듯한 피해망상. 그런 것들을 어떻게든 제대로 해놔야겠다는 각성보다는 그럴 수만 있다면 피하고 맞닥뜨리지 않기를 바라며 살았을 뿐이었다.

그런데 지금 언니는 병원까지 찾아와 미안하다고 사과를 하고 있는 것이다.

"엄마가 아무도 몰래 널 병원에 입원시키고 혼자 가슴앓이 하고 있다는 걸 알고 얼마나 울었는지 몰라. 큰딸인 나한테까지 숨길 수밖에 없었을까, 생각하니까 엄마가 너무 가엾더라. 평생 그렇게 마음 고생만 하고 사셨는데, 자식들이 다 컸어도 외롭게 혼자 버티셔야 하다니."

명진은 시선을 돌려 다시 창 밖을 내다보았다. 눈이 올 모양이었다. 하늘이 이만큼 내려와 앉아 있었다. 그리고 그 사이로 사람들은 새처럼 오고갔다. 그들의 자유스러움에 눈이 시렸다. 언니의 말에 눈이 시린 것이 아니라, 분명히 내려앉은 하늘과 땅 사이에서 새처럼 오고가는 사람들 때문에 눈이 시렸다.

"예전에는 엄마를 많이 미워했는데 지금은 아니야. 그냥 가엾고 딱해. 평생 호강 한 번 못하고 사셨잖아. 하다못해 어린 시절부터. 서모 밑에서 살면서 시집가서라도 행복하게 살아야겠다고 얼마나 다짐했겠니. 하지만 엄만 단 한 번도 행복하질 못했어. 지금도 그렇고."

어머니가 지금도 불행한 것은 자신 때문인 것만 같아 명진은 몸둘 바를 몰랐다.

"훈이가 얼마 전에 사고를 쳤어. 누굴 때려서 경찰서에 갇혀 있어. 합의를 해야 하나봐."

"훈이가? 왜? 엄마는 그런 말씀 안하셨어."

"그랬겠지. 돌아가시려고 그러는지, 옛날에 우리 엄마가

아니드라. 뭐든 당신 탓으로 돌려. 모두 당신이 잘못해서 그
런다고 말씀하셔. 정말 돌아가시려나 봐. 사람이 변하면 죽는
다던데."
　"엄마는 지금 어디 계셔?"
　갑자기 어머니가 너무도 보고 싶었다. 목이 메이게. 어머니
목을 부여안고 한없이 울고 싶었다. 어머니를…….
　"너희 집으로 가신다고 했어. 내가 여기 간다고 했더니 고
맙다고 하시더라. 자식인데 왜 고맙다는 말까지 하셨는지. 나
랑 같이 병원에 오면 네가 불편해 할지 모른다고 내일 오신다
고 했어."
　"우리 집에 아무도 없는데, 왜 거길 가셨어?"
　"며칠 있다 너네 시아버지 생신이라며? 집안이 엉망이라
치워야 된다고 하시드라."
　까닭없이 화가 치밀었다. 아니, 눈물이었는지도 모르겠다.
대뜸 쏘아부치듯 목청을 높이고 말았다.
　"내일 모레면 퇴원하기로 했는데 노인네가 무슨 청승이
야!"
　명진의 고함 소리에 명옥은 입을 다물었다. 그러다 한참 후
에 다시 입을 열었다.
　"엄마를, 너무 미워하지 마. 그럼 너만 괴로워. 부모란 옆
에 있어 주기만 해도 그 역할을 충분히 해낸 거라고 누가 그
러드라."

명옥은 의자에 걸터앉으며 고개를 숙였다.

"우리 애들을 보니까 느끼겠어. 내가 아무리 잘해줘도 바람 피우고 화투나 치면서 밥도 제대로 안해줬던 엄마가 더 좋나봐. 애들, 그 집으로 다 가버렸어."

"형부는?"

"말은 안하지만 그 속이 오죽하겠니."

명옥은 눈물을 그치고 어색한 웃음을 지었다.

"여기까지 와서 심란할 텐데, 내가 속없는 짓을 했구나."

그러나 명진은 아무 말도 할 수 없었다. 깊이를 알 수 없는 슬픔 때문이었다. 어머니, 명옥, 그리고 훈이, 오빠, 그들의 모든 슬픔이 한꺼번에 덩어리가 되어 가슴에 얹어지는 듯만 싶었다. 한 번도 알려고 하지 않았고, 깨닫지도 못했던 것들이었다.

"네 얼굴 봤으니까 갈래. 그래도 형제가 좋긴 좋구나. 너를 보니까 든든한 거 있지."

명옥은 가방을 들고 몸을 일으켰다. 가방이 무거워 보였다.

13

겨울이 무르익도록 해결된 것이란 아무것도 없었다.

하지만 따지고 보면 해결되지 않은 것도, 해결하지 않으면 안 될 일도 없었다.

옛날, 아무것도 해결되지 않아도 세월이 갔고, 그러다 보면 알지도 못한 상태에서 모든 일이 끝나고 새로운 일이 시작되고 있었던 것처럼.

명진은 퇴원을 해서 집으로 돌아갔다. 그리고 지금은 별 탈 없이 지내는 모양이었다. 그렇게 간단하게 풀릴 일들은 아니더라도 어쨌건 풀려고 노력하는 것만이라도 다행스러웠다.

또 훈이의 일은 용이 처가 해결할 수 있게끔 해주었다. 훈이가 전화를 해서 알았는지, 용이가 말을 했는지, 아무튼 통장과 도장을 옥두 앞에 내놓았던 것이다.

"필요한 것만큼 꺼내 쓰세요. 나중에 서방님한테 제가 받을 테니까 걱정하지 마시구요.”

“아범이 그러라고 허든?”

그 날, 그러니까 경찰서에 갔다 오던 날, 용이를 기다렸다가 그런 사정 말을 했었다.

그러나 용이는 버럭 화부터 내었다.

“그 자식 대체 나이가 몇이래요?”

나이가 스물이건, 열이건, 그걸 왜 따져야 하는지. 우선 사람부터 꺼내놓고 볼 일이라고 생각했던 것과 달리 용이는 너무도 화를 내고 있었던 것이다.

“콩밥 좀 먹어야 정신 차릴 놈이에요. 놔두세요!”

그렇게 말하는 용이 표정은 너무도 차갑고 무서웠다. 옛날 남편이 자신을 구타할 때 지어 보이던 그 무서운 표정과 너무 흡사했다.

“대체 언제까지 제가 그 자식 뒤치닥거릴 해야 해요? 제 나이가 몇인데요?”

도대체 해준 것이 무엇이냐고 따지고 싶었다. 그러나 속이 떨려서 말이 되어 나오질 않았다.

“지쳤어요, 지쳤다구요!”

큰아들이 그런 식으로 화를 내는 모습을 처음 보았었다. 에미가 말을 하면 무조건 네, 하거나 그러지요, 하는 대답이 전부였었다. 그런데 어떻게 그럴 수가…….

“이 에미 위해서 해준다고 생각하면 되잖아.”

간신히 사정조로 그렇게 말했을 뿐이었다.

"다른 사람 이빨 부러뜨리고 그걸 보상하는 건데 어떻게 어머니가 쓴다고 생각할 수 있죠?"

그러고는 휑하니 집을 나가 버렸었다.

서운해서 견딜 수가 없었다. 그래서는 안되는데, 어떻게 그렇게 나올 수 있는지.

그 동생들이 어떻게 살았는지 모르고 있는 것도 아닐 터인데, 그럴 수는 없다 싶었다. 그럴 수만 있다면, 네가 가지고 있는 것들 모두 동생들 몫일 수도 있으니까 그걸 반만 떼어 주라는 말을 서슴없이 해주고 싶었다.

그러나 차마 입을 열어 그런 야멸찬 소리는 할 수 없었다. 자식은 서슴없이 가슴에 칼을 꽂는 소리를 할 수 있어도, 부모는 그래서는 안 된다고 자신을 타일렀다.

용이는 그 날도, 그 다음날도 돌아오지 않았다.

"갑자기 출장을 가게 되었나 봐요."

용이 처는 아무것도 모르는지 편안하게 그렇게 말했다. 그러고는 통장과 도장을 옥두 앞에 내놓았던 것이다. 용이가 말을 해서 그렇게 했는지, 어쨌는지 알 수는 없었지만, 아무튼 눈물이 나올 정도로 고마웠다.

"내가 나중에 몸이 나아지면 공장에라도 다녀서 갚아 주마."

옥두는 간신히 그렇게 말했다. 그 말에 용이 처가 깜짝 놀라는 표정을 지었다.

"그런 말씀하시면 제가 마음이 편하겠어요? 어머니 몸도 안 좋으신데 공장에 가서 일해서 갚는 돈 받을 수 있겠어요?"

하긴 그렇다. 옥두는 공연한 소리를 해서 용이 처 마음만 언짢게 한 것은 아닐까 걱정이 되었다. 이래서 늙으면 눈치만 빤해지나 보다.

자식들하고는 솔직히 핏줄이 당기는 아픔만 클 따름이었다. 그랬기에 이 나이가 되도록 자식들이 이상하게 어깨 위에 얹어진 짐처럼 느껴지고는 했다. 하기사 자식 나이 환갑이 넘어도 어머니 눈에는 철부지 어린것으로 보이기 마련이다. 차 조심해라, 밥 먹기 전에 물 한 모금 마시고 꼭꼭 씹어 먹어라, 감기들라 옷 두껍게 입어라, 하는 참견은 입에서 나오는 소리가 아니라 가슴이 저절로 그렇게 울리는 것이다. 둥둥 저절로 울리는 북소리처럼.

그것이 며느리와 자식의 차이였다. 자식 일은 좋건 나쁘건 살이 아프지만, 며느리는 솔직히 아니었다.

오히려 늙어갈수록 자식보다 마음적으로 더 의지가 되는 것이 며느리였다.

같이 절에 다니던 할머니가 작년에 심하게 앓았었다. 의사는 장례 준비를 해둬야겠다는 말을 할 정도로 심각했다.

그 할머니야말로 그 많은 자식들 놔두고 며느리가 당신 종신 자리를 지켜주기를 바랐던 모양이었다.

저녁 늦은 시간이면 자식들한테는 어여 가 자라고 내쫓다시피 했지만, 며느리가 집에 가서 옷 좀 갈아입고 오겠다고 해도 매달렸다는 것이다.

"그냥 옆에 있었으면 좋겠다."

그게 며느리였다. 늙은이한테 며느리란 그렇게 마음 든든하게 의지하고 싶어지는 대상인 것이다.

그 할머니의 심정을 옥두는 너무도 잘 이해했다. 만약 자신도 그런 상황이 된다면 분명히 용이 처한테 그렇게 말했으리라. 그냥 옆에 있어 달라고.

아직 용이 처는 용이가 어떤 곤경에 빠져 있는지 모르는 듯했다. 이래저래 마음 편할 일이 한가지도 없었다. 하루하루가 가시 방석이었다.

어쨌거나 훈이 일을 해결할 수 있게 되었다는 것만 우선 다행스러웠다.

하지만 산 넘어 산이라는 말은 옥두를 두고 하는 말 같았다. 그 날 그 자리에서 훈이 주먹을 맞은 사람 중에 다른 사람은 합의를 하겠다는데 카센터 사장만은 아직도 화가 안 풀린 듯했다.

거기다 곰으로 여행을 떠나고 없어 만날 수도 없었던 것이다. 도리없이 카센터 사장이 돌아와야 훈이 일은 마무리가 될 것 같았다.

명진과 훈이 일이 그럭저럭 해결이 되겠구나 안심했는데 이번에는 명옥이, 그렇게도 말없이 열심히 살던 명옥이 집을 나갔다는 연락이 왔다.

가지 많은 나무에 바람 잘 날 없다더니, 살기 바빴을 때는 미처 상상도 못했었던 일이 여기서 불쑥, 저기서 불쑥 터지고 있었다.

그러나 옥두는 그것마저도 자신이 감당해야 하는 업으로 여겼다. 진 죄가 많아 그 죗값으로 이러는 거라고.

남은 평생 걸려 해야 하는 마음 고생을 이렇게 땜질할 수 있다는 것이 오히려 고마울 지경이었다. 그리고 자식들한테 미안했다. 에미 잘못인데, 그것들이 모두 그 대가를 치르고 있는 듯만 싶었던 것이다.

명옥은 명진의 병실을 한 번 면회간다고 하더니 그 길로 집을 나간 듯했다.

하지만 에미가 걱정할까봐 그 다음 날 전화를 걸어왔었다.

"여기 엄마가 나 어렸을 때 데리고 다녔던 그 절이에요. 마음도 식힐 겸 왔으니까 걱정마세요."

어려서 데리고 간 절이라면, 고향에 갔다는 뜻이었다.

"거길 왜 갔어?"

옥두는 걱정이 되어 물었다. 그러나 명옥의 목소리는 경쾌하기만 했다.

"왜 오긴. 엄마 오시랠라구 그랬지. 엄마 수술 성공하면 여기 오기로 약속했었잖아."

　너무도 쉬운 말에 옥두도 어이가 없어 웃고 말았다. 명진 말로는 애들이 모두 친엄마한테 가고 없다고 하던데.

　"며칠 있다가 온다고 했으니까 걱정하지 마세요. 방학도 됐고 그러니까 잠깐 가 있겠다고 했어요. 제 엄마인데 왜 안 그러겠어요."

　"그런데 왜 절에까지 갔어?"

　"언제 제가 구경 한 번 했나요? 잘됐지, 뭐. 이 기회에 좀 한가하게 놀다 가죠. 애들 뒤치다꺼리하느라고 한 번도 못 쉰다고 엄마가 뭐라고 하셨잖아요."

　세상일이 그렇게 간결했으면 얼마나 좋으랴. 명옥의 말대로 마음 편하게 별 일 아니라고 믿자고 자신을 타일렀다.

　못난 부모 만나 마음 고생, 몸 고생 가장 많이 한 자식이지만, 그래도 옥두는 명옥을 믿었다. 절대로 허튼 짓을 할 사람이 아니라는 걸.

　믿었기 때문에 이번 일이 더 가슴 아팠다. 그 애는 분명히 이런 생각을 했으리라. 남편을 비롯한 자식들이 행복할 수 있는 것이 무엇일까를.

　수민이가 불량 학생으로 낙인이 찍히고 학교를 들락날락거리는 것까지도 명옥은 몸둘 바를 몰라 했다. 엄마가 그리워서 그랬다고 믿는 것 같았다.

　"세상에서 아무리 부어도 넘치지 않는 게 부모 정 같애. 근데 그렇게 마음 여린 애가 엄마 때문에 얼마나 마음 고생을 했겠어요. 그걸 해결할 수 없으니까 말썽을 부리고 생떼를 부리고 그러겠지."

자신이 아무리 애를 써도 안되는 부분이 있다는 것이다.

"그건 기른 정이니, 낳은 정이니 하는 말로 설명할 수가 없어요. 부모는 자식에게 인간이 아니더라니까. 마음의 신이라는 생각이 들어요."

세상을 부초처럼 둥둥 떠다니면서 참 많이도 어른이 되었구나, 싶었다.

부모는 인간이 아니라는 말은, 옥두의 마음에 오래도록 머물렀다.

그리고 정신을 놓아버린 딸을 업고 고개 마루턱을 넘으면서 친정 아버지가 내쉬었던 한숨은 지금도 또렷하게 기억할 수 있었다.

"아무 걱정 말어라, 옥두야. 애비가 있는데 뭐가 무서워."

하얀 두루마기에 하얀 고무신. 친정 아버지가 세상을 떠난 뒤 옥두는 한동안 하얀 색깔만 봐도 눈물이 나고는 했었다. 그리고 갑자기 세상이 텅 비어버린 듯한 허전함 때문에 남모르게 참 많이도 울었었다. 제대로 찾아간 적이 한 번도 없건만 아버지가 세상에 안 계신다는 것만으로도 자꾸만 어깨가 주저앉고는 했었으리라. 그런데 명옥은 그걸 벌써 느끼고 깨달은 것이다.

명옥이 집을 나가 고향 부근의 절로 간 것을 옥두는 너무도 잘 알 수 있었다. 그 애는 분명히 남편과 아이들, 그리고 생모를 생각했을 것이다. 자신이 빠진다면 그들은 다시금 모여 화목하게 살 수 있을텐데, 하는.

하지만 그럴 수는 없었다. 마음 따뜻한 남편 곁에서 살아야 그 아이가 불쌍하지 않았다.

명옥은 언제 오느냐고 자꾸만 물었다. 아이들이 돌아올까봐 오래 머물 수 없다며. 옥두는 꼭 가마고 약속했다. 누가 오라는 말 안해도 한번은 가려고 했었다. 오랜만에 고향 나들이 하는 셈치고 명진도 데리고 가려던 참이었다.

병원에서 나와 집으로 곧장 들어가는 것보다 에미와 고향 나들이라도 하고 돌아온 것처럼 하는 것이 훨씬 그 애한테 편할 것 같았던 것이다.

그래서 오늘은 무슨 일이 있어도 용이에게 마음을 털어놓으리라고 다시 한 번 다짐했다. 그래야 고향 길이 홀가분할 것 같았다. 아직 훈이 일이 남았기는 하지만, 어쨌든 그 일은 그 사장이 돌아와야만 가능했다. 그 안에 명옥을 먼저 데려오는 것이 옳았다.

무엇 때문에 용이가 실직 사실을 그렇게 숨기고 있는지 여전히 이해할 수 없었다. 그러나 더는 기다릴 수가 없었다. 혼자 끙끙 앓느라 댓개비처럼 말라가는 모습을 더는 볼 수가 없었던 것이다. 집에 들어오는 것까지도 불편했을까.

먼저 맞는 매가 낫다는 말이 있다. 그래, 부모 자식간에 못할 말이 어딨고 하지 말아야 할 말이 어딨겠는가.

그러나 마음만 조급할 뿐, 용이에게서는 전화 한 통 걸려오지 않았다.

다른 자식들이 제아무리 바람 앞 촛불처럼 흔들려도 용이만은 아니었다. 언제나 굳건한 나무 한 그루처럼 거기 서 있고는 했었다. 그 나무는 옥두의 바람막이 노릇을 하고도 남음이 있었다. 아무리 힘겨워도 영차, 그 가지에 매달리면 넓은 세상이 보이는 듯했고, 가슴이 트이는 것 같았다.

그런데 그 아들이 흔들리고 있었다. 용이의 흔들림을 처음에는 믿을 수가 없었다. 그러나 모든 것을 버리고 다시 보았을때, 아, 당연하구나, 하는 생각이 들어 이제는 용이가 안쓰러울 따름이었다.

살면서 그렇게 흔들림을 당해야 하는 일이 어디 한두 가지였겠는가. 그러나 용이는 그것마저 사치로 여겼던 것이다. 그래서 조금도 흔들림이 없는 나무처럼 굴었던 것이다.

참 이상했다. 인간에게는 마치 홍역을 치르듯 치러야 하는 것들이 많았다. 부모의 사랑도 받을 만큼은 받아야 하고, 슬퍼하는 것, 절망스러워하는 것, 모두 어느 만큼씩은 겪어야 하는 것 같았다.

어려서 홍역을 안 하면 죽어서라도 한다더니, 용이가 그랬다. 젊어서 겪어야 하는 갈등, 절망을 지금 겪고 있는 것이라 생각하니 마음이 한결 느긋해졌다.

그래, 그런 것들을 겪어야 온전한 한 인간으로 인정받을 수 있다면, 굳이 마음 아파하고 안쓰러워할 필요가 있겠는가. 오히려 어른다운 어른이 되어 가는 것이라 여기자. 그래서 더 탄탄하고 배짱있는 인간으로 성장한다고 믿자. 마치 자신이 나이 예순이 넘어 자식들의 마음을 읽고, 그 자식들에게 반드시 했어야 할 일을 이제사 깨닫고, 그들을 가슴으로 껴안아주지 못한 것을 후회하고 반성하고 있듯이. 못난 에미처럼 이 나이에 홍역을 겪느니 차라리 지금 겪을 수 있다는 것이 얼마나 다행한가. 이 어미처럼 다 자란 자식한테 미안해하고 죄스러워하지 않기 위해서라도…….

그렇게 생각하기로 했다.

명진도 병원에서 나온 뒤로 많이 나아진 것 같기는 하지만, 아직 해결되지 않는 것이 너무 많아 힘들어하는 것이 역력했다. 그러다 또 사고 저지르면 큰일이었다. 차라리 집을 떠나 머리라도 식히고 오면 훨씬 모든 일을 부드럽게 받아들이고 해결할 수 있을 것이다.

얼마만에 가는 고향인가. 딸자식들 거느리고 고향 땅을 구경할 생각을 하니, 벌써부터 기대가 되었다.

가자고 들면 마음먹기에 따라 언제든지 갈 수 있는 고향이지만, 이상하게도 이번 귀향이 마지막이 될 것만 같았다.

가서 시어머니, 시숙의 무덤도 찾아보고, 그 동안 소원했던 친정 쪽도 한번 가봐야 할 것 같았다.

작년부터 치매 증상이 나타나더니 이제는 사람 얼굴도 제대로 못 알아본다던 서모 일도 궁금했다.

하도 동화책에서나 봄직한 못된 계모 짓만 했기 때문에 미워했었는데, 세월이 좋긴 좋았다. 그 미움 다 봄눈 녹듯 사라지고, 이제는 가서 손이라도 한번 잡아주고 싶은 따뜻한 마음이 드니…….

생각 같아서는 일찍 집을 나가 명진 집으로 가려고 했었다.

명진이 올 수도 있겠지만, 아무래도 사위 눈치, 사돈 눈치를 안 볼 수가 없어 찾아가 좀 데리고 바람 좀 쐬고 오겠다고 허락을 받으려던 참이었다. 미리 말은 해놨으니까 어려울 것은 없을 것이다.

하지만 생각과 달리 열시가 넘어서야 집을 나설 수가 있었다. 어젯밤 술이 곤죽이 되어 들어온 용이가 그때까지 깨어나지 않았던 것이다.

안방으로 들어가 아범아, 서너 번 불러 보고 놀라지 않게 가만히 어깨를 흔들어 보기도 했지만, 용이는 죽은 듯이 잠만 잤다. 아직도 술냄새가 온몸에서 풍겼다.

대체 얼마나 마셨길래. 이렇게 용이가 술을 많이 마신 적은 한 번도 없었다.

오늘은 일요일이다. 용이는 오늘은 일요일이니까 출근하는 척할 필요가 없다는 안도감으로 더 마셔댄 듯했다.

남편은 말술도 마다하지 않는 술고래였고, 술에 취하면 아무데서나 널브러져 잠이 들고는 했다. 그러고는 누군가 자신을 깨우면 그 깨운 사람한테 길길이 뛰며 난동을 피웠다. 내 돈 내놔라, 내 신발 왜 훔쳐 갔느냐, 술취한 사람이라고 이런 시궁창에 사람을 밀어넣어도 되느냐…….

술취한 정신에 그런 시비거리를 그렇게 잘 끄집어낼 수 있다는 것이 신기할 정도였다. 그리고 누군가 평상시에 섭섭한 소리를 했거나 불쾌한 일이 있었으면 술을 마시고 찾아가 미주알고주알 따지는 건 정말이지 대책이 없을 정도였다. 그 버릇은 고향에서는 없었는데, 서울로 옮겨 온 뒤 생긴 버릇이었다. 정말이지 대책이 없는 술버릇이었다.

물 빠진 사람 구해줬더니 보따리 내놓으란다고, 생판 모르는 사람이 술취한 남편한테 선심을 썼다가 혼줄이 나는 건 예사였던 것이다.

그걸 보고 자란 탓인지, 용이는 술이라면 겨우 입에 대는 정도로만 먹었다. 그런데 요즘 매일 술이다시피 하는 것이다.

"제가 깨어나면 이야기 할게요. 그나저나 어머니 추운데 집 나서시게 했다고 저 아범한테 혼나지 않을까 모르겠네요."

용이 처는 옥두가 자기 입장 생각해서 용이한테 직접 말을 하려고 하는 줄 알았던 것 같았다.

"정말 괜찮으시겠어요? 저는 안 가셨으면 좋겠는데."

"아니다. 명옥이, 명진이 걔들이 방학 아니면 언제 나랑 여행하겠냐. 지금 안 하면 또 내년으로 미뤄질 거다."

"날 따뜻해지면 제가 모시고 갈 생각이었는데."

"아서라. 나 혼자 가는 것도 아니고. 두 딸이 옆에 있는데 지 에미 하나 건사 못하겠냐? 걱정 말고 애비 깨어나면 말 잘해. 싫은 소리 듣지 않게."

"아이고, 정말 안 가셨으면 좋겠는데……."

용이 처는 엘리베이터 앞까지 나와 자꾸만 옥두가 마음을 바꾸기를 바랐다. 두 번 세 번 걱정하지 말라는 말로 다독여도 용이 처는 부득부득 따라와 택시를 잡아주었다.

"제발 끼니 거르지 마시고, 약도 잘 챙겨 잡수셔야 해요."

옷을 여며 주고, 목에 두른 스카프를 다시 묶어 주고. 그런 며느리가 너무 고마웠다. 역시 말년 복이 좋다는 말이 맞았다. 이렇게 마음 써 주는 며느리가 옆에 있다는 것이 얼마나 고마운 일인가.

"너무 걱정하지 마라. 여러 가지 신경쓰게 해서 미안하구나."

옥두는 며느리 손을 꼭 잡아주었다.

옥두는 택시 안에 앉아 멀어지는 며느리를 향해 손을 까불었다. 추운데 용이 처는 얇은 스웨터 하나만 걸치고 있었던 것이다.

"어여 들어 가."

여기서 말을 해도 들리랴만, 옥두는 아직도 거기 서 있는 며느리를 향해 자꾸만 손을 까불어댔다.

생각 같아서는 사거리에서 택시를 내려 버스로 갈아타고 싶었다. 명진 집까지 가려면 택시 요금이 꽤 나올 것이라는 계산 때문이었다. 용이도 놀고 있는데 늙은이가 그런 푼돈 아까운지 모르고 써서는 안될 것 같았던 것이다.

그러나 간곡하게 말하던 며느리 생각이 나서 가만히 있었다. 정말 몇 푼 아낀다고 하다 무슨 일이라도 일어나면 자식들 못할 일만 시키는 꼴이 될 수도 있지 않은가.

날씨가 추운 탓인지, 거리가 한적했다. 덕분에 생각보다 훨씬 더 빠르게 명진 집에 도착할 수 있었다.

대문이 열려 있었다. 아마 에미가 올 줄 알고 미리 열어 놓은 것이려니 생각하고 옥두는 거리낌없이 안으로 들어갔다.

그런데 현관문도 방문도 모두 열려 있었다. 그리고 마루는 발 디딜 틈이 없을 정도로 어지러웠다. 좋은 일은 아닐 것이다. 옥두는 직감적으로 불길한 예감에 빠져들며 허겁지겁 신을 벗고 안으로 들어갔다.

"명진아!"

그러나 아무런 대답도 없었다.

아이들도 뛰어나오지 않았다.

역시 예감대로였다. 명진은 방 안에 쓰러져 있었다. 술에 취한 채로. 명진 주변으로 많은 술병이 나뒹굴었다.

뒤통수를 얻어맞는 듯했다. 어쩌다 또 이렇게 되었는가.

옥두는 명진의 몸을 일으켰다.

"명진아, 명진아! 이것아, 정신 좀 차려!"

명진은 눈을 뜨지 않았다. 죽은 듯이 눈을 감고 있었다. 옥두의 손 안에서 명진은 검불처럼 흐느적대기만 했다.

"명진아!"

옥두는 두려움으로 악을 쓰며 명진을 흔들었다.

"……."

명진은 희미하게 눈을 떴다. 얼마나 울었는지 눈이 퉁퉁 부어 있었다. 명진은 핏발이 빨갛게 앉은 눈동자로 옥두를 보았다.

"어떻게 된 거야? 이 술이 또 뭐야, 응?"

"……."

"아이고, 이것아. 무슨 일이 있어도 술만은 입에 대면 안되지."

그렇게 나무라면서도 힘없이 꺾어지기만 하는 명진의 고개 때문에 눈시울이 뜨거웠다.

부엌으로 나가 물을 떠다 명진의 입술에 대어주었다.

"물 좀 먹고 정신 차리자, 응?"

그러나 명진은 물을 입에 머금을 기운조차 없어 보였다.

“어떻게, 어떻게…….”

가슴이 뜨거워 말이 제대로 나오지를 않았다.

“엄마…….”

명진은 간신히 그 말을 내뱉었을 뿐이었다. 입으로 한 소리
가 아니라, 뼈를 간신히 열어 그런 소리를 만들어 낸 것 같았
다. 죽을 힘을 다해.

“그래, 그래. 명진아, 어쩌다 네가 이렇게 됐어, 응?”

눈물이 쏟아져서 명진의 얼굴을 똑바로 볼 수가 없었다. 어
쩌다 내 자식이 이렇게 되었는가. 가슴에서 피가 흘렀다. 옥
두는 명진을 꼭 안아주었다.

“명진아, 명진아…….”

명진의 목을 껴안고 이름만 불렀다.

“엄마…….”

명진은 다시 눈을 뜨고 옥두를 올려다보았다. 아까보다 조
금 정신이 드는 모양이었다.

“그래, 에미다. 에미야.”

옥두는 꺼칠해진 명진의 얼굴을 손바닥으로 간절하게 쓰다
듬어 주었다.

“모두 가버렸어, 모두. 나만 놔두고.”

나만 놔두고. 명진은 같은 말을 되풀이하고는 헉, 울음을
터뜨렸다. 다시는 그칠 것 같지 않은 울음이었다. 너무도 울
다 지쳐 이제는 울음소리를 낼 기운도 없이 그저 새처럼 껄껄

대는 소리만을 토해낼 따름이었다.

"명진아……."

옥두는 온몸을 떨어대는 명진을 안고 자꾸만 등을 다독여주었다. 어떻게 하면 울음을 그칠 수 있겠니. 어떻게 해야 네가 울음을 그칠 수 있겠니.

"다…… 가버……렸어, 나만…… 놔두고……."

닭똥 같은 눈물이 옥두의 손등으로 떨어질 때마다 가슴으로 그보다 열 배는 더 깊은 골이 패였다.

"울지 마라, 아가. 울지 마. 다 안 갔어. 에미가 여기 있는데 누가 다 갔다는 거냐."

옥두는 명진의 몸을 안고 흔들어주었다. 명진의 울음소리가 차츰 잦아지고 있었다.

"에민 어디 안 간다. 절대 안 간다."

옥두는 볼을 타고 흐르는 눈물을 주체하지 못하고 명진의 머리카락에 눈물을 뿌렸다.

명진은 옥두 품에 안겨 한없이 울었다. 울다 정신이 들면 다 가버렸다고, 일러바치듯 헉헉대고 다시 울었다. 울기 위해 그 말을 하고, 그 말을 하기 위해 우는 것처럼.

그러다가 잠이 들었다.

명진이 잠든 뒤, 옥두는 어지럽혀진 방 안에 망연자실 앉아 있었다. 병원에서 퇴원한 뒤 마음 잡고 그런대로 살아가고 있는 줄 알았었다. 사위도 아이들을 데리고 집으로 돌아왔고,

시아버지 생신 상을 차려야 한다며 부산하게 수산 시장까지 다녀오기도 했었다. 그런데 어디서 또 잘못되었길래…….

아무리 훑어보아도 다른 식구들의 흔적이 보이질 않았다. 아이들의 장난감도 보이질 않았다. 사위는 또 아이들을 데리고 본가로 가버렸단 말인가.

아무리 못마땅하기로 자식을 낳은 아내가 아닌가. 그런데 어떻게 이렇게 무심할 수 있고, 매정할 수 있는지, 작은사위의 행동에 치가 떨렸다.

아직까지는 그래도 무슨 일이건 대충 넘어갈 줄 모르는 명진 성격 탓이 많은 줄로만 알았었다. 그러나 부엌에 가면 며느리 말이 맞고, 안방에 가면 시어머니 말이 맞는다고, 누구의 잘잘못을 따지기 전에 서로 덮어주고 보듬어 줘야 하는 부부가 아닌가.

죽기 살기로 결혼 반대를 했던 것도 바로 이런 것에 대한 불길함 때문이었다. 책임질 줄 모르고 무모하게 감정만 앞세울 것 같아서. 당장 사위가 앞에 있다면 이렇게 어리석을 수밖에 없느냐고 따지고 싶었다. 망가진 내 딸자식 어떻게 보상할 거냐고 따지고 싶었다.

마루 천장에는 이런 저런 것들이 어지럽게 걸려 있었다. 솜에 색깔을 입혀 실로 묶어 천장에 길게 늘어뜨리고, 색색들이 풍선도 있었다.

아마 명진은 아이들을 기쁘게 해주기 위해 저런 것들을 만

338

들었을 것이다. 그러나 이미 바람이 빠져 쪼글쪼글한 몰골의 풍선처럼 저 애는 돌이킬 수 없는 상황으로 자꾸만 치닫고 있는 것이다.

병원에 입원하는 횟수가 많아질수록 술을 끊겠다는 결심도 그만큼 얕아질 수밖에 없다던 의사의 말이 떠올랐다. 이번에도 실패하면 영원히 알코올 중독자로 남을지도 모른다고.

명진은 눈 한 번 뜨지 않았다. 속이 얼마나 탈까, 걱정이 되어 간혹 흔들어 깨워 물을 먹이기도 했지만 정신은 여전히 들지 않았다.

약국에 가서 링거 주사액을 사면서 주사 놓는 사람을 부탁했다.

명진은 링거를 꽂고 두 시간이나 지난 뒤에 정신을 차렸다. 긴 잠을 자고 난 사람처럼 기운이 하나도 없는 얼굴로 옥두를 보았다.

말은 하지 않았다. 그냥 소리없이 베갯머리에 눈물만 뿌렸다. 눈물에 말이 몽땅 녹아 버린 것만 같았다. 옥두는 무슨 말이든 해서 명진을 위로하고 싶었지만, 말이 되어 나오질 않았다. 입을 열면 또 오열이 터질 것 같아 입술만 깨물고 있었다.

이건 너무 가혹했다. 설령 옥두 자신의 죗값으로 자식이 이런 마음 고생을 해야 된다고 해도 그랬다. 세상 사람 누가 그렇게 완벽하게 실수하지 않고 잘못하는 일 없이 에미 노릇을 할 수 있으랴.

화가 나서 견딜 수가 없었다. 이제 눈물이 바짝 마르고 치밀어 오르는 울화 때문에 손이 덜덜 떨렸다.

어디서부터 손을 써야 옳은가. 아무리 생각을 거듭해도 묘안이 없었다. 사위를 우선 만나야 할 것이다. 그러나 오늘은 일요일이었다. 사돈댁에 전화를 걸어 뭐라고 할 것인가. 무고하신지요? 별 일 없으셨지요? 다름이 아니라, 혹시 우리 사위 거기 있습니까?

그런 형식적인 인사치레를 거쳐야 한다는 것부터가 끔찍했다. 대뜸 그 자식 바꿔, 하는 막말이 나가도 시원찮을 일인데, 옥두는 한숨만 푹 내쉬었다.

부엌으로 다시 들어가 본 옥두는 깜짝 놀라고 말았다.

"세상에!"

하얀 상보로 덮어진 식탁에는 그릇그릇마다 음식이 담겨 있었다. 생선회, 갈비, 나물, 잡채, 더덕구이, 생선…….

음식들은 상한 것도 있었고, 곰팡이가 슨 것도 있었다. 손 하나 까딱하지 않은 채 고스란히 담겨져 있는 그릇의 음식들이 그간의 사태를 잘 말해 주고 있었다.

시아버지 생신 날 명진은 상을 차려놓고 식구들을 기다렸을 것이다. 하지만 아무도 나타나지 않은 것이 분명했다. 사위마저도.

사람이 살다 보면 크고 작은 감정이 모래알 씹히듯 할 수도 있을 것이다. 그러나 이건 너무 심각했다.

옥두는 방으로 들어왔다. 명진은 힘없이 눈을 감고 있었다.

"명진아!"

옥두는 명진의 이름을 단호하게 불렀다. 명진이 이쪽을 바라보았다.

"어떻게 된 일이냐?"

"……"

"말을 해봐."

"……"

"시아버지 생신 날, 왜 아무도 안 왔니?"

"……"

명진은 말을 잃어버린 사람 같았다. 그저 멍하니 눈을 뜨고 천장을 응시하고 있다 무슨 소리가 나면 표현할 수 없을 정도로 불안정한 눈빛을 해보이는 것이었다.

"저 술 한 잔만 주세요. 속이 타서 죽겠어요."

가까스로 입을 열어 한다는 소리가 술이었을 뿐이었다.

"이것아, 술 때문에 병원 신세까지 지고선 또 무슨 술이야, 술은! 죽자고 작정했어!"

옥두는 소리를 꽥 질렀다. 그러나 명진의 불안정해 보이는 눈빛은 사라지지 않았다.

"죽을 수 있음 죽어버렸음 좋겠어."

목소리에는 아직도 취기가 묻어 있었다.

자식이 되어서 에미 앞에서 죽고 싶다는 말을 할 때, 그 말을 듣는 에미 마음이 어떨지, 자식들은 전혀 헤아리지 않는다. 그 말이 얼마나 억장이 무너지게 하는지를.

"살기 싫으면 안 살면 될 일이다. 에미 앞에서 죽는다는 말은 안했으면 좋겠구나."

옥두는 애써 목소리를 누그러뜨리고 말했다. 그리고 다시 덧붙였다.

"일이 어떻게 시작이 되었건, 안되겠다. 네가 잘했건 못했건, 큰며느리가 아니냐. 그런데 이런 식으로 콩가루 집안이 됐으니. 차라리 네가 물러나라. 그럼 너두 술독에 빠져 사는 일이 없을 것이고, 그 사람들도 새 사람 데려다 살면 너한테 하듯 함부로야 하겠니. 처음 실패한 걸 생각해서라도 새 사람한테 조심하겠지. 그럼 서로 정도 붙고, 살아 가겠지."

그것이 순리일 것 같았다. 내 자식 절대 이혼녀 만들 수 없다고 버텼지만, 이제는 불가능해 보였다. 내 딸만 생각해서 될 일도 아니었다.

옥두 생각이 틀리지 않다면 큰며느리는 그 집안의 기둥이고 중심 역할을 할 수 있어야 했다. 그들이 자신만 주장하느라 명진을 헌신짝처럼 버린 처사나, 그들을 이해하고 용서하지 못하는 명진이나 서로에게 잘못이 있었다. 그리고 그 관계는 이제 더는 돌이킬 수 없을 정도로 최악의 상태였다.

부부로 만나 죽더라도 그 집 귀신이 되어야 한다는 것이 옥두의 원칙이었다. 하지만 자식이 죽어가고 있는데, 그런 말을 할 수는 없었다.

옥두는 횡설수설하다 잠이 든 명진 옆에서 뜬눈으로 밤을 지샜다. 잠이 오질 않았다. 그리고 무엇보다 가슴이 벌렁거려 누웠다가도 벌떡 일어나 가슴을 다독이기를 수도 없이 반복했다.

당장이라도 숨이 끊어지고 말 것 같았다. 청심환을 꺼내 입에 넣고 우물거렸다. 한참 지나고나서야 가까스로 가슴이 가라앉는 듯했다.

어디에 전화를 걸어 도움을 청할 곳이 한 곳이 없었다.

날이 밝아 오는 기척이 들렸다.

"명진아, 우리 오늘 다시 병원에 갈까?"

아침에 옥두는 명진에게 조심스럽게 물었다. 두 번이나 실패를 했는데, 또 실패를 하면 어쩌나, 하는 두려움보다 명진이 그 말을 어떻게 받아들일까, 먼저 그 걱정이 앞섰다.

하지만 이번 경우는 달랐다. 옥두 스스로 이혼을 시켜야겠다는 결론을 내린 것이다. 죽어도 이혼은 안된다고 펄펄 뛰었었는데. 죽더라도 그 집 귀신으로 남으라고 했는데.

그래서 명진이 아무리 힘들어해도 애써 모른 척하고 살았던 것이다. 혼자서 감당할 수 있거든 버티라고.

명진은 대답하지 않았다. 눈을 감은 채로 된호흡을 내뱉고 있을 따름이었다. 술에 절어 얼굴이 까맣게 타들어가고 있었다. 그리고 간혹 몸에서 경련이 일기도 했다. 저러다 죽겠구나, 더럭 겁이 나서 얼굴에서 눈을 뗄 수가 없었다.

"병원에 가 있으면 오빠하고 의논해서 해결하마. 그렇게 하자."

"……네."

명진은 짧게 대꾸하고 다시 입을 다물었다.

아침이 되자 명진은 더 못견뎌 했다. 술을 한 모금만 마시겠다고 사정하기도 했지만, 옥두는 말없이 세수를 하게 하고 옷을 챙겨 입혔다.

명진의 소지품을 챙기다가 지갑을 열어보았다. 돈이 한 푼도 없었다. 그 안에는 아이들 사진만 여러 장 들어 있을 뿐이었다. 그것이 옥두의 마음을 다시 한번 아프게 찔러댔다.

그러나 걱정은 하지 않기로 했다. 내 자식이 아닌가. 내 자식인데, 내가 안 믿고 누가 믿으랴.

하늘이 다시 살려 준 것도 자식들 곁에 더 있다 오라는 뜻이었을 텐데, 이깟 일 때문에 마음 아파하는 어리석은 짓 따위는 하지 말자.

옛날에도 힘든 일이 생기면 생길수록 까닭없이 마음이 넉넉해지고는 했었다. 내일은 오늘보다 나으리라는 그런 기대.

자신이 다시 살아나 자식들 일을 돌봐줄 수 있고, 마음의 기둥이 되어줄 수 있게 되었다는 것을 우선 고맙게 받아들이기로 했다. 이래서 부모는 자식이 속을 썩여도 마음 든든할 수 있는가 보다.

　작은사위 회사로 전화를 걸까, 생각하다 그만두었다. 이제 이혼을 시켜야겠다고 결심한 마당에 사위한테 전화를 걸어 미주알고주알 보고할 필요도 없었다. 아니, 그럴 이유가 없었다.

　죽더라도 내 자식 내가 지킬 것이다. 네가 내 딸을 이렇게 폐인으로 만들었지만, 나는 살을 깎아서라도 내 자식을 똑바로 세워 놓을 것이다.

　옥두는 걸음도 제대로 걷지 못하는 명진을 부축이고 골목을 빠져나갔다.

　차가운 바람 때문에 파랗게 얼굴이 질린 명진은 진저리를 쳤다. 그러면서 옥두의 품으로 자꾸만 고개를 묻으려 애를 썼다. 갓난 아이가 어미 품으로 파고들 듯.

기차는 한없이 앞을 향해 내달렸다.

간밤에 잠을 못 잔 탓에 옥두는 잠깐 잠이 들었다가 어떤 통증 때문에 눈을 떴다.

그러나 잠을 잤다고 여겼는데, 여태 그저 비몽사몽 정신을 놓고 있었던 모양이었다. 저기로 김밥을 파는 남자가 지나가고 있는 것이 보였다. 꿈 속 저 깊은 곳에서 김밥이요, 하면서 지나가는 남자를 보았었던 것이다.

옥두는 가방에서 약과 물을 꺼냈다. 그리고 빈 속이지만 약봉지를 입 안에 털어 놓고 물을 넘겼다.

한참 있으니 가슴의 통증은 많이 가셨다. 어젯밤부터 시도 때도 없이 가슴이 터질 것 같은 통증이 일고는 했다.

그러나 크게 염려하지는 않았다. 명진을 이혼시켜야겠다는 생각 때문이었을 것이다.

아무리 대범하게 행동하려 해도 무슨 일이 터지면 가장 먼저 반응을 보이는 것이 가슴이었다. 공연히 쿵쾅대면서 속이 벌렁거려 기침이 쏟아질 정도였으니까.

그게 심장병으로 이어졌을 것이다.

기차를 타기 전에 집으로 전화를 걸어 아무 일 없다는 말을 전해주었다. 용이와 통화를 하고 싶었지만, 용이는 어제 나갔다가 또 안 들어온 모양이었다.

"광화문에서 출판사를 하는 친구와 술을 마시다 너무 취해서 못 들어왔다네요."

천하태평인 용이 처도 걱정이 되는지, 그 말을 망설이면서 전했다.

"너무 걱정마세요. 인사 발령도 불안정하고 그러니까 그럴 거예요. 아가씨한테 할 말이 있는데 좀 바꿔주세요."

용이 처는 명진을 부탁했다. 옥두가 명진하고 함께 고향에 가는 줄 알고 약을 잘 챙기라는 당부를 하고 싶어서 그랬을 것이다. 그러나 옥두는 기차 시간이 다 됐다는 말로 얼버무리고 전화를 끊었다.

이제 더는 비밀로 할 수 없었다. 모두 알아야 할 일이었다. 그러나 지금은 알리고 싶지 않았다. 딸자식의 흠을 하루라도 며느리가 몰라주길 바랐던 것이다.

고향이 가까워질수록 옥두는 한 가지 결심을 해두었다. 이번 일이 모두 잘 해결되면 절로 들어가야겠다는.

절에서 이 늙은 노인을 받아줄까, 걱정도 되지만, 다니던 절에 가서 불목하니 노릇이라도 하면서 이제 조용히 살고 싶었다.

어차피 자식들과는 언제 헤어져도 헤어져야 할 것이다.

한적하고 조용하고 공기 맑은 곳에서 살면 가슴앓이도 다 나을 것만 같았다.

명옥이 있는 절에 가서 며칠 있다 오고 싶은 마음도 굴뚝 같았다. 그러나 그렇게 신세 편하게 살기에는 아직 이른 모양이었다. 돌아와 해결해야 할 자식들 문제가 너무도 많았던 것이다.

하지만 거기까지 생각하다 말고 옥두는 다시 우울해지고 말았다. 이것도 자신의 업일까. 자식들이 모두 뿔뿔이 흩어져 있다는 생각이 들었던 것이다. 남이 보기에는 싸우지 않고 다투는 일 없으니 형제 우애가 좋은 것이라 봐줄 것이다. 그러나 아니었다.

예전에는 몰랐는데, 모두 제각각 흩어져 살고 있었다. 용이는 용이대로, 명옥은 명옥대로, 명진, 훈이, 모두 그랬다.

어쩌다 그렇게 데면데면한 형제간이 되었는지 모르겠다. 아무리 힘든 일이라도 가슴을 털어 놓고 의논하지 못하고, 남이 다 알고 있을 무렵해서야 알게 되는 정도이니.

모두 내 잘못이리라. 너무도 한계를 그어 놓고 자식을 키운 내 불찰이리라.

옥두는 고개를 들어 창 밖으로 시선을 던졌다.

약기운에 취해 잠깐 잠이 들었다가 눈을 떴다. 그러다가 옥두는 허겁지겁 가방을 들고 사람들 뒤를 따라 기차를 내렸다.

하마터면 역을 지나칠 뻔했던 것이다.

기차 안에서는 몰랐는데 소담스러운 함박눈이 펄펄 내리고 있었다.

다행히 날씨는 그다지 춥지 않은 것 같았다.

내린지 오래 됐는지 길거리에는 벌써 눈이 소복하게 쌓여 있었다. 차들이 거북이 걸음을 하느라 정신이 없었다.

바람의 냄새가 싱그러웠다. 고향의 바람이었다. 얼마만에 맡아보는 냄새인가. 옥두는 바람 속에서 가슴을 활짝 펴고 그 속에 숨은 고향 냄새를 맘껏 들이켰다. 다시 버스를 타고 삼십여 분 가야 되지만, 벌써 고향땅에 다 닿은 것처럼 가슴이 뛰었다.

여기까지 왔으니 막내 시누이 집에 들렀다가 가야겠다는 생각을 했다. 역에서 십 분만 가면 막내 시누이 집이었다.

친정 동생과 그런 사고를 저지른 그 이듬해 시누이는 별 탈 없이 시집을 갔다. 다행히 신랑이 참한 성격이었고, 시누이도 그런대로 안정되게 잘 살고 있었다.

자식들도 모두 잘 풀렸고, 이제는 목욕탕을 하는 둘째 아들 네에서 편안하게 노후를 보내고 있었다.

옥두도 옛날의 악몽은 많이 잊었다. 그러나 한때 아무런 죗

값도 받지 않고 잘만 사는 시누이를 볼 때마다 까닭없이 하늘이 원망스러울 때도 있었다.

자식을 죽이고, 남이 손가락질하는 짓을 버젓이 하고서도 그에 따른 벌 한 번 받지 않고 살 수 있다는 것이 믿기지 않았던 것이다.

인간이 죽어 갈 수 있는 지옥은 있지 않다는 것이 옥두 생각이었다. 이곳이 지옥이었다. 잘못한 것이 있으면 저지른 만큼 받고, 잘한 일이 있으면 그만큼 상을 받고.

그런데 그 시누이는 아니었다. 도대체가 근심 걱정이란 알지도 못하는 사람 같았다.

이제는 같이 늙어가느라 백발이 성성하기도 하지만 온화한 표정으로 웃음을 지을 때의 시누이 얼굴은 그야말로 부처상 같았다.

그 얼굴을 보면서 느낀건데, 사람은 세상이 만든다는 말이 옳았다. 만약 시누이가 지지리 궁상을 떨고 살아야 하는 처지에 놓였다면 저런 표정을 지을 수 있겠는가. 결국 그런 생각은 하늘이 없다는 생각으로 이어졌고, 그런 생각은 옥두의 마음을 많이 위안시켜 주었던 것도 사실이었다.

시누이 남편이 좋아하는 정종 한 병과 귤 삼천 원어치를 사들고 목욕탕으로 찾아갔다.

병원에 있을 때 다녀가기는 했지만 다시 만난다고 생각하니 발걸음이 가벼웠다.

목욕탕에 달린 방 안에 누워 있다 옥두를 맞은 시누이는 눈을 커다랗게 뜨고 입을 다물지를 못했다.

"이게 뭔 일이래여? 성이 어떻게 이 먼길을……."

그러면서 어서 들어오라고 재촉했다.

"죽을 때가 됐는지, 오고 싶어서 왔어요. 고향 땅 한 번 안 밟아보면 죽더라도 원이 될 것 같애서."

"별 소릴 다하네. 그렇게 힘든 수술도 성공했는데, 죽을라면 그때 죽었지 그렇게 버젓이 살아났겠소? 아참, 아직 점심 안 했지라?"

시누이는 얼른 안채에 전화를 걸어 점심상을 차리라고 일렀다.

"아이고 그러지 말어요. 아가씨 얼굴만 보고 가려던 중이었는데."

"뭔 소리래요? 아니, 여기까지 왔음서 얼굴 보고 간다고 하면 누가 믿겠소? 나랑 여기서 며칠 묵다가 올라가쇼. 나도 겸사겸사 올라갈 일이 있으니까 같이 가면 되겠네."

"그럴 형편이 못돼요. 실은 명옥이 절에 와 있는데 같이 데리고 올라가야 하거든요."

"명옥이가?"

"배 아파 낳은 자식도 아닌데 그 속인들 오죽하겠소. 방학도 해서 바람 좀 쐬러 왔다길래 나도 오고 싶어서 따라 왔어요."

오래 머물 수 없는 까닭을 설명하자 시누이는 안타까운 표정만 지었다.

"근데 오늘은 절로 못 갈 걸. 눈이 많이 오면 버스들이 안 움직이던데. 우리 차도 작은애가 끌고 나가서 지금 없고."

시누이는 어딘가로 전화를 걸었다. 그러고는 버스가 움직이는가를 물었다. 전화 저쪽에서 폭설 때문에 안 된다고 하는 모양이었다.

"성이 아무리 가고 싶어도 눈이 안 된다고 안허요. 오늘은 여기서 자고 낼 아침에 일찍 나랑 갑시다. 몸도 성치 않은 노인이 뭔일 나면 내가 송장 치워야 허잖여."

시누이가 농을 던지고 웃었다. 그러나 옥두는 웃을 기분이 아니었다. 오늘 반드시 절로 들어가 명옥을 데리고 서울로 올라가야만 할 텐데.

훈이 일도 모레는 해결될 것 같았다. 그 사장이 내일이면 돌아온다고 했으니 모레는 꼭 찾아가 봐야 할 것이다.

마음이 여간 조급한 것이 아니었다. 거기다 명진 집에 약봉지를 놓고 와서 가방에 든 약이 세 개밖에 없었다. 하루 안 먹는다고 죽지야 않겠지만 그대로 불안한 것은 사실이었다.

그러나 묘안이 없었다. 결국 옥두는 약봉지를 찢어 그 약을 둘로 나누었다. 뭐가 섞였는지 알 수는 없지만, 안 먹는 것보다는 이렇게라도 나누어 먹으면 괜찮을 것 같았던 것이다.

점심을 먹고, 따뜻한 방에 시누이와 나란히 누워 이런저런 이야기를 나누었다. 오랜만에 느껴보는 느긋함이었다.

마음이야 이를 데 없이 조급했지만, 조급하게 군다고 해서 내릴 눈이 안 내리는 것도 아니었다.

땅이 꺼지게 명진이 걱정을 하는 옥두를 보고 시누이는 코를 훌쩍였다.

"그 년 가엾어서 어쩐다요?"

그렇게라도 명진이 이야기를 털어놓으면 속이 후련할 것 같았다. 어디 이혼이 쉬운 일인가. 그러나 말을 하면 할수록 가슴만 터질 것 같았다.

그런데 그 증세가 아무래도 심상치가 않았다. 수술하기 전 가끔 정신을 놓게 하던 그 증세였다. 갑자기 무서웠다.

입술이 바들거리며 경련이 일었다.

본능적으로 집으로 전화를 걸었다. 시누이는 옥두의 변화를 전혀 눈치 못 챈 듯, 전화 허시게요? 하면서 몸을 일으켜 밖으로 나갔다. 입을 열어 나가지 말라고 말하고 싶었지만, 입이 열리지를 않았다.

자식들 얼굴이 눈앞에서 어지럽게 흔들렸다. 이렇게 죽으면 안되는데.

나갔다 들어오던 시누이가 헉헉대며 숨을 몰아쉬는 옥두를 보고 아이구머니, 비명을 지르며 달려왔다.

"성! 성!"

시누이 음성이 아련하게 들려왔다. 옥두는 가까스로 숨을 몰아쉬며 시누이 손을 잡았다.
　"아가씨, 나 어쩌면 좋다요?"
　숨이 막히는데 눈물이 나왔다.
　죽고 싶지 않은데, 아직은 죽을 수가 없는데…….
　옥두는 시누이 손을 잡으려 기를 썼다. 살고 싶었다.
　아아, 아직 죽을 수 없는데, 죽어서는 안되는데…….
　"아이고 성! 성!"
　시누이 음성이 점점 멀어지고 있었다.

앰뷸런스의 날카로운 소리를 가장 먼저 들었다.

그리고 같은 순간, 옥두는 자신을 부르며 악을 쓰는 자식들의 음성을 들었다.

앰뷸런스의 소리가 꺼지고, 뒷문이 열렸다.

퉁퉁 부은 눈으로 성, 성, 외쳐대며 시누이가 옥두 뒤를 정신없이 따라 내렸다.

"이렇게 갈 걸, 뭣헌다고 그 먼길을 와서 내 앞에서 죽었소, 성! 나헌티 뭔 할 말이 그렇게 많아서 내 앞에서 죽냔 말이요!"

시누이 집에서 한바탕 소동이 일어나고, 대학 병원으로 부랴부랴 옮겼지만 이미 늦었다며 받아주지도 않는 시신을 붙잡고 시누이는 참 많이도 울었다. 그리고 서울로 오는 앰뷸런스 안에서 옥두 옆에 앉아서도 계속 울어댔다.

그러나 옥두는 자신이 죽었다는 것을, 이제 넋이 몸을 빠져 나와 한뼘 정도 높게 떠 있다는 것도 두렵지 않았다. 가슴이 더는 아프지 않다는 것만 다행스러웠고 고마웠다.

옥두 몸이 완전히 밖으로 나왔다. 그리고 자식들이 달려들 었다.

"아악, 엄마, 엄마!"

"어머니!"

"엄마! 엄마! 이러고 죽으면 어떡해!"

"어머니, 어머니!"

자식들이 자신의 몸뚱이를 부둥켜 안고 몸부림을 쳤다. 더 러운 모포로 둘둘 말아진 자신의 몸을 안고 몸부림치는 자식 들 때문에 가슴이 미어졌다.

에미 여기 있다. 울지 말거라. 울지 마…….

초죽음이 되어 헉헉 소리도 못내는 명진을 껴안고 몸을 까 불어주었다. 땅에 엎드려 입술을 깨물며 피눈물을 뿌리는 용 이 얼굴을 두 손으로 들어 눈물을 닦아주었다. 철부지 아이처 럼 옥두 목을 붙들고 엄마를 목메어 불러대는 훈이 얼굴에 가 만히 입술을 대고 따뜻한 숨결을 불어 넣어주었다.

머리를 산발하고 옥두의 몸에 엎드려 발버둥을 치는 명옥 에게 다가가 머리를 쓰다듬어주며 소근거렸다.

울지 마라, 울지 마. 에미 여기 있으니 울지 마.

"그것도 복이라고 그것 조금 살 걸, 왜 그렇게 힘들게 살았소."

시누이가 땅을 치며 통곡을 했다.

그래요, 그것도 사는 것이라고, 참 힘겹게 살았지요? 그것도 사람사는 거라고 참 모질게도 살았지요?

"아아, 어머니……."

용이 벌떡 일어나 옥두 몸을 감싼 모포를 풀어대기 시작했다. 누군가 달려들어 말렸지만 소용이 없었다.

모포 속에 나란히 놓인 손을 붙잡은 채 용이는 다시 입술을 깨물었다.

"아, 어머니!"

이제는 온기라고는 한 톨도 남아 있지 않은 에미 손을 잡고 용이는 어머니를 불렀다. 용이의 눈물이 옥두 얼굴 위로 뚝뚝 떨어졌다.

아, 어쩌면 좋은가. 내 아들아, 제발 울지 마라. 이 에미 억장이 무너지는구나. 너희들 이렇게 슬퍼할 줄 알았으면 조금만 더 살 걸. 조금만 더 곁에 있어줄 걸.

용이 처하고 훈이 처는 발버둥을 치는 제 남편 옆에서 악을 쓰며 어머니를 불렀다. 만삭인 훈이 처 때문에 옥두는 조바심을 쳤다. 저러다 잘못되면 어쩌나…….

"우리 엄마 얼굴이 왜 이렇게 차가워! 우리 엄마 얼굴이 왜 이렇게 차냐구!"

명옥이 옥두의 얼굴을 두 손으로 싹싹 비비며 소리쳤다.

이미 차갑게 식어버린 몸, 파랗게 죽어버린 얼굴. 굳게 닫힌 입, 유난히 커다랗게 늘어진 귓불, 그리고 백발이 성성한 머리카락.

옥두는 자신의 모습을 비로소 보았다. 그리고 그 모습을 부여안고 몸부림치는 자식들 모습이 너무도 슬펐다.

자신의 몸이 엘리베이터 속으로 들어갈 무렵, 명진은 그 자리에 쪼그려 앉더니 슬그머니 정신을 놓았다.

엄마…….

옥두는 명진 입에서 신음처럼 흘러나온 부름 소리를 또렷하게 들었다.

병원에서 수술실로 들어가기 직전, 불렀던 그 소리.

엄마…….

그 소리 때문에 옥두는 다시 뒤를 돌아보고 말았다.

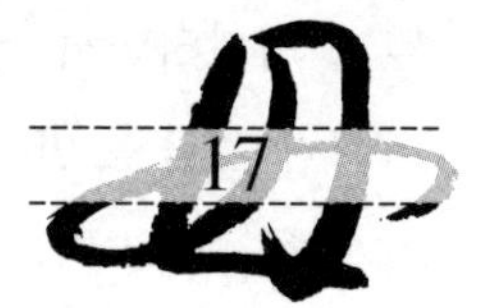

자식들의 울음소리는 그치지 않았다.

아무리 옥두가 달래주고 안아주어도 소용이 없었다.

울다 지쳐 구석에 쪼그려 앉아 있는 훈이 곁으로 다가가 가만히 볼을 쓰다듬어 주었다. 옥두의 손길을 느꼈는지 훈이 얼굴로 다시 뜨거운 눈물이 주루룩 흘렀다.

많이 얼굴이 상했구나. 고생 많이 한 모양이구나. 이렇게 에미 곁에 있으니까 참 좋구나.

훈이 얼굴로 하염없이 눈물이 흐르고 있었다. 옷소매로 닦아주어도 눈물은 그치질 않았다. 어젯밤, 염을 할 때 그렇게도 울어대더니 이제 목소리도 나오지 않는 모양이었다.

염을 하던 남자가 훈이와 용이 손을 끌어다 옥두 얼굴에 갖다대고 말했다.

"부모가 안 계셔도 형은 부모같이 동생은 자식같이 서로 믿고 의지하면서 살라는 당부를 할머니가 전하라는군요. 할머니가 지금도 말씀하시네요. 아무리 힘들어도 우애 저버리지 말고 의지하면서 살면 그보다 더 큰 효도는 없을거라고. 잘 들으셨지요? 그럼 안녕히 잘 가시라고 인사하세요."

훈이는 발 아래 엎드려 넙죽넙죽 절을 해댔다.

"엄마, 잘가! 엄마, 잘가! 엄마, 잘가!"

그러나 용이는 두 손으로 얼굴을 가린 채 숨도 쉬지 못하고 몸을 좌우로 흔들어대고 있었다.

용아, 에민 슬프지 않단다. 네가 그러면 슬퍼져. 제발 그만 울어라, 용아. 어차피 부모는 자식 곁을 언젠가는 떠나는 법 아니겠느냐. 그리고 이제 네가 더 나이를 먹으면 동찬이 곁을 떠날 것이고. 떠나는 것이 뭐가 슬프랴. 너희들 가슴 쥐어뜯으며 우는 소리 때문에 슬플 뿐이다.

무너지듯이 그 자리에 털썩 주저앉아 꼼짝 않는 용이 때문에 옥두는 애간장을 태웠다.

이렇게 자식들이 슬퍼할 일이라면 그냥 흔적없이 사라졌어야 했을 걸. 왜 육신은 저리 남아 자식들 애간장을 녹이고 있을까.

옥두는 훈이의 머리카락에 묻은 흰 머리카락을 떼어주었다. 염을 할때 부둥켜 안고 울면서 묻힌 옥두의 흰 머리카락이었다.

이제 모두 안고 갈 것이다. 자식들 슬픔, 걱정, 아픔, 모두 내가 안고 갈 것이다.

훈이가 다가와 영정을 가슴에 품었다.

울지는 않았다. 그저 넋나간 표정으로 영정을 품에 안고 가만히 앉아 있었다. 옥두는 가만히 훈이 품으로 파고 들어갔다.

훈이 품이 따뜻했다.

옥두는 훈이 품을 빠져나와 밖으로 나갔다.

해야 할 일이 있었다.

육신이 살아 있을 때는 어딜 한 번 가려고 하면 걸리적거리는 것이 너무도 많았다. 그러나 육신은 사라지고, 넋만 움직이면 편하고 쉬웠다.

조금 어릿어릿한 것도 살아 있을 때보다 훨씬 줄어들었다. 어디로 가면 정문이고, 어느 쪽으로 가는 버스를 타야 되는지, 너무도 쉽게 알 수 있었다.

아마 누군가 말해주지 않아도 직감적으로 뭐든 깨달을 수 있는 것이 본래 인간에게 있었던 듯했다. 그걸 걸리적대는 육신 때문에 찾아내지 못하는 것 같았다.

좀 미안하기는 하지만, 공짜 버스를 타고 편하게 앉아 목적지까지 도착할 수 있었다.

사람들은 옥두가 곁에 있는 것을 어렴풋 느끼고 있는 것 같았다. 어떤 청년 앞에 가 서 있었더니, 그 청년은 급히 일어나 창 쪽으로 옮겨 갔다.

고맙수.

옥두는 청년에게 말해주었다.

다행히 다른 사람들이 없어서 옥두가 앉아 올 수 있었다. 그들이 아직 사라지지 않은 옥두에게 그런 깊은 배려를 해주는 것만 같아 고마웠다. 이래서 세상은 따뜻하다는 말이 맞나 보다.

카센터 앞에까지 편안하게 올 수 있었다.

옥두는 아무런 장애도 없이 안으로 들어갔다. 사장이 누구인지는 금방 알 수 있었다.

사장은 누군가와 전화를 하고 있었다.

"아니, 김순경님, 그 자식한테 뇌물 먹었어요? 왜 그렇게 변호를 하고 야단이십니까? 저요, 이빨이 두 개나 금가고 하나는 나갔다구요. 나아참, 그 애송이 같은 자식한테 맞은 생각을 하면 이걸 그냥!"

사장은 주먹을 불끈 쥐고 으르릉거렸다.

갑자기 그 주먹이 훈이를 향해 날아가는 것만 같아, 옥두는 두 팔로 가로막으며 소리쳤다.

안돼요!

사장이 뭔가 흠칫 놀라 손을 놀리는 바람에 전화통이 땅으로 떨어졌다.

"아, 미안합니다. 전화기가 떨어졌어요. 갑자기 뭔가 내 옆구리를 꽉 찌르는 것 같아서요. 이게 후유증이 아니고 뭡니까? 내 며칠간 옆으로도 못 자고 엎어져서 잤다는 거 아닙니까? 아, 물론 김순경님 뜻은 잘 알지요. 그 자식 어머니가 어제 돌아가셨다면서요? 그러니 좀 봐주자는 거 아닙니까?"

옥두는 그 앞으로 다가가 가만히 손을 잡았다.

내가 이렇게 잘못했다고 빌겠수. 그저 우리 훈이 철없어 그러려니 하고 한 번만 봐주시우.

"외상 술 마시고 갚는 얼간이 같은 자식이 어딨어. 그리고 술값 받으려고 와서 주먹질을 해?"

그럼요, 그럼요. 철없고 속없어서 그랬다우. 철없는 동생 하나 살려준다 생각허고 한 번만 봐주시우.

옥두는 될 수 있으면 그의 가슴에 따뜻한 입김을 불어넣어 주려고 기를 썼다.

그의 머릿속에 그려진 훈이의 모습 중에 밉고 화가 나는 것은 지워내고 그 사람의 따뜻한 가슴에 대고 호소하려 아둥바둥 애를 썼다.

옥두는 아들 같은 사장의 가슴을 안고 등을 다독여 주었다.

이 에미 때문에 우리 훈이가 그런 짓을 했다우. 좋은 일 하는 셈치고 가볍게 봐주시우. 내가 빌겠소. 이번 일만 잘 넘어간다면 우리 훈이 절대로 그런 짓 하지 않을 거요. 에미 잘못 만난 죄로, 이 에미한테 맛있는 것, 좋은 옷, 용돈 갖다 주고 싶어서 그 짓 했다우. 죄가 있다면 내게 있으니, 그 애만은 제발 봐주시우.

사장이 자꾸만 등을 움씰거렸다. 그리고 옥두의 손이 닿은 곳으로 손길을 뻗어 손바닥으로 문질렀다.

내가 두고두고 은혜 안 잊고 도울 일이 있으면 저 세상으로 가서라도 힘닿는 데까지 도울 테니 제발이지 우리 훈이 좀 살려주시우.

사장은 자꾸만 자신의 귀를 손으로 후볐다. 그러면서 인상을 찡그렸다.

"누가 내 말 하나?"

옥두는 포기하지 않고 사장의 마음에 대고 간절하게 애원을 했다.

철없는 동생 하나 두었다 생각하고, 그만 용서해 주시우, 제발.

사장은 귀에 물이 들어간 것처럼 자꾸만 털어내더니 송수화기 저쪽을 향해 소리쳤다.

"알았어요, 김순경님, 나도 사람이에요. 아무리 내가 기름때 먹고 돈 벌었다고 하지만 나도 사람이라구요. 저도 화끈한 놈 아닙니까. 합의금 없이 해결해 버릴게요. 다른 사람도 아니고 김순경님이 봐달라는데 어떻게 거절합니까요? 우리 어머니 생각해서라도 끝낼 생각이었어요. 우리 어머니한테 효도 한 번 못한 게 두고 두고 후회스러운데, 그래도 그 놈은 저보단 낫잖아요. 병든 어머니한테 효도하자고 한 짓이라는데. 부모한테 잘 하려다 그랬다는데 내가 보태준 셈치지요 뭐. 그러면 죽은 노인네라도 나한테 고맙다고 넙죽 절할 것 아닙니까?"

그럼요, 그럼요. 세상은 하나 양보하면 셋이 대가로 돌아옵디다. 그 중에 못쓸 것도 있긴 하지만, 내 저 세상으로 가서라도 좋은 것 있으면 아꼈다 이 신세 꼭 갚으리다.

옥두는 그 앞에서 수도 없이 고개를 조아렸다. 사람이 고마운 건 이런 따뜻한 마음씨 때문이 아닐까.

"근데 내 귀가 왜 이렇게 가려워? 또 어떤 자식이 내 흉보는 것 아닙니까? 참 내 더러워서. 쌍코피 터진 놈은 난데, 왜 날 나무라고 난리들이지?"

옥두는 다시 손을 뻗어 사장의 손을 따뜻하게 잡아주고 그곳을 나왔다.

살아서는 해결할 수 없던 일을 이렇게라도 해결할 수 있었다는 것이 얼마나 다행스러운지.

차라리 죽은 목숨이 산 목숨보다 나은 경우도 있는 모양이었다.

옥두는 서둘러 병원 영안실로 돌아왔다. 내가 없는 사이에 누가 다녀가면 섭섭해서 어쩌나, 하는 걱정 때문이었다.

역시 정문을 들어서는데 절에 같이 다녔던 할머니가 손가방 하나를 들고 아장아장 걸어가고 있었다. 작년에 죽다 다시 살아난 그 할머니였다.

아이고 할머니! 이게 얼마만이래요?

옥두는 호들갑스럽게 달려가 할머니의 손을 잡았다. 할머니는 옥두가 잡은 손을 주머니에 밀어넣었다. 옥두의 손도 같이 주머니 안으로 들어갔다.

이리 오시우. 저기 계단을 내려가면 우리 자식들이 있을 거유. 그나저나 이 먼길 오느라고 얼마나 고생했어요?

마치 오랜만에 만나는 친구를 대하듯 옥두는 할머니의 가슴에 대고 연신 말을 했다.

옥두의 도움으로 할머니는 누구에게 길을 묻지도 않고 계단을 내려왔다.

아이구, 사람이 참 많이도 왔네. 이 많은 손님을 누가 치루나?

옥두는 꽉 찬 손님들을 보며 혀를 찼다. 그러나 일 잘하는 용이 처가 상주 노릇 하다가도 얼른 일을 참견하면서 잘 해내고 있었다.

거기다 그 동안 얼굴 보기도 힘들었던 대소가들이 모여들어 잔일을 거들고 있었다.

아는 사람들에게 달려들다 말고 옥두는 움찔하고 멈춰섰다. 곽영감이 구석에 앉아 술잔을 기울이고 있었던 것이다.

영감님 오셨어요?

옥두는 얼굴이 붉어진 채 그리로 다가가 얌전히 고개를 숙였다.

남편 말고 다른 남자 손에 물을 얻어 먹은 것은 곽영감님이 처음이자 마지막이었다. 그 생각만 하면 공연히 얼굴이 화끈거려지는 것은 어쩔 수 없었다.

고맙게 대해줘서 고맙습니다. 혹시 우리 집 양반이 보면 또 다리몽댕이 부러뜨린다고 할 것 같애서 저는 그만…….

옥두는 엉거주춤 그 앞에 서 있다가 서둘러 몸을 돌렸다.

저리로 낯익은 얼굴이 하나 보였다.

아이고 성님 왔는가.

옥두는 저 구석에 앉아 있는 친정 언니를 향해 뛰어갔다.

얼마 만인지 모른다. 명진이 결혼할 때 보고 처음일 것이다. 먹고 사느라 자매지간이 남만도 못하게 떨어져 살았었다.

왜 이렇게 팍 늙었소? 영락없이 할망구요. 그 예쁜 얼굴이 어쩌다 그렇게 쪼그랑 바가지가 됐소?

옥두는 언니의 손등을 쓸어보고 얼굴을 만져보면서 안쓰럽게 물었다.

그러나 언니는 손수건에 눈물만 찍어내며 할 말을 잃고 있었다.

내가 언니보다 더 빠르게 가서 서러워 그러요? 난 하나도 안 서럽소. 언닌 나를 못 보겠지만 나는 언니를 볼 수 있으니께.울지 마소, 성.

옥두는 언니를 안고 등을 다독여주었다. 넋이 이렇게 편안한 것을, 왜 사람들은 죽는 것을 두려워하는지.

하긴 수술을 받기 전, 그리고 수술을 받은 후 혹시 죽을지 모른다는 두려움 때문에 혼자 많이도 걱정을 했었지만.

성님, 내가 먼저 간다고 서러워 마소. 내가 가서 길닦아 놓으면 오랜만에 성한테 동생 잘 됐다는 소리 안 듣겄소. 안 그요?

옥두는 울고 있는 언니 가슴에 대고 속삭였다. 저 깊은 가슴을 향해. 그건 사람의 목소리로는 들을 수 없는 곳이었다. 영혼이, 때묻지 않은 영혼이 서로 만나 손을 잡는 곳이었다.

"그려, 동생. 자네가 먼저 가서 자리 잡고 있다 생각하면 나도 편허게 가겄지. 믿는 빽이 있응께."

언니가 코를 손수건에 닦았다.

성 말이 맞소. 우리 거기서는 옛날처럼 재잘대면서 실컷 웃고 놉시다. 성이 부르는 구성진 노랫가락도 들어보고. 아참, 그 노래 아직도 알고 있소? 처음에 뭐라고 시작하드라. 그렇지, 버드나무 우물가에 동네 처녀 바람났네, 그렇지라? 그 노래를 성님이 부르면 왜 그렇게 어깨가 들썩거려지던지. 나는 아무리 불러도 첫 가락밖에 안되던데. 어메, 저기 우리 조카허구 조카 며느리 오네. 나 좀 잠깐 갔다 올라요.

자네 왔는가?

옥두는 덥썩 조카 손을 부여잡았다.

놀부 심보만 같던 시숙, 동서 밑에서 어떻게 저런 참하고 착한 사람이 생겨났는지, 그저 조용히 공부만 하더니 공무원 시험에 턱하니 붙은 자랑스런 조카였다. 여직 다른 지방에서

근무하느라 얼굴 한 번 못 봤었는데.

아이고 아이고, 울어대는 사람들 틈에서 옥두 혼자 이리저리 분주하게 움직였다.

죽는다는 것이 결코 슬프지 않다는 것을 그들이 모르는 것이야 당연한데도 울고불고 야단일 사람들 앞에서 옥두도 눈물을 뿌릴 수밖에 없었다.

옥두를 부르는 그들의 목소리가 너무도 정겨웠고, 간절했기 때문이었다. 저 모습, 저 정을 이제는 멀리해야 된다는 것이 너무도 안타까웠던 것이다.

그러나 대소가를 보는 것은 즐거웠지만 목이 쉬어 이제는 소리조차 못내는 자식들 때문에 옥두는 자꾸만 옷자락에 눈물을 훔쳐야 했다.

점잖은 사람 몇이서 문을 들어서고 용이가 몸을 일으켰다.

그들은 분향을 한 뒤 무릎을 꿇고 용이 손을 잡았다.

"면목이 없습니다."

하얀 머리가 유난히 어울리는 남자가 용이에게 말했다.

"아닙니다, 전무님."

용이는 그 남자에게 전무라는 호칭을 썼다. 예전에 다녔던 회사의 상사인 모양이었다. 그 남자는 용이 처에게도 고개를 숙였다.

"상심이 많으시겠습니다."

"고맙습니다."

용이 처도 고개를 숙였다.

"아마 조만간 회사로 다시 복귀하셔야 될 것 같습니다."

그 옆의 남자가 거들었다.

"고맙습니다."

용이의 대답이었다.

용이 처도 이제는 용이의 실직 사실을 알고 있는지 가만히 고개만 숙이고 있었다.

그런 큰일을 당하고서도 흔들리지 않는 큰며느리가 너무도 대견스러웠다.

용아, 네 처가 있는데, 내가 무슨 걱정을 하랴. 수더분하고 넉넉한 네 처가 널 보호해 줄 텐데.

옥두는 흐뭇해서 혼자 고개를 끄덕였다.

그때 저쪽에서 대머리 남자 한 명과 보기에도 퍽 고상해 보이는 여자 한 명이 들어오는 것이 보였다. 그리고 그 뒤로 큰 조화가 따라오고 있었다.

참 곱기도 해라, 옥두는 그 여자를 넋놓고 바라보았다. 나이를 먹은 뒤로부터 곱게 늙어가는 사람을 보면 이상하게 눈이 떨어지지 않는 버릇이 있었다. 그리고 자신도 그렇게 곱게 늙었다는 말을 듣고 싶기도 했었다.

그런데, 용이가 그 여자를 보자 몹시 당혹스러워하는 표정을 짓는 것이 아닌가.

"용이씨?"

옥두는 그녀가 입속말로 부르는 소리를 분명히 들었다. 용이씨? 하고 말이다. 누구일까.

같이 온 대머리 남자의 분향이 끝나자 용이는 그 여자와 함께 한쪽 상으로 자리를 잡았다.

용이의 얼굴로 잠깐 붉은 기운이 도는 것을 옥두는 보았다.

어떤 관계일까? 아마 저 남자는 광화문에서 출판사를 한다는 그 친구 같았다.

본 적은 없었지만 직감이었다. 그런데 저 여잔 아무리 생각해도 누구인지 감이 잡히질 않았다.

이름 석자를 들은 사람은 얼굴만 봐도 대뜸 알 수 있지만, 그렇지 않은 사람은 귀신이라도 잘 모르는 법이었다. 하긴 귀신도 인간이었으니까.

여자는 얌전히 용이 맞은편에 앉았다. 앉은 자태, 용이를 바라보는 눈매, 모두 곱고 예뻤다.

참, 곱기도 허다.

옥두는 혼자 감탄했다.

그런데 용이 처가 이쪽을 바라보더니 잠깐 눈살을 찌푸렸다. 그게 옥두의 가슴을 철렁하게 만들었다. 그럼 저 여자가 용이와 가까이 지내는 관계이기라도 하단 말인가. 아내의 직감은 귀신보다 더 빠르다던데.

옥두는 공연히 용이 처 눈치가 보여 어쩔 줄을 몰랐다. 자기 때문에 모인 사람들인데 혹시라도 불쾌한 일이 벌어지면 얼마나 낭패스러운가.

'현숙이, 미안해……. 나를 원망하지?'

'아니요. 이 겨울이 따뜻했었다고 기억해 주신다면, 그것으로 저는 만족해요.'

옥두는 큰아들과 그 여자가 마음 속으로 주고받는 소리를 듣고 말았다.

그러나 옥두는 그 여자가 누구인지 굳이 알려고 하지 말자고 자신을 타일렀다.

세상일은 산 사람들에게 맡기면 될 것이다. 이제 자신이 인간이 아니다는 확실한 증거는 세상일에 감놔라, 대추놔라, 간섭을 할 필요가 없다는 사실이었다.

저리로 명진과 사위가 보였다. 명진은 울다 지쳐 방바닥에 쓰러져 잠이 들어 있었다.

옥두는 두 사람에게로 다가갔다.

그리고 사위의 손을 가만히 잡아 명진의 손 위에 얹어주었다. 그래도 명진은 깨어나지 않았다.

옥두는 사위 가슴에 대고 호소를 했다.

이보게, 마지막 소원일세. 저 애를 자네가 보살펴 주면 안 되겠는가? 내 경솔하게 이혼을 시켜야겠다고 다짐은 했네만, 그래도 자식 있고, 남편 있는 집보다 더 좋은 곳이 세상천지 어딨겠는가.

내 살아보니, 부모가 자식을 돌봐준다는 말, 생판 거짓말이

데. 오히려 자식이 부모 울타리 노릇을 하는 거야. 부모는 자식이 없으면 금방 무너져. 내가 그 험한 세상을 살면서도 견딜 수 있었던 건 바로 우리 자식들 때문이었다는 걸 이제는 알겠네. 저 애가 자식 버리고 어딜 가면 잘 살겠나. 어딜 간들 호강하고 살겠나. 그저 자네가 조금만 불쌍히 봐서 저 애 좀 돌봐주게.

자식들 곁에 오래 오래 살게 좀 도와주게. 아까 애들 보고 저 애 얼마나 울던가. 그게 에밀세. 못 배우고 자란 탓에 애들한테 에미 노릇 다 못한 건 아네만 그러면서 어른 되고 철드는 것 아니겠나?

옥두는 아까 애들을 보고 목놓아 울던 명진의 모습을 떠올리며 다시 눈시울을 적셨다.

애들은 여전히 명진을 두려워하는 듯했지만, 이내 그 옆에 앉아서 과자를 먹으며 재잘거렸다. 에미와 자식이란 게 저런 것인데, 뭐가 맺히고 뭐가 섭한 일이 있겠는가.

그래, 명진아, 에미가 너한테 한 맺히게 한 짓이 많다만 이제는 잊어버리거라. 이제 에미는 물러간다. 이제 네가 어미가 되어야 하지 않겠냐?

옥두는 사위와 명진 가슴에 대고 속삭였다. 사위 눈에 눈물이 맺혔다. 사위는 잠든 명진의 머리에 수건을 돌돌 말아 밀어 넣어주었다. 그러고는 다시 손을 꼭 잡았다.

고맙네, 우리 사위……

옥두는 진심으로 사위에게 고맙다는 말을 되풀이했다. 세상일이 이렇게 손쉬운 것을. 왜 살아서는 그렇게 어렵기만 했을까.

옥두는 계속 움직여야 했다. 이제 떠날 시간이 멀지 않았다. 떠나기 전에 해결해야만 하는 일들이 너무 많았다.

그런데 무슨 손님이 이렇게 많을까. 꼭 우리 용이 장가갈 때 같네.

어쨌거나 잔칫집 분위기는 좋은 것이다.

옥두는 오랜만에 신명을 내며 아는 얼굴을 보면 한걸음에 달려가 손을 부둥켜 잡았다.

그리고 그 가슴에 대고 속삭였다.

참 반갑네. 정말 잘 왔소.

날이 밝아오고 있었다. 이제 떠날 시간이 다가오고 있는 것이다. 옥두는 밖으로 나가 시원한 바람을 치마폭에 담아 와 자식들 얼굴을 씻어주었다.

용이부터 훈이까지. 그리고 손주들까지. 친손주들보다 명옥 옆에 앉아 있는 수민과 수경의 얼굴을 먼저 씻겨 주었다.

그래, 너희들도 내 손주들이지. 이 할미가 너희들한테 두고 두고 은혜 갚을 테니 네 에미 잘 좀 보살펴다오. 부탁한다.

명옥이 수민의 손을 잡아 얼굴에 갖다댔다. 수민은 가만히 앉아 있다 손수건을 꺼내 명옥 손에 놓았다. 수경이 그 수건으로 명옥의 눈물을 닦아주었다.

"그만 우세요, 엄마. 속 많이 썩혀 드려서 그래서 우시는 것 같애요. 이제 할머니 영정 앞에서 약속할 게요. 이젠 속 안 썩힐게요."

"죄송해요, 엄마."

수민이도 고개를 숙였다.

명옥은 대답도 못하고 흐느껴 울기만 했다. 이제 고아가 되었다는 생각 때문에 우는 모양이구나. 옥두는 명옥의 울음을 달래주려 애를 썼다.

그래, 이제 나마저 너를 떠나면 고아가 되는구나. 하지만 저렇게 자상한 남편, 자식들이 있는데 무슨 걱정이겠냐. 울지 마라. 죽어서라도 네 곁에 있으마,

내 딸아. 고맙다, 그 동안. 네 덕분에 내가 많이 배우고 간다. 그렇게 아프게 살았으면서 어떻게 이 에미보다 더 넓은 가슴을 지닐 수 있었는지, 정말 부끄럽구나.

그래, 그래서 사람은 죽는 날까지 배운다고 했을 것이다. 이제는 이 에미 밑에서 받은 설움 모두 잊고 편안히 살 수 있도록 꼭 지켜주마. 꼭 지켜주마.

명옥이 두 아이의 손을 잡고 대견스럽게 얼굴을 쓰다듬었다. 그래, 그렇게 어미가 되는 거란다. 이 에미가 다 늙고 죽어갈 때서야 에미 노릇을 배웠지만 넌 배도 안 아파 낳은 자식들에게 에미 노릇을 했구나. 이제 명진이도 그렇게 에미 노릇을 할 날이 오겠지.

이제 떠날 시간이 다 된 모양이었다.

자식들이 일어나 계단을 내려가고 있었다. 옥두도 가만 가만 계단을 내려갔다. 내려가다 치마를 밟은 시누이가 주저앉으면서 통곡을 했다.

"아이고 우리 성, 가엾어서 어쩔까. 그렇게 고생은 다 맡아 허더니, 이렇게 갈라고, 내한테까지 찾아와 인사허더니, 이렇게 갈라고……."

옥두는 다가가 시누이를 부축했다. 참 많이도 속을 썩였던 시누이였다. 그 핏덩이가 자기 앞에서 죽어가고 있을 때, 무슨 생각을 했을까, 그게 걸려서 아무리 괴롭혀도 미운 마음 대신 딱하고 가엾기만 했었다.

다른 시누이들은 그래도 철이 들어 올케 고생하는 것도 알아주던데, 이 시누이만은 시집가서도 친정 나들이 오면 쥐꼬리라도 들고 가야 성이 차 했다.

그런데 이걸 두고 미운 정, 고운 정이라고 하나 보다. 내 피붙이보다 더 마음이 편하고 살갑게 느껴지는 건.

소렴이 끝나고 대렴이 시작되었다.

옥두는 자식들이 관을 부둥켜 몸부림치는 것을 눈시울을 적셔가며 보아야 했다.

모두 내 자식들이었다. 내 배 아퍼 낳은 자식들이었다. 미운 것이 무엇이고, 싫은 것이 뭐 있겠는가.

그래, 이제 모두 너희들한테 맡기고 가련다. 이제 남은 세상은 너희들 몫이 아니더냐. 이 못난 에미, 참 너희들한테 한 맺히게도 많이 했다만, 그래도 왜 살 아프고 뼈 저리는 일이 한두 가지였겠느냐.

이제는 나도 너희들 마음 다 알 수 있듯이, 너희들도 이 에미 마음 다 이해해줘서 정말 고맙다.

그래, 어른들은 부모가 자식들을 보살펴 준다고 말을 하더라만, 나는 아니드라. 자식들이 어른들 울타리 노릇을 해주더구나.

너희들, 나한테 효도 안했다고 절대 가슴 칠 것 없다. 모두 나한테 분에 넘치는 효도 많이 했느니라. 아프지 않고 자라준 것, 시험 백 점 맞았다고 활개치고 달려오던 모습, 재롱 떤다고 입 오물거리며 엄마 엄마, 불러주던 그 모습. 모두 분에 넘치는 효도였느니라. 누가 너희들을 불효자라고 하겠느냐.

그렇게 눈에 넣어도 안 아픈 내 자식들이 곁에 있어 주었기 때문에 살아낸 세월이 아니더냐. 이제 그만 울어라. 모두 이렇게 모여줘서 정말 고맙다. 그리고 떠나는 이 에미한테 고운 옷 입혀줘서 정말 고맙구나. 내가 어찌 너희들 은혜를 잊겠느냐. 모두 얼마나 분에 넘치는 은혜인데.

용아, 이제 네가 더 무겁겠구나. 동생들한테 부모 노릇을 다 해야 하니. 하지만 나는 너를 믿는다. 누구보다 이 에미를 기쁘게 했던 네가 아니냐. 네가 태어났기 때문에 이 에민 세상을 살 수 있었단다. 정말 고맙다.

그리고 명옥아, 너한테는 너무 잘못한 것이 많아 할 말이 없구나. 그러나 고맙다. 너한테 배운 것이 너무 많았다.

너야말로 배 아퍼 낳은 자식이 있는 것도 아닌데 벌써 부처가 되었구나.

명진이가 그러더구나. 어머니는 부처와 같은 것 아니냐고. 그래, 네가 부처다. 널 자식으로 준 하늘이 그렇게 고마울 수가 없다.

네가 있는 한 나는 저 세상으로 떠나더라도 안심할 수 있을 것이다. 네가 명진이, 훈이한테 어머니 노릇을 해주리라 믿기 때문이다. 고맙다.

명진아, 내 불쌍한 자식아. 내가 널, 참 많이도 괴롭혔지? 그런데 진심은 아녔단다. 어찌 내 살 깎아 낳은 자식을 미워했겠느냐. 다만 세상이 자꾸만 너와 나를 갈라놓으려고만 했던 것 같다.

그래, 변명이다만, 세상이 자꾸만 내게서 자식들을 빼앗아 갔었다. 그런데도 그런 험한 세상도 어쩌지 못하는 게 한 가지 있더구나. 살아서 둘로 갈라놓은 자식과 부모는 죽어서라도 하나가 된다는 것 말이다. 이렇게라도 너와 한 몸이 될 수 있다니, 정말 좋구나.

이 에미를 기억하지 말거라. 네가 이 에미를 기억하는 한 너는 슬플 수밖에 없지 않겠니? 차라리 에미를 잊고 네가 두 아이의 에미 되기를 더 찾아보렴. 너는 할 수 있을 것이다. 누구보다 명석했고, 현명했으니까. 제발, 명진아, 네 가슴에 얹힌 한, 이 에미가 다 끌고 갈 테니, 마음 편하게 세상을 넓게 보고 품으면서 살으렴. 그렇게 자식을 품고, 세상을 품으렴.

그리고 훈아, 내 막내 훈아. 널 어찌 두고 갈까, 많이도 걱정했다만, 이제 그만 헤어져야 하겠구나. 그래도 다행스러운 건 네가 많이 어른이 된 후에 내가 떠날 수 있다는 것이다.

옛날, 아버지 돌아가시던 날, 철부지 네가 동네방네 뛰어다니면서 했던 말이 기억나니? 우리 아부지 죽었다아!

안 믿을지 모르지만, 정말 그랬다. 텅 빈 집에 병과 싸우는 아버지, 말없는 어미와 누이 곁이 답답해 너는 매일 둑에 나가 개미를 잡고 지렁이를 잡으며 놀았지. 그리고 날이 어둑해지면 슬그머니 들어와 다 죽어가는 아버지 곁에서 낄낄거리며 텔레비전 만화영화를 보았었지.

네 나이 여섯 살이었던가. 그런 철부지 자식 놔두고 떠나는 네 아부지가 너무도 원망스러워, 차라리 널 데리고 가라고 악쓰고 울었던 일, 기억나냐?

그래, 그건 네가 미워서가 아니라 네가 너무도 안쓰러워서, 애비없는 자식이란 말 들으면서 이 험한 세상 어찌 키울까 그게 무서워서 그랬단다. 그래도 잘 자라주어 고맙다.

그리고 네가 보여준 효도, 내 아버지 만나거든 꼭 자랑하마. 우리 막내가 그렇게 자라 나한테 효도 많이 했다고 하면 네 아부지, 그래 바윗덩어리 같은 네 아부지도 감격하겠지.

우리 막내 잘 컸구나, 허고. 막내야, 잘 있거라.

이제 너도 아버지가 되었으니, 이제 그만 못난 부모는 잊고 믿음직스러운 가장이 되어야 한다.

세월이 그런 것 아니겠냐? 한 사람이 가면 한 사람이 남아 자식을 낳고 아버지, 어머니가 되고, 그리고 그 아버지 어머니가 가면 또 그 자식이 자식을 낳아 부모가 되고.

이제 정말 가야겠다. 그만 울고, 나를 보내다오.

참 많이도 걸어온 길이었다. 그 길이 저승길로 이어져 있었다는 거 이젠 알겠다.

이 길을 떠나면 내가 저승길로 가듯이, 너희들도 이제 내가 걸었던 그 길을 걸어 먼 훗날 나를 찾아올 날이 있을 것이다. 그때까지만 참자.

그때 만나거든, 이제 미워하지도 말고 원망하지도 말고 행복하게 살아보자꾸나.

명진아, 제발 그만 울어라. 네 울음소리 때문에 슬퍼 앞이 안 보인다. 네가 어려서부터 고집이 세기는 했다만, 이렇게 울음이 많은지는 몰랐구나. 왜 그렇게 엄마를 불러대는 거냐.

생떼를 부리는 아이처럼 목을 놓고 울어대는 명진 때문에 옥두는 입술을 깨물었다. 자식이 뭔지, 이렇게 죽어서도 눈물을 뿌리게 하는가.

이제는 알 것 같았다. 남편이 죽어가면서 불렀던 그 어머니가 누구인지. 그리고 시어머니 손에 죽임을 당한 그 핏덩이가 누구였는지. 바로 옥두 자신이 어머니였고 세상에 버려졌던 자식들이 그 핏덩이였음을.

"엄마, 엄마, 내가 잘못했어. 엄마 나 좀 보고 가. 나 다시는 술도 안 마시고 엄마 속도 안 썩힐게. 나 한 번만 보고 가. 이렇게 가면 내가 어떻게 살아, 엄마! 엄마, 명진아, 그렇게 한 번만 불러보고 가란 말야!"

명진의 쉰 목소리가 메아리가 되어 관 속으로 스며들고 있었다. 대렴금으로 싼 시신이 관 속으로 들어가고 있었다.

"안돼, 안돼! 우리 엄마 이렇게 데려가면 안돼!"

훈이가 그 자리에 주저앉아 발을 비비적대며 울었다. 용이가 훈이를 뒤에서 껴안으며 으흐헝! 포효하는 소리를 냈다.

큰자식 입에서 흘러나오는 울음소리가 어째서 포효하는 것으로 들렸는지, 옥두는 용이와 훈이 곁에 주저앉아 다시 목놓아 울고 말았다.

차가 움직이기 시작했다. 옥두는 자식들 옆에 앉아 있었다. 이렇게라도 곁에 있어 주어야 자식들 마음이 든든하겠지. 그래, 그게 부모와 자식이란다.

아무리 못난 부모라도 고마운 게 있지. 그건 곁에 있어 주기만 해도 부모는 고마운 거란다. 아무리 병신 부모, 못난 부모라도 곁에 있어주기만 해도 자식들은 든든한 지팡이 하나 끼고 있는 기분이 되는 거란다.

그것만으로 나를 기억해다오. 그저 섭하고 원망스러운 일이 있었대도 너희들 곁에 그나마 그 세월 머물러 있었다는 것만으로도 행복했다고 기억해다오.

이렇게 하나가 되는 것을. 이렇게 하나가 되는 것을.

그 긴 세월, 참 오래도 헤어져 산 것 같구나.

옥두는 자식들 얼굴을 하나 하나 쓰다듬어 주었다. 그리고 장지에 도착할 때까지 만이라도 한숨 자라고 가슴을 다독여 주었다.

자장, 자장, 우리 아기

잘도 잔다, 우리 아기…….

울지 말아야 할 텐데, 왜 이렇게 눈물이 앞서는가.

옥두는 명진이 가슴으로 중얼거리는 소리를 들었다.

엄마, 엄마, 나 때문에 돌아가신 거 맞지? 내가 속 너무 상하게 해서 그래서 충격 받아 돌아가신 거 맞지? 나더러 한이 맺혀 어떻게 살라고 이렇게 가? 응? 내가 엄마한테 잘못했다고 말 한 마디 할 시간을 줘야잖아. 엄마, 왜 끝까지 날 이렇게 버리는 거야? 그렇게 평생 버리기만 하고서 아직도 모자라서 이렇게 버려? 엄마 나 놀래키려고 이러지? 나 혼내주려고 이러지? 다시는 그 버르장머리 못쓰게 하려고 이러지, 응?

그 애는 눈물을 흘리며 자고 있었다. 옥두는 가만히 명진의 가슴으로 들어갔다. 그리고 그 떨리는 가슴을 포근히 안아주었다.

아가, 절대 너 때문이 아니란다. 그 많은 세월 그렇게 험한 꼴을 많이 당하고 살았으면서도 안되는 일이 있기는 하더라. 바로 자식들 문제지. 네가 그렇게 슬퍼하면 내가 어떻게 떠나겠니? 네가 자꾸 나를 붙잡으니까 내가 갈 수가 없잖니. 아가, 그만 울어라.

명진의 입가로 희미하게 웃음이 피어오르고 있었다.

내가 울어서 못 떠나? 그럼 안 울게. 안 울 테니까 편하게 떠나. 절대 안 울게.

그래, 고맙다. 정말 고마워…….

옥두는 명진의 가슴을 다독여 주었다.

오늘은 날씨가 다행스럽게 맑은 듯했다. 창을 통해 들어오는 햇살이 따사로웠다. 이제 저 따뜻한 태양이, 저 바람이, 저 물 한 방울이 바로 내가 될 것 들이지.

아가들아, 이 에미가 떠났다고 서러워하지 마라. 눈을 들어 하늘을 보고, 들을 보고, 바람을 보고, 나무를 보면, 거기 내 영혼이 머물러 있다 너희들을 만날 것이다. 이 세상에 내 살점을 떨어뜨리고 가는 건데 어찌 마음 편하게 훨훨 사라질 수 있겠느냐.

절대 서러워하지 말아라. 너희가 숨쉬는 공기, 마시는 물 한 방울, 그 속에 이 에미의 영혼이 늘 있을 테니까.

잘 있거라, 내 자식들아. 잘 있거라……

어머니는 누구일까

· 양장본

2007년 4월 25일 1판 1쇄 인쇄
2007년 4월 25일 1판 1쇄 발행
글 • 김종윤
펴낸이 • 김종윤
펴낸곳 • 자유지성사
주소 • 서울특별시 종로구 관훈동 198-16 남도빌딩 201호(110-130)
전화 • (02)732-3472(대) | 팩스 • (02)732-3474
출판등록 • 제2-1173호(등록일자 1991년 5월 18일)
E-mail : fibook@kornet.net

ISBN 89-7997-207-5 (03810)